La force d’un rêve

NORA ROBERTS

La force d'un rêve

Roman

Titre original :
DANCE OF DREAMS

Traduction de l'américain par JEANNE DESCHAMP

ÉDITIONS HARLEQUIN
83-85, boulevard Vincent Auriol, 75646 PARIS CEDEX 13.
Service Lectrices — Tél. : 01 45 82 47 47
www.harlequin.fr

ISBN 978-2-2803-1579-1 – ISSN 2271-0256

Chapitre 1

Le gros chat roux sommeillait sur le dos, une patte nonchalamment étirée derrière l'oreille. Les derniers rayons obliques d'un soleil finissant se glissaient entre les persiennes closes et jouaient dans l'or mat de sa fourrure. Au son de la clé tournant dans la serrure, le matou entrouvrit un œil, s'étira et se prépara à bondir du lit. Mais, au dernier moment, il se figea. Tendit l'oreille. Dans l'entrée, une voix masculine venait de s'élever, couvrant celle de sa maîtresse.

Ainsi elle avait encore ramené ce sinistre bipède à la maison. Dégoûté, Nijinski le chat se roula en boule sur la couette et retomba dans une somnolence dédaigneuse.

— Mais enfin, Ruth, il est à peine 21 heures. Tu n'as tout de même pas l'intention d'aller te coucher alors qu'il fait encore grand jour !

Ruth jeta ses clés sur la fragile petite table de style Queen Anne près de la porte avant de tourner vers son compagnon un sourire serein.

— Je t'avais prévenu que je tenais à rentrer tôt, ce soir.

Cela dit, j'ai passé un très bon moment et je te remercie. Je suis ravie que tu aies réussi à me convaincre de mettre le nez dehors. Ça m'a fait un bien fou de sortir de cet appartement.

Avec une technique née d'une longue expertise, Donald l'attira dans ses bras.

— Mmm… Et tu ne crois pas que ça te ferait également un bien fou de prolonger cette soirée avec moi ? murmura-t-il contre ses lèvres.

Ruth accepta de se laisser embrasser. Et retira même du baiser de Donald un plaisir réel quoique modéré. Lorsqu'il voulut resserrer son étreinte, cependant, elle secoua la tête.

— Donald, non. Laisse-moi maintenant.

— Un dernier petit verre, alors ? plaida-t-il en cherchant de nouveau à s'emparer de ses lèvres.

Ruth le repoussa en riant.

— Non, pas ce soir. J'ai un premier cours aux aurores demain matin. Et une longue journée de répétitions derrière. Quand je n'ai pas mon content de sommeil, je ne danse pas comme je devrais danser. Nous avons besoin d'un temps de récupération relativement important, nous autres, danseurs.

Donald lui posa un rapide baiser sur le front.

— Je crois qu'à tout prendre, je préférerais encore qu'il y ait un autre homme dans ta vie. Avec un rival en chair et en os, je saurais au moins à quoi m'en tenir. Mais face à cette passion exclusive pour la danse…

Avec un haussement d'épaules résigné, Donald se décida à quitter l'appartement. Et se demanda s'il n'était pas en train de perdre la main avec les femmes. Ruth Bannion était la première fille en dix ans qui persistait à repousser systématiquement ses avances. Et le plus étonnant, c'est qu'il continuait à s'acharner quand même.

Pourquoi ne laissait-il pas tomber une fois pour toutes au lieu de s'obstiner à revenir à la charge et se faire éconduire chaque fois, comme un débutant ?

Ruth le raccompagna jusqu'à la porte et lui sourit avec l'affection détachée qu'elle lui témoignait depuis le début de leur rencontre. Mais lorsqu'il vit sa fine silhouette de danseuse se découper à contre-jour dans un halo de lumière dorée, Donald comprit pourquoi il se raccrochait aussi désespérément à cette fille. Ruth avait quelque chose de plus que la beauté : elle fascinait jusqu'à l'ensorcellement.

Le sourire s'attarda sur les lèvres de Ruth lorsqu'elle mit sa chaîne de sécurité et poussa ses verrous pour la nuit. Elle appréciait la compagnie de Donald Keyser. Il était grand, brun, hâlé et toujours habillé avec la plus extrême recherche. Son humour la faisait rire et elle admirait son sens de l'esthétique. Elle respectait ses talents de styliste, portait ses créations avec plaisir et se sentait parfaitement à l'aise et détendue les rares fois où elle trouvait le temps de lui consacrer une soirée.

Cela dit, elle n'était pas naïve au point de penser que Donald se satisfaisait du caractère platonique de leur relation. Régulièrement, il tentait d'instaurer entre eux une intimité plus charnelle. Mais Ruth avait su très vite qu'il n'y aurait jamais d'histoire d'amour entre Donald Keyser et elle. Parce qu'il ne suscitait pas en elle d'émotions assez puissantes. S'il s'y entendait pour la faire rire, elle doutait qu'il soit capable de la faire pleurer.

Aujourd'hui, cependant, dans le calme estival de son appartement, Ruth regrettait presque de n'avoir rien à attendre de son amitié avec le beau styliste. Pour une raison qu'elle ne parvenait pas à définir, le fait de se retrouver seule ce soir, éveillait en elle une discrète nostalgie, comme une envie vague et indéterminée d'une rencontre, d'un regard, d'un sourire qui ferait tout basculer.

En se détournant de la porte, Ruth croisa son propre reflet dans le grand miroir en stuc doré à l'or fin accroché dans l'entrée. C'était un des premiers éléments de décoration qu'elle avait acheté en emménageant dans son propre appartement à New York. Elle l'avait payé beaucoup trop cher, compte tenu des taches noires sur le verre qui était piqué par endroits. Mais ce premier achat lui avait procuré un tel sentiment de fierté qu'elle ne regrettait pas d'y avoir investi des sommes folles.

Repoussant ses longs cheveux noirs dans son dos, Ruth examina d'un œil détaché son reflet dans la glace. Elle était menue, fine de corps comme de visage. Délicats dans l'ensemble, ses traits péchaient cependant par un certain manque de cohérence. Sa bouche pouvait être qualifiée de généreuse alors que son nez était petit et droit. Ses yeux d'un brun très sombre étaient immenses et très félins dans la forme. Son menton était plus que modeste ; ses sourcils minces et droits.

On lui avait souvent dit que son physique avait quelque chose de rare, d'exotique. Mais elle avait beau scruter son visage sous tous les angles, Ruth ne parvenait pas à se trouver belle. Elle savait que, maquillée et dans de bonnes conditions d'éclairage, elle pouvait paraître saisissante. Mais l'effet qu'elle produisait sur scène était une illusion optique. Elle éblouissait, certes, mais seulement lorsqu'elle était dans un de ses rôles.

Et les personnages qu'elle incarnait étaient sans rapport avec la vraie Ruth Bannion.

Avec un léger soupir, Ruth se détourna de la psyché pour poursuivre son chemin jusqu'au canapé. Constatant qu'elle était seule, le chat consentit à soulever la tête, puis à s'étirer longuement avant de venir s'installer sur ses genoux. Ruth caressa distraitement Nijinski derrière l'oreille.

« Mais qui suis-je au fond ? Qui est-elle, cette vraie Ruth Bannion ? » fut la question qui, tout naturellement, s'éleva dans son esprit.

Cinq années plus tôt, elle était arrivée à New York pour parfaire son apprentissage du ballet classique. Ivre de liberté, des rêves plein la tête, elle s'était jetée à corps perdu dans sa nouvelle vie. Dès ses dix-sept ans, elle avait eu la chance de mener l'existence à laquelle elle avait toujours aspiré.

Et cela grâce à Lindsay, d'ailleurs.

Lindsay Dunne, son professeur, son amie, son idole. Et l'une des ballerines les plus talentueuses que Ruth ait jamais vues danser. C'était Lindsay qui, à force de patience, avait réussi à convaincre son oncle Seth de la laisser déployer ses ailes et tenter sa chance à New York.

Depuis, son oncle et Lindsay s'étaient mariés et ils vivaient avec leurs deux enfants sur les Hauts de la Falaise. Ruth les adorait tous les quatre et ne jurait que par leur petite famille. Chaque fois qu'elle passait quelques jours chez eux, dans le Connecticut, elle ressortait de son séjour régénérée, avec un moral au beau fixe.

Elle avait rarement vu un couple aussi amoureux que celui que formaient Lindsay et Seth. A l'exception peut-être de celui de ses parents. Mais ces derniers n'étaient malheureusement plus là pour continuer à s'aimer et à parcourir le monde.

Ruth ferma un instant les yeux. Elle avait seize ans

lorsqu'un accident de train avait coûté la vie à Mary et à Alan Bannion. Malgré la distance des années, elle ressentit une vague profonde de tristesse et de nostalgie pour les deux êtres qui lui avaient donné la vie. Leur disparition prématurée resterait à jamais un drame, un manque et une blessure. Et néanmoins Ruth avait conscience que c'était leur décès qui l'avait conduite, après quelques tours et détours, là où elle en était aujourd'hui.

Son oncle, Seth Bannion — la seule famille qu'il lui restait au monde — était devenu son tuteur. Une responsabilité morale que le frère de son père avait prise très à cœur. Soucieux d'offrir à sa nièce un cadre de vie à la fois réparateur et apaisant, Seth était venu s'installer avec elle dans la petite ville côtière de Cliffside. Et c'était ainsi qu'ils avaient rencontré Lindsay.

Au début, son oncle avait refusé qu'elle quitte Cliffside pour aller étudier la danse à New York. Prendre la décision de la laisser partir quand même avait été une épreuve pour lui. Elle n'avait que dix-sept ans, à l'époque, et il n'ignorait pas que l'existence à laquelle elle se destinait serait exigeante, difficile et même franchement cruelle par moments.

C'était par amour qu'il lui avait interdit de s'en aller dans un premier temps ; par amour aussi qu'il avait fini par la laisser libre.

Son départ pour New York avait signé pour elle le début d'une vie nouvelle. Mais tout avait vraiment basculé quelques mois plus tôt, le jour ensoleillé de décembre où elle avait dansé pour la première fois devant Nikolai Davidov.

Avec un léger sourire, Ruth se souvint de la peur panique qu'elle avait ressentie ce jour-là. Sans y avoir été préparée, elle avait été mise en présence du danseur qu'elle idolâtrait depuis des années — l'homme que les critiques s'entendaient à appeler « le nouveau Noureev ».

Ce jour-là, Nick avait fait un saut à Cliffside dans l'espoir de convaincre Lindsay de retourner à New York avec lui. Mais les circonstances avaient fait qu'ils s'étaient retrouvés seuls dans le studio. Et Nick lui avait demandé à brûle-pourpoint de danser pour lui.

Paralysée par sa présence, Ruth avait cru qu'elle serait incapable de s'exécuter. Mais Nick l'avait encouragée avec l'un de ses incomparables sourires. Et comment lui aurait-elle résisté, à partir de ce moment-là ? Avec un léger soupir amusé, Ruth renversa la tête contre ses coussins. Elle avait eu maintes fois l'occasion de vérifier depuis, que Nikolai Davidov obtenait toujours ce qu'il voulait, lorsqu'il choisissait d'user de son charme légendaire.

Elle lui avait obéi aveuglément ce jour-là et s'était élancée en confiance, virevoltant dans le studio, comme suspendue au son de sa voix.

« Lorsque vous serez prête pour New York, venez me voir », lui avait-il lancé lorsque, hors d'haleine, elle s'était immobilisée devant lui.

La proposition l'avait laissée sans voix. Pour Nikolai Davidov, son héros de légende, elle aurait dansé pieds nus d'un bout à l'autre du pont de Brooklyn, s'il s'était avisé de l'exiger.

Depuis, elle avait travaillé dur pour le satisfaire. Elle s'était recroquevillée sur elle-même chaque fois qu'il avait hurlé et tempêté ; elle avait souffert de la violence de ses critiques et désespéré de ses accès de froideur.

Nick était un enseignant exigeant, un partenaire difficile, un chorégraphe implacable. Et il l'avait poussée inlassablement à aller plus loin, à se dépasser, à se donner encore plus entièrement à leur art. Elle ne comptait plus les soirs où elle s'était couchée, le ventre vide, trop fatiguée pour manger, trop éreintée pour dormir, trop vidée même pour pleurer.

Mais un sourire, un compliment de Nick suffisaient à tout balayer : les contrariétés comme le découragement, les souffrances comme les vexations.

Depuis quelques années, elle faisait partie de ses partenaires attitrées sur scène. Mais même s'ils dansaient désormais ensemble, même si elle le voyait fonctionner au quotidien depuis cinq ans, Nick n'était pas devenu plus transparent à ses yeux pour autant.

Peut-être était-ce le secret de la fascination qu'il exerçait sur les femmes ? Son accent étranger, son passé russe dont il ne parlait jamais, la discrète aura de mystère qui flottait autour de lui, tout contribuait à faire de Nick ce personnage énigmatique et à jamais secret qui garderait sans doute pour toujours une part de légende.

Ruth sourit en songeant à la véritable adoration que Nikolai Davidov lui avait inspirée pendant la première année qu'elle avait passée à New York. Il y avait un bon moment déjà qu'elle avait surmonté son béguin d'adolescente pour le héros de son enfance.

De l'amour passionné qu'elle avait cru lui vouer alors, Nick ne semblait même pas avoir soupçonné l'existence. Sans doute parce qu'il la considérait encore comme une gamine, à l'époque. Lorsqu'ils s'étaient connus, elle n'avait même pas dix-huit ans. Alors que lui-même approchait déjà la trentaine. Entouré en permanence de jolies femmes, Nick avait certainement eu mieux à faire qu'à s'intéresser à une toute jeune fille qui lui obéissait au doigt et à l'œil en le regardant avec de grands yeux enamourés.

Ruth se leva et s'étira longuement. Délogé de sa place, le chat s'éloigna en poussant un bref miaulement contrarié.

« Finies les rêveries adolescentes, songea Ruth avec une pointe de nostalgie. Aujourd'hui, j'ai vingt-deux ans, je suis adulte et mon cœur est resté libre. »

Un peu trop libre même. Il aurait été plaisant d'être amoureuse, à vingt-deux ans, lorsqu'on vivait seule dans une ville aussi vivante, aussi propice à l'amour que New York. Amoureuse d'un Donald Keyser, par exemple. Mais le déclic ne s'était pas produit et elle savait qu'elle était incapable de s'éprendre d'un homme sur commande.

Ruth s'étira de nouveau et bâilla à s'en décrocher la mâchoire. Finalement, la solitude affective avait ses avantages. Il n'y avait personne pour lui reprocher de se coucher avec les poules chaque fois qu'elle devait se lever tôt le matin pour ses cours…

Le T-shirt de Ruth lui collait à la peau et quelques fines mèches de cheveux s'échappaient de son chignon. Les jambes coupées, elle s'adossa à la barre. La variation de *La Rose Rouge*, le nouveau ballet de Nick qu'elle venait de danser, était épuisante et compliquée, et elle avait besoin de quelques minutes pour souffler. Le reste de la troupe évoluait sous les ordres de Nick à l'autre bout de la salle. A part quelques-uns qui, comme elle, s'échauffaient à la barre ou attendaient patiemment d'être sollicités pour la séquence suivante.

A 11 heures du matin, Ruth avait déjà plusieurs heures

de cours, d'échauffement et de danse derrière elle. Mais il lui suffisait de tourner les yeux vers Nick et de le regarder diriger ses danseurs pour que sa fatigue s'évanouisse.

Flamboyant, génial, impérieux, Nikolai Davidov restait, même après cinq années de contacts quotidiens, une révélation de chaque instant. Elle pouvait l'observer des heures durant, sans jamais se lasser.

A présent qu'il cumulait les fonctions de chorégraphe, premier danseur et directeur artistique de la compagnie, Nick n'avait plus besoin de se montrer sur scène pour rester célèbre. Si, à trente ans passés, il continuait à danser quand même, c'était pour la seule et unique raison qu'il avait la danse dans la peau.

Davidov n'était pas un homme de haute taille, mais sa stature, son port de tête de danseur le faisait paraître plus grand qu'il ne l'était réellement. Ses cheveux d'or ondulaient en parfait désordre autour d'un visage qui n'avait rien perdu de son charme juvénile. Il avait une bouche magnifique, comme sculptée au plus vif de la chair. Et lorsqu'il souriait…

Ruth soupira. Lorsque Nick souriait, il n'y avait pas moyen de lui dire non ni de rester en colère contre lui. Elle aimait la façon dont il plissait les yeux, l'éclat particulier que prenait le bleu soutenu de ses iris. En le voyant montrer une figure, Ruth se réjouit qu'à trente-trois ans, Nick n'ait toujours pas quitté la scène, malgré les nombreuses occupations professionnelles qui sollicitaient déjà presque tout son temps.

D'un geste rapide de la main, Nick fit signe au pianiste de s'arrêter.

— O.K., les enfants, on s'arrête là, pour le moment,

annonça-t-il avec son accent légèrement chantant. Vous ne vous en êtes pas trop mal sortis, cette fois. J'ai déjà vu bien pire.

Venant de Davidov, un tel commentaire pouvait être considéré comme un éloge particulièrement flatteur.

— Allez, Ruth, c'est à toi. On reprend le pas de deux du premier acte.

Elle se dirigea vers lui dès qu'il prononça son nom et se mit en position, tout en repoussant d'une main distraite les mèches folles qui dansaient autour de son visage. Nick n'avait jamais eu un caractère facile et il était connu pour ses sautes d'humeur. Avec lui, il fallait toujours s'attendre à des revirements brusques, à des « coups de gueule » aussi inattendus qu'éphémères.

Ce jour-là, cependant, il paraissait très calme, très pro. Pour Ruth, les humeurs de Nick ne posaient d'ailleurs que très rarement problème. Elle avait appris à s'adapter à son sale caractère. Et n'hésitait pas à lui tenir tête le cas échéant.

Ils se placèrent face à face, plaquant leurs mains droites l'une contre l'autre, paume contre paume. Puis, sans un mot, ils se mirent à danser ensemble. La scène de rencontre entre les deux héros tenait plus du croisement de fers que de la pâmoison romantique. Nick n'avait pas composé un conte de fées, cette fois-ci. Son nouveau ballet mettait en scène deux personnages très charnels, très passionnés. Le prince et la gitane se mesuraient, s'affrontaient, se mettaient au défi mutuellement. Lui, le prince, tentait de la dominer en invoquant son nom et son rang. Alors qu'elle, la tzigane, ne connaissait d'autres lois que celles de l'amour et du sang.

Le soleil encore chaud de la fin d'été entrait à flots par la fenêtre, dessinant sur le parquet des motifs compliqués.

Ruth ne se rendait même pas compte qu'elle était en nage. Elle tournoyait entre les bras de Nick, lui échappait, puis se laissait happer de nouveau. Le personnage de Carlotta continuerait ainsi à attirer et à exaspérer le prince pendant l'entière durée du ballet. Entre les deux héros, ce serait une lutte d'amour sans merci.

Tandis qu'elle ajustait ses mouvements à ceux de Nick, Ruth comprit qu'elle continuerait à le respecter et à l'admirer toute sa vie, que ce soit en tant que danseur, en tant que créateur ou que directeur artistique. Etre sa partenaire restait pour elle un défi, un accomplissement, une aventure. Comme si, à chaque pas, son talent se sublimait au contact du sien. Pendant ses années de formation — alors qu'elle était passée du statut d'élève à celui de membre du corps de ballet pour s'élever ensuite à une place de soliste puis de première danseuse, Ruth avait eu de nombreux partenaires. Mais aucun d'eux, jamais, n'avait égalé Nikolai Davidov en talent et en précision.

Et en endurance, aussi, ajouta-t-elle avec une légère grimace, lorsqu'il lui ordonna de reprendre le pas de deux une fois de plus.

Ruth s'accorda une seconde pour respirer tandis que le pianiste tournait les pages de sa partition. Nick se tourna vers elle et lui tendit la main.

— Qu'as-tu fait de ton énergie aujourd'hui, petite fille ?

Elle avait toujours eu horreur qu'il l'appelle ainsi et Nick le savait. Le regard noir qu'elle lui lança fut salué par un sourire. Sans un mot, elle appuya sa paume contre la sienne.

— Allez, ma tzigane aux cheveux noirs. Tu es face à ce prince imbu de lui-même qui estime que son pouvoir lui donne tous les droits sur toi. Envoie-le au diable. Et pas seulement avec ton corps. Fais parler aussi ton visage, ton regard.

Ils reprirent le pas de deux. Mais cette fois, Ruth oublia le plaisir qu'elle avait à danser avec Nick. Elle se posa en rivale et en adversaire et le nargua de ses fouettés, de ses piqués et de ses sauts. En la contrariant, Nick avait obtenu d'elle exactement ce qu'il voulait. Au lieu de le suivre et de s'accorder à lui, elle le devançait, le bravait, pirouettait entre ses bras, en tenant rivé sur lui un regard luisant de défi. S'immobilisant un instant, comme pour le provoquer, elle se détourna au dernier moment pour s'éloigner sur un grand jeté.

Ils finirent comme ils avaient commencé, paume contre paume ; elle, la tête orgueilleusement rejetée en arrière ; lui, le regard étincelant. Nick éclata de rire et la prit dans ses bras pour l'embrasser sur les deux joues.

— Bien joué. Tu es comme une chatte en colère, même lorsque tu te rapproches et que tu me séduis. Excellent.

Ruth respirait vite après l'effort accompli. Rien n'était plus physique, plus épuisant que la danse classique. Toujours remontée contre Nick, elle gardait les yeux fixés sur lui. Un étrange frisson partit soudain du bas de sa colonne vertébrale et monta en spirale jusque dans sa nuque. Elle vit dans le regard de Nick qu'il l'avait senti aussi.

Ils échangèrent un regard. Puis la sensation s'évanouit et il s'écarta pour frapper dans ses mains.

— On s'arrête pour déjeuner, les enfants. Prenez le temps de vous requinquer. Je vous attends ici dans une heure.

Cette annonce lui valut une réaction aussi unanime qu'enthousiaste. Très vite, le studio de répétition se vida de ses occupants. Alors qu'elle s'apprêtait à quitter le plateau avec deux de ses collègues, Nick la retint par la main.

— Je voudrais te parler, Ruth.

— O.K. Mais après manger alors.

— Ici. Maintenant.

Elle soupira de contrariété.

— Ecoute, Nick, je n'ai déjà pas eu le temps de m'octroyer un petit déjeuner ce matin et…

— Tu trouveras des yaourts, des barres énergétiques et de l'eau minérale gazeuse en bas.

Lâchant sa main qu'il tenait toujours prisonnière, Nick s'assit au piano et se mit à improviser.

— Pendant que tu y seras, remonte donc de quoi manger pour deux, lança-t-il sans même la regarder.

Les poings sur les hanches, Ruth le regarda jouer. Ainsi l'idée qu'elle puisse refuser ne lui traversait même pas l'esprit. Il ne s'inquiétait pas non plus de savoir si elle n'avait pas formé d'autres projets. Pour lui, il allait de soi, qu'en bonne « petite fille » qu'elle était, elle s'exécuterait sans se poser de questions, toujours prompte à obéir au doigt et à l'œil, dès que le Maître ouvrait la bouche pour formuler un ordre.

— Insupportable, marmonna-t-elle.

Nick releva la tête mais ses mains continuaient à voler sur le clavier.

— Tu as dit quelque chose ?

Elle articula distinctement, cette fois :

— Oui, Nick. J'ai dit que tu étais insupportable.

— C'est vrai, admit-il avec bonne humeur.

Ce fut plus fort qu'elle : Ruth éclata de rire.

— Bon, d'accord. Tu le veux à quoi ? demanda-t-elle.

Elle eut le plaisir de le voir un instant interdit.

— Le yaourt, Davidov. Quel parfum ?

Quelques minutes plus tard, Ruth sortait de la réserve, les bras chargés de victuailles. On entendait le fracas de la vaisselle et des couverts dans la salle de restaurant voisine, se mêlant au piano de Nick juste au-dessus de sa tête.

Elle reprit l'escalier en sens inverse, échangea quelques remarques au passage avec un musicien et deux membres du corps de ballet, puis regagna le grand studio de répétition, inondé par le soleil de midi. Nick jouait un air de blues, lent et mélancolique. Une de ses propres compositions, apparemment.

Non, pas une composition, rectifia-t-elle. Ce n'était pas un morceau destiné à être écrit, conservé et repris. Juste une improvisation où Nick exprimait son état d'âme du moment, laissant parler sa nostalgie au fil des notes.

Un rayon de soleil tombait sur ses mains qui glissaient, s'élevaient, dansaient sur le clavier. Des mains longues, mobiles et si expressives qu'elles en disaient souvent plus, en quelques gestes, que le discours le plus élaboré.

Il a l'air tellement seul !

Inattendue, presque iconoclaste, la pensée traversa l'esprit de Ruth à la manière d'un OVNI. Elle demeura un instant interdite. Nick touché par les démons de la solitude ? Lui qui était sur le pont vingt-quatre heures sur vingt-quatre et qui n'avait jamais une seconde à lui ? Ses pots de yaourts serrés contre la poitrine, Ruth fronça les sourcils. Etait-ce la tristesse émanant de sa musique qui lui avait insufflé cette idée surprenante ?

Elle se dirigea vers lui, ses chaussons glissant sans bruit sur le parquet.

— Tu te sens seul, Nick ?

Il releva la tête un peu trop vite et elle comprit qu'elle l'avait interrompu dans un moment d'intense réflexion. Il lui jeta un regard inhabituel — à la fois profond, pensif et pénétrant.

Puis, avec un léger haussement d'épaules, il reprit son expression coutumière.

— Cela m'arrive, oui. Mais ce n'est pas de ma solitude que je veux t'entretenir aujourd'hui.

Ruth posa les yaourts et les barres de céréales sur le piano.

— Je suis convoquée pour un déjeuner professionnel impromptu, c'est ça ?

Nick retira la capsule de la grande bouteille d'eau qu'elle avait apportée.

— Pas professionnel, non. Si nous parlons boulot, nous allons forcément nous disputer. Et ce ne serait pas bon pour la digestion. Viens t'asseoir à côté de moi, Ruth.

Il se poussa pour lui faire une place sur le tabouret devant le piano et Ruth s'assit, se préparant à l'inévitable décharge électrique. Entrer dans la sphère corporelle de Nick, c'était comme pénétrer dans un champ magnétique de forte intensité. Même ainsi, au repos et détendu par la musique, il était comme une pile chargée à bloc.

— Il y a un problème ? s'enquit-elle en sortant une barre énergétique de son emballage.

— C'est ce que je voudrais savoir, justement.

Intriguée, Ruth tourna les yeux vers Nick et constata qu'il l'observait avec une attention soutenue. Il avait des iris d'un bleu insondable. Et la capacité propre aux danseurs de garder une immobilité totale.

— J'ai eu Lindsay au téléphone, hier.

Déconcertée, Ruth laissa un pli pensif se creuser entre ses sourcils.

— Ah oui ? Et alors ?

— Elle pense que tu n'es pas heureuse.

Sous le regard interrogateur de Nick, Ruth se crispa insensiblement. Elle détourna la tête et réussit à chasser la tension naissante. Il n'y avait que Nick pour parvenir à la déstabiliser d'un simple coup d'œil.

Elle se força à sourire.

— Lindsay s'inquiète beaucoup trop à mon sujet.

Mais Nick lui posa la main sur le bras, la forçant à ramener son attention sur lui.

— Tu es malheureuse ici, Ruth ?

Elle secoua la tête et lui répondit en toute sincérité.

— Non… Absolument pas, non.

Les doigts de Nick glissèrent jusque sur son poignet.

— Tu es heureuse, alors ?

Elle ouvrit la bouche pour lui répondre par l'affirmative mais quelque chose dans son regard l'empêcha de se dérober devant la question.

— Pourquoi ? Qu'est-ce qui te fait penser que je pourrais ne pas être heureuse ?

Lorsqu'elle voulut se lever, les doigts de Nick se resserrèrent sur son poignet.

— Ruth ?

Elle dut se résigner à affronter son regard une fois de plus.

— Oui ?

— Sommes-nous amis, toi et moi ?

Là encore, elle hésita avant de répondre. Comment exprimer la complexité de ses sentiments pour lui ? La profonde inégalité qui marquait leur relation ?

— Parfois, murmura-t-elle. Parfois, nous sommes amis, Nikolai. Mais pas tout le temps.

Les yeux de Nick pétillèrent d'amusement. Il hocha la tête.

— C'est une bonne réponse.

A la profonde stupéfaction de Ruth, il lui prit les deux mains et les porta à ses lèvres. Sa bouche sur sa peau avait la douceur d'un murmure. Elle ne chercha pas à se dégager mais se tendit de plus belle. Le regard de Nick vint chercher le sien au-dessus de leurs mains jointes.

— Tu accepterais de me confier pourquoi tu ne te sens pas tout à fait heureuse ici ?

D'un geste parfaitement maîtrisé, Ruth se dégagea pour se lever. Si elle voulait converser avec Nick de façon un peu rationnelle, il lui fallait mettre plus de distance entre eux. C'était quelqu'un de physique qui appelait des réactions instinctives. Se postant à une fenêtre, elle regarda Manhattan s'agiter à ses pieds.

— Pour être franche, le bonheur n'est pas une aspiration à laquelle j'ai beaucoup réfléchi jusqu'à présent.

Elle s'interrompit pour secouer la tête en riant.

— Comme cela paraît pompeux, exprimé ainsi !

Pivotant sur elle-même, elle se tourna de nouveau face à Nick. Il la regardait gravement, sans sourire.

— Ce que je veux dire c'est qu'avant que tu me poses la question, je ne m'étais jamais vraiment demandé si j'étais heureuse ou non. Le bonheur a-t-il tant d'importance, au fond ?

Nick remplit un verre d'eau gazeuse et se leva pour le lui apporter.

— Lindsay semble penser que oui. Elle se fait du souci pour toi.

— Lindsay a déjà bien assez de préoccupations comme cela, avec Seth, les enfants et son école de danse.

— Elle est très attachée à toi, Ruth.

Les yeux rivés sur le visage de la jeune femme, Nick vit un sourire se dessiner lentement sur ses traits, une lueur de tendresse adoucir son regard sombre.

— Oui, je sais qu'elle m'aime beaucoup.

Il attrapa une mèche vagabonde et l'enroula autour de ses doigts.

— Et cela te surprend ?

— Sa générosité m'étonne. Et continuera toujours à m'étonner, d'ailleurs.

Ruth marqua une pause avant de se risquer à demander dans un souffle :

— Tu n'as jamais été amoureux d'elle, Nick ?

— Si. Brièvement. Il y a déjà pas mal d'années de cela, répondit-il, sans hésitation et sans regrets.

— Et il ne s'est rien passé entre vous ?

Avec un léger sourire, il rajusta une de ses épingles à chignon.

— Rien, non. Pendant quelques mois, j'ai hésité, tergiversé, différé mes manœuvres d'approche. J'étais tenté de lui faire des avances mais je n'arrivais pas à me résoudre à passer à l'acte. J'avais l'impression qu'elle était peut-être inaccessible, hors d'atteinte pour moi. Et puis le temps a passé. Et je me suis rendu compte que j'accordais trop de prix à l'amitié qui s'était nouée entre nous pour prendre le risque de la détruire.

Ruth médita l'information en silence.

— C'est étrange. J'ai toujours cru que rien n'était inaccessible pour toi.

— J'étais très jeune, à l'époque. Guère plus vieux que tu ne l'es aujourd'hui. Et ce n'était pas de Lindsay que je voulais te parler mais de toi. Elle me soupçonne d'être trop exigeant avec toi.

Ruth leva les yeux au plafond.

— Exigeant ? *Toi* ? Mais comment cette idée saugrenue a-t-elle pu germer dans son esprit ?

— Je me le demande aussi, acquiesça Nick le plus gravement du monde.

Se dirigeant vers le piano, Ruth se servit un yaourt.

— Pour en revenir à ta question, il va sans dire que je ne suis absolument pas malheureuse, Nick. J'espère que tu as rassuré Lindsay à mon sujet ?

Comme il ne répondait pas, elle se tourna vers lui, sa cuillère entre les lèvres.

— Nick ?

— J'ai pensé que tu avais peut-être connu de petits déboires sentimentaux ?

Elle haussa les sourcils.

— Tu crois que je me fais plaquer régulièrement par mes Jules, c'est ça ?

A en juger par son expression sévère, son choix de vocabulaire n'était pas du goût de Nick.

— Tu t'exprimes de façon très crue, petite fille.

— Je ne suis plus une gamine ! explosa-t-elle. Et je ne supporte plus que tu m'appelles…

— Tu vois toujours ton styliste ?

— Le styliste a un nom. Donald Keyser. C'est un être humain, pas une marque inscrite sur une étiquette.

Nick la gratifia de son sourire le plus innocent.

— Ah oui, vraiment ? Je note quand même que tu n'as toujours pas répondu à ma question.

— C'est exact.

Levant son verre de Perrier, Ruth but posément.

— Tu sors toujours avec lui, Ruth ?

— Je peux savoir en quoi ce serait un problème pour toi ?

Le bleu des yeux de Nick prit l'éclat de l'acier.

— Tu danses dans une compagnie dont je suis le directeur artistique. Autrement dit, tu es sous ma responsabilité, observa-t-il froidement en articulant chaque syllabe.

— Je sais que tu occupes de nombreuses fonctions dans cette compagnie, Nick. Mais j'ignorais que tu avais également adopté la casquette d'aumônier. Tu es certain d'être la personne la mieux choisie pour jouer ce rôle ?

— Attention de ne pas pousser la provocation trop loin, ma puce, la mit-il en garde.

— Je ne suis pas ta puce. Et je n'ai pas de comptes à te rendre. Pas en ce qui concerne ma vie privée en tout cas. Je ne manque jamais un cours, je suis assidue aux répétitions et je travaille dur tous les jours.

— T'ai-je jamais demandé des comptes, Ruth ?

— Le terme est peut-être un peu fort. Mais j'en ai assez que tu veilles sur moi comme… comme une espèce de père de substitution ! J'ai déjà mon oncle pour se charger de moi. J'imagine que quand je suis arrivée ici, Lindsay t'a demandé de garder un œil sur moi. Si c'est le cas, mets-toi bien ceci en tête : les années ont passé depuis et il y a longtemps que je n'ai plus besoin que tu fasses attention à ma personne.

Nick retira une de ses épingles à cheveux et la fit rouler entre ses doigts, son regard perçant toujours rivé au sien.

— Ah oui ? Tu en es certaine ?

Son ton nonchalant acheva de la mettre en fureur.

— Oui, j'en suis certaine. Une fois pour toutes, j'exige que tu arrêtes de me traiter comme une môme susceptible de faire une grosse bêtise dès que les adultes ont le dos tourné !

Lorsque Nick l'attrapa par les épaules, sa soudaine violence la prit au dépourvu. Elle se retrouva dans ses bras, plaquée contre ce torse magnifique qu'elle pensait connaître par cœur. Mais ce corps à corps inattendu avec Nick n'avait rien à voir avec la danse. Il n'y avait ni musique, ni figures, ni enchaînements écrits à l'avance. En lui, elle sentait vibrer la colère — et autre chose encore, de tout aussi électrique, auquel elle n'osait donner un nom. Ruth savait que Nick était sujet à de brusques accès de rage. Et elle avait l'habitude de gérer ses sautes d'humeur.

Mais cette fois…

Leurs deux cœurs battaient l'un contre l'autre à un rythme saccadé. Les doigts de Nick s'enfonçaient durement dans sa chair et pourtant elle ne ressentait aucune douleur. Les mains qu'elle avait levées d'instinct pour le repousser reposaient, immobiles, comme alanguies, contre son torse.

Dans un silence soudain chargé de tension, le regard de Nick quitta ses yeux pour glisser plus bas, sur sa bouche. Une onde de désir la parcourut — plus intense, plus poignante que tout ce qu'elle avait jamais éprouvé auparavant.

Lentement, Ruth se détendit, ferma les yeux. Lorsque

le souffle de Nick glissa sur ses lèvres, elle les entrouvrit sur un léger soupir et murmura son nom.

Mais à la place du baiser attendu vint un vigoureux juron russe. Nick lui lâcha les épaules et se détourna en tempêtant.

— La prochaine fois, évite de me provoquer bêtement, O.K. ?

Blessée par son rejet, Ruth recula d'un pas.

— Comment ça, « te provoquer bêtement » ? protesta-t-elle dans un souffle.

Les yeux de Nick étincelèrent.

— Ne me pousse pas à bout, Ruth.

En deux pas, il atteignit le piano et se laissa tomber sur le tabouret.

— Contente-toi donc de ton couturier puisqu'il a l'air de si bien te convenir, ajouta-t-il plus calmement.

D'un geste impérieux de la main, il lui signifia qu'elle pouvait disposer et se mit à jouer comme s'il était déjà seul dans la pièce.

Chapitre 2

Son imagination avait dû lui jouer des tours.

Ruth récapitula mentalement la scène du déjeuner. Son ventre frémit lorsqu'elle se remémora la puissante montée de désir ressentie dans l'étreinte de Nick. « Non, ce n'est pas possible. J'ai rêvé », se répéta-t-elle, incrédule. Des centaines de fois, elle avait dansé avec lui sans percevoir entre eux le moindre frisson, la moindre ambiguïté. Alors pourquoi en irait-il soudain autrement ?

C'était absurde, illogique, insensé.

Perplexe, Ruth laissa le flux de la douche couler sur elle, lavant les fatigues de la journée. Lorsque Nick et elle avaient répété de nouveau dans l'après-midi, quelque chose avait changé dans la façon dont ils s'étaient mus ensemble. Il y avait eu une tension imperceptible, des frémissements légers, des amorces de sursauts à chaque contact de peau à peau.

Rien de plus, peut-être, que les étincelles électriques produites par leurs irritations respectives ?

Renversant la tête en arrière, Ruth passa ses cheveux sous l'eau et les sentit se plaquer jusque sur ses reins. Lorsque Nick l'avait prise dans ses bras, elle avait été submergée par une réaction violente, élémentaire et terriblement physique.

Rien à voir avec le plaisir plus suave, plus innocent que lui procuraient les baisers de Donald.

Lorsque Donald l'embrassait, la tentation d'aller plus loin existait, bien sûr. Mais il lui était tellement facile d'y résister. Pour la séduire, le styliste usait de charme et de douceur. Il la complimentait, lui offrait des fleurs, l'invitait dans de luxueux restaurants où ils dînaient en tête à tête. Les repas étaient aux chandelles, les décors toujours romantiques.

Pour Ruth, ce déploiement de charme ne manquait pas d'agrément. « Plaisant » était sans doute le terme le plus approprié pour décrire les sensations que Donald suscitait en elle. Mais quel homme se satisferait d'une réaction aussi tiède ?

Donald, d'ailleurs, ne faisait pas exception. Il n'y avait eu personne jusqu'à présent pour lui faire connaître le moindre vertige des sens. « Plaisant » était le maximum de ce qu'elle avait atteint pour le moment. Et voilà qu'inopinément, un homme avec qui elle travaillait depuis des années — un homme capable à la fois de la faire hurler de colère et de lui arracher des larmes d'émotion — provoquait chez elle un véritable séisme.

Une chose était certaine : ce qu'elle avait ressenti avec Nick était tout sauf *plaisant*.

« Il ne m'a jamais embrassée, pourtant, songea-t-elle, rêveusement. Et il ne me touche pas non plus — en tout cas pas comme un amant. Et pourtant… »

Pestant tout bas, Ruth coupa avec impatience l'eau de la douche. L'épisode avec Nick n'avait été qu'un accident de parcours — une de ces expériences isolées et non reproductibles, comme il en survenait parfois. Le frémissement de désir qu'elle avait ressenti par le plus grand des hasards entre ses bras était lié au rôle de Carlotta qu'elle incarnait, à la passion tzigane, la chaleur de l'été finissant, la montée d'adrénaline provoquée par leur dispute. Bref, à un enchaînement *fortuit* de circonstances *fortuites*.

Dégoulinante de la tête aux pieds, Ruth tendit la main pour attraper un drap de bain. Elle sécha d'abord ses cheveux puis son corps longiligne de danseuse. Un corps dont elle connaissait intimement chaque ligne, chaque muscle. Un corps qu'elle avait façonné sans relâche, comme on élabore une sculpture.

Evoquer ses années d'apprentissage, ramena le souvenir de Lindsay qu'elle avait vue danser dans *Don Quichotte* quelques mois à peine avant que la grande ballerine ne quitte définitivement la scène. Rencontrer Lindsay Dunne en personne avait été un des événements les plus marquants de son existence. Dès le premier instant, l'ancienne ballerine professionnelle l'avait soutenue, encouragée, aidée à prendre conscience de son talent.

Ruth ne songeait jamais à Lindsay sans une immense tendresse mêlée de reconnaissance. Cinq années s'étaient écoulées depuis cette rencontre décisive. Depuis, elle avait dansé dans *Don Quichotte* elle-même. Et remporté un vif succès sur scène. Bien qu'enceinte de huit mois, Lindsay était venue exprès à New York pour assister à la première. Et son amie et ancienne prof de danse avait pleuré à chaudes larmes en la voyant incarner Kitri.

Pour la plus grande joie de Nick, d'ailleurs, qui n'avait cessé de rire et de taquiner Lindsay sur son « sentimentalisme ».

Avec un léger soupir, Ruth laissa tomber le drap de bain en tas sur le carrelage et enfila un peignoir de soie ivoire.

Lindsay avait toujours été d'une surprenante perspicacité en ce qui la concernait. Qui d'autre que son amie — et tante par alliance — aurait senti qu'elle n'allait pas tout à fait aussi bien qu'elle ne voulait le croire elle-même ?

Assise à sa coiffeuse, Ruth démêla ses longs cheveux noirs en s'efforçant de se remémorer sa dernière conversation téléphonique avec Lindsay et Seth. Elle ne se souvenait pas d'avoir laissé transparaître la moindre trace de spleen, pourtant. La discussion avait tourné autour de Donald et de sa dernière collection. Elle avait mentionné la superbe petite commode ancienne qu'elle avait dénichée chez un brocanteur du Village. Puis Lindsay avait donné des nouvelles des enfants.

Mais même si leurs propos étaient restés anodins, Lindsay avait perçu chez elle une pointe de mélancolie vague dont elle avait à peine commencé à prendre conscience elle-même. Ruth fronça les sourcils. *Etait-elle malheureuse, au fond ?* Non, sûrement pas. Juste un peu… insatisfaite. Ce qui constituait déjà un scandale en soi. Comment pouvait-elle souffrir d'un tel sentiment alors qu'elle réalisait tous ses rêves un à un ? Elle était première danseuse de la compagnie ; son nom commençait à être connu dans l'univers du ballet classique. Et, consécration suprême, elle s'apprêtait à danser le rôle principal dans la nouvelle création de Davidov. Même si la vie de danseuse était faite de privations, de souffrance et d'exercice, ces sacrifices étaient largement compensés par le plaisir qu'elle en retirait.

Non, il n'existait pas d'autre place pour elle au monde que dans l'univers du ballet.

Et pourtant, il lui arrivait par moments d'avoir envie de s'échapper et de retrouver l'existence vagabonde qu'elle avait menée durant l'enfance. Une existence faite de voyages, de découvertes, d'éblouissements successifs. Elle ne se souvenait que trop bien des bazars d'Istanbul, de la magie de Venise, de la foule à Bombay et de la blanche beauté des îles grecques.

Avec ses parents journalistes, le voyage avait été la norme et le credo familial résolument nomade. Ruth ne se souvenait pas qu'ils aient jamais passé trois mois de suite dans le même endroit. Toujours itinérante, elle n'avait jamais eu l'occasion de créer des liens durables avec quiconque, hormis avec ses parents.

Et avec la danse.

La danse avait été la constante, l'élément stable au sein d'une vie en perpétuel mouvement. Les écoles avaient varié ; les professeurs avaient défilé, prodiguant parfois leur enseignement dans des langues auxquelles elle n'entendait pas grand-chose. Mais les règles du ballet classique étaient restées partout les mêmes.

Les années de pérégrinations lui avaient conféré une maturité précoce et une grande assurance ; quant à l'absence d'amis, elle lui avait appris à se suffire à elle-même. Au point qu'on l'avait souvent accusée d'être hautaine, fermée, repliée sur soi. Les quelques mois où elle avait vécu avec son oncle Seth l'avaient changée de ce point de vue, cependant. Dans l'ambiance paisible de Cliffside, elle était devenue plus liante, plus ouverte. Et son amitié avec Lindsay lui avait appris la confiance.

Mais malgré ce début d'ouverture, son univers restait insulaire. Sans doute parce que le métier de danseur était si prenant, si exclusif qu'il faisait d'eux des êtres en marge. Ce léger décalage depuis l'enfance avec le monde dit « ordinaire » avait fini par faire d'elle une observatrice. Comprendre, analyser ce qui se passait autour d'elle était devenu, plus même qu'une habitude, une seconde nature.

Ce qui contribuait sans doute à exacerber son irritation vis-à-vis de Nick. Ruth l'avait observé tout l'après-midi et elle avait senti des turbulences. Mais elle n'avait pas été en mesure de leur donner un nom. La façon dont il s'était comporté avec elle à l'heure du déjeuner restait une énigme.

Et elle avait les mystères en horreur.

D'où le plaisir qu'elle tirait de la compagnie de Donald, sans doute. L'ombre d'un sourire étira les lèvres de Ruth tandis qu'elle jouait distraitement avec les poudres et les flacons alignés sur la tablette en marbre devant elle. Donald était quelqu'un d'éminemment prévisible. Son comportement était cohérent ; ses désirs bien définis. Il n'y avait pas de courants souterrains en lui.

Alors qu'avec un homme comme Nick…

Versant quelques gouttes d'huile parfumée au creux de sa paume, Ruth se frictionna pensivement les bras et les épaules. Un homme comme Nick n'était pas seulement imprévisible ; il représentait une source permanente d'irritation et de confusion. Il était versatile, déraisonnable, exigeant jusqu'à la démesure. Essayer de le suivre était déjà une épreuve en soi. Et le satisfaire relevait de la gageure. Elle avait vu tant de danseurs s'épuiser pour essayer de répondre à son attente. Elle-même, autant le reconnaître, faisait partie du nombre. Qu'avait-il donc de si particulier pour susciter une pareille dévotion ?

Un coup frappé à sa porte d'entrée arracha Ruth à ses réflexions. Elle se détourna de sa coiffeuse avec un haussement d'épaules et traversa l'appartement pour jeter un coup d'œil par le judas. Avec une exclamation étonnée, elle retira la chaîne de sécurité.

— Tiens, Donald, quelle surprise ! Je pensais justement à toi.

Elle se dressa sur la pointe des pieds pour effleurer ses lèvres d'un baiser rapide mais il la prit d'autorité dans ses bras et la serra contre lui. Il enfouit le visage dans son cou.

— Mmm... Tu sens tellement bon que c'en est criminel.

Il étouffa son rire d'un baiser qui se prolongea bien au-delà de ce que Ruth lui accordait d'ordinaire. Elle l'encouragea même. Pour éprouver enfin quelque chose de plus intense avec Donald que le plaisir un peu tiède que ses étreintes lui avaient procuré jusqu'ici. Elle voulait l'excitation, la précipitation du sang, le mélange d'exaltation et de peur qu'elle avait ressentis l'après-midi même dans les bras d'un autre homme. Mais lorsque le baiser prit fin, son rythme cardiaque ne s'était pas accéléré de la moindre petite pulsation par minute. Et aucune vague de désir — même légère — n'était venue soulever le lac étale de sa libido paisible. Autant se rendre à l'évidence : c'était le calme plat. Le désert sensuel absolu.

Avec un large sourire, Donald enfouit les lèvres dans son cou.

— Mmm... Je ne pouvais rêver meilleur accueil, ma chérie.

Ruth demeura un instant dans ses bras. Elle appréciait l'affection tranquille de Donald, la protection qu'il lui offrait.

— Ce baiser est aussi une façon de dire « c'est sympa de te voir, mais que fais-tu ici, au juste ? »

— Je te sors, ce soir, annonça-t-il joyeusement en l'entraînant dans le séjour. Enlève ce peignoir et mets quelque chose de canon. Une robe qui porte ma griffe, bien sûr, précisa-t-il en lui effleurant la joue. Nous allons à une fête.

Ruth repoussa les cheveux encore mouillés qui lui tombaient sur les yeux.

— Une fête ?

— Une fête, oui. Ça te fera le plus grand bien de sortir un peu de cet appartement.

Donald jeta un bref coup d'œil indifférent à Nijinski qui sommeillait, étalé sur une table basse de verre. Fidèles à leurs habitudes respectives, l'homme et le chat s'ignorèrent royalement.

— Chez Carolina Carlini. Tu sais la créatrice dont les mannequins passaient juste après les miens dans le défilé de…

— Ah oui, je me souviens, coupa-t-elle. Une petite rousse aux yeux vifs avec des cils immenses. C'est ça ?

— Tout à fait.

Ruth soupira.

— Honnêtement, Donald… J'aurais apprécié que tu me passes un coup de fil d'abord pour me demander mon avis au lieu de débarquer comme ça sans prévenir.

— Mais je *t'ai* appelée. Ou du moins, j'ai essayé. Mais tu avais déjà quitté le studio de répétition. Et quand j'ai téléphoné chez toi, tu n'étais pas encore arrivée. Alors, j'ai sauté dans un taxi et me voilà.

Donald sortit un étui à cigarettes en or de la poche de sa superbe veste de soirée gris ardoise.

— Carolina a organisé sa fête à la dernière minute. Mais elle a réussi à rassembler pas mal de grosses pointures. Depuis qu'elle a présenté sa dernière collection, tout le monde se l'arrache. Elle a une cote d'enfer en ce moment.

— Désolée, mais il ne faut pas compter sur moi pour t'accompagner ce soir.

Avec un haussement de sourcils étonné, Donald actionna son briquet et souffla longuement la fumée.

— Pourquoi pas ? Tu n'as pas d'autres projets, si ?

Ruth fut tentée de lui assurer le contraire. Donald prenait des habitudes un peu trop possessives à son goût. Comme s'il avait des droits de propriétaire sur sa personne.

— Qu'est-ce qui te fait penser que je suis libre ce soir, Donald ?

Il lui adressa un sourire désarmant.

— Disons que j'espérais ardemment que tu le serais, plaida-t-il en déployant tout son charme… Allez, sois un amour et cours enfiler le petit modèle rouge que tu as pris à la boutique la semaine dernière. Carolina portera sûrement une de ses jupes à fleurs avec des socquettes qui lui donneront l'air d'une fausse fillette de douze ans. A côté de toi, je peux te garantir qu'elle aura l'air carrément vulgaire.

Pensive, Ruth étudia ses traits.

— Sous tes airs de grande gentillesse, tu n'es pas toujours très charitable, n'est-ce pas, Donald ?

— C'est mon métier qui veut ça, ma chérie. Il n'y a pas de milieu plus féroce que celui de la mode.

Ruth réprima un soupir. Elle savait que Donald l'appréciait et que son attirance pour elle était sincère. Mais elle se demandait dans quelle mesure il ne se servait pas d'elle comme d'une vitrine, lorsqu'il cherchait à la traîner un peu partout pour exhiber ses dernières créations.

— Je suis désolée, Donald, mais je ne suis pas en état d'aller à une fête ce soir.

— Oh, allez…

D'un geste qui trahissait un début d'impatience, il fit tomber la cendre de sa cigarette.

— Tu n'auras rien à faire de particulier. Juste te montrer et sourire. Et répondre à des banalités par d'autres banalités. Ce n'est quand même pas sorcier.

S'efforçant de contenir son irritation, Ruth tenta une fois de plus de faire comprendre à Donald que son métier n'autorisait aucun laxisme.

— L'existence d'un danseur est comparable à celle d'un athlète de haut niveau, Donald. Depuis 8 heures ce matin, je n'ai pas arrêté une seconde. Non seulement je suis épuisée, mais si je ne récupère pas cette nuit, je ne pourrais pas répéter correctement demain. Si encore j'étais seule en jeu ! Mais j'ai une responsabilité, aussi bien envers Nick qu'envers le reste de la troupe. Il faut que je puisse donner le meilleur de moi-même. Et pour ça, il n'y a pas de mystère : c'est repos obligatoire.

D'un geste parfaitement mesuré, Donald écrasa son mégot dans le cendrier. Un fil de fumée grise s'éleva puis se dissipa en fragiles volutes avant de disparaître par la fenêtre ouverte.

— Franchement, Ruth : ce n'est pas une existence ! Tu as vingt-deux ans, tu es belle et intelligente. Et tu te cloîtres chez toi tous les soirs. C'est absurde de gâcher sa jeunesse comme ça !

— Pas si absurde que cela dans la mesure où le ballet sera donné dans moins de trois semaines. Le rythme des répétitions s'accélère et je suis forcément dedans à cent pour cent. Les fêtes attendront.

Lorsque Donald la prit dans ses bras, elle sentit vibrer la colère sous le calme de surface.

— Et moi, Ruth ? J'attends aussi, apparemment ? Jusqu'à quand ?

— Je ne t'ai jamais rien promis, Donald. Depuis le début, tu es prévenu que la danse reste ma grande priorité. De la même façon que tu fais passer ton métier avant toute autre considération, avoue-le.

— Donner la priorité à son art est une chose. S'interdire de vivre comme un être sexué en est une autre. Combien de temps continueras-tu à nier tes besoins de femme, Ruth ?

Ruth le toisa froidement.

— Je n'ai pas le sentiment de nier quoi que ce soit de ma féminité.

— Ah non ?

Les mains de Donald se crispèrent sur ses épaules. Exactement comme Nick l'avait fait quelques heures plus tôt. Mais si la situation était identique, sa réaction, en revanche, ne ressemblait en rien à celle que Nick avait suscitée. Alors que ce dernier avait éveillé en elle un mélange de colère et de vertigineuse attirance, Donald, lui, ne provoquait qu'une impatience teintée de lassitude.

— Donald, je n'ai pas le sentiment de nier ma féminité en refusant de coucher avec toi.

— Tu sais que je te désire comme un dingue. Le problème, avec toi, c'est que ce n'est jamais oui, mais jamais tout à fait non, non plus.

Il l'attira plus près.

— Chaque fois que je te prends dans mes bras, que je t'embrasse, je te sens céder un peu de terrain. Puis, tout à coup, tu mets un holà brutal, comme si tu élevais un mur pour te protéger de Dieu sait quoi. Combien de temps comptes-tu m'infliger ça, Ruth ?

Une pointe de culpabilité l'envahit. Elle ne pouvait nier qu'il avait raison. Mais il n'était pas non plus en son pouvoir de changer quoi que ce soit à son absence de désir pour lui.

— Je suis désolée, Donald.

Il lut le remords dans ses yeux et changea de tactique. Resserrant la pression de ses bras, il se fit plus tendre, plus persuasif.

— Tu connais mes sentiments pour toi, Ruth… Pour la fête ce soir, contentons-nous de faire une apparition. Puis nous reviendrons ici avec une bouteille de champagne. Rien que toi et moi.

— Donald, tu ne veux donc pas comprendre que…

Un nouveau coup frappé à sa porte l'interrompit net dans ses explications. Distraite par la scène en cours, elle tourna le verrou sans même jeter un œil par le judas.

— Nick !

Sidérée de le trouver sur son palier, Ruth le regarda avec des yeux ronds, l'esprit vidé de toute pensée cohérente. Nick secoua la tête.

— Tu crois que c'est prudent d'ouvrir comme ça au premier venu, sans même vérifier de qui il s'agit ? lança-t-il avec bonne humeur. Surtout dans cette tenue. Tu sors de ta douche apparemment.

Avec une mimique appréciative, il se pencha pour renifler ses cheveux encore humides.

— Tu sens comme les premières pluies de printemps.

Il lui souriait, une lueur amusée dans les yeux, comme s'ils ne s'étaient jamais lancé des mots de colère à la figure.

— Tu es bien la dernière personne que je m'attendais à voir ce soir, Nick.

Il lui embrassa le bout du nez en riant.

— Je passais dans le coin. Et j'ai vu tes fenêtres allumées.

Au son de la voix de Nick, Nijinski descendit de son perchoir et vint se frotter affectueusement contre ses chevilles. Nick se baissa pour le caresser et rit doucement lorsque le chat se dressa sur ses pattes arrière en s'étirant le long de ses jambes. Il prit le matou ronronnant dans ses bras et avisa Donald en se redressant.

Son expression demeura joyeuse, son regard amical.

— Ah, tiens, vous êtes là, Keyser ?

Ruth découvrit avec consternation qu'elle avait complètement oublié la présence du styliste pendant son bref échange avec Nick.

— Tu te souviens de Donald, n'est-ce pas ?

— Mais certainement.

Ronronnant dans les bras de Nick, Nijinski gardait ses yeux ambre férocement rivés sur Donald, comme pour le mettre au défi d'approcher.

— J'ai vu une amie commune — Eleonor Boyer — porter une de vos créations, enchaîna Nick en se rapprochant du couturier. L'amie et la robe étaient exquises.

Donald haussa un sourcil ironique.

— Merci pour la robe.

Sans se départir de son sourire affable, Nick se laissa tomber dans un fauteuil.

— Tu ne m'offres rien à boire, Ruth ?

Par automatisme, elle se tourna vers la petite table qui faisait office de bar. Elle s'empara d'office de la bouteille de vodka, servit Nick et lui tendit son verre.

— Et toi, Donald ?

— Mets-moi un fond de whisky, s'il te plaît.

En contraste avec l'attitude détendue de Nick, Donald

affichait une nette réserve. Nijinski tourna en rond sur les genoux de son grand ami et s'installa avec des airs de propriétaire, en frottant la tête contre sa main.

Nick leva son verre en se tournant vers Donald.

— Vos collections se vendent bien, je crois ?

— Je n'ai pas à me plaindre.

Toujours debout, Donald sirotait son scotch, en se demandant visiblement sur quel pied danser avec Davidov.

— J'ai appris que vous aviez utilisé des matières très aériennes pour votre collection d'automne ? poursuivit Nick avec une imperturbable amabilité.

Un fond de curiosité transparut sous la neutralité soigneusement affichée de Donald.

— C'est exact. Je suis surpris qu'en tant que danseur et chorégraphe, vous suiviez la mode féminine d'aussi près.

Avec une décontraction typiquement russe, Nick but une solide rasade de vodka.

— Ce sont les femmes que je suis de près. Je les aime.

L'affirmation était nette, carrée et à prendre dans son acception la plus vaste. Si Nick aimait les femmes, ce n'était pas seulement au sens sexuel du terme. On lui prêtait quelques liaisons torrides — à l'image de celle, très médiatisée qu'il avait eue avec ladite Eleonor Boyer. Mais on lui connaissait aussi des amitiés fortes. Comme celle qui le liait à Lindsay, par exemple.

— Si j'en juge d'après les vêtements que vous créez, vous aimez les femmes aussi, Keyser. La mode que vous leur faites porter est aussi respectueuse de leur intelligence que de leur silhouette. Ce qui est loin d'être le cas pour la majorité de vos concurrents.

— Vous essayez de me flatter ?

Amadoué, Donald alla jusqu'à prendre place sur le canapé. Nick secoua la tête.

— Je ne fais jamais de politesses, Keyser. Je déteste gaspiller ma salive en paroles inutiles. Comme Ruth vous le confirmera sans doute, je suis un individu très sobre.

Ruth eut une moue sceptique.

— Sobre ? Dans ton cas, le terme exact serait plus « égocentrique ». Ou nombriliste, si tu préfères.

Nick scruta d'un œil sombre le fond vide de son verre.

— Et dire que cette enfant était encore pleine de respect, il n'y a pas si longtemps.

— Lorsque j'étais jeune, tu m'impressionnais terriblement, en effet. Mais je commence à mieux te connaître.

Un éclair fugitif brilla dans le regard de Nick. Colère ? Défi ? Amusement ? Peut-être un mélange de trois. Elle aurait été incapable de l'affirmer avec certitude, en tout cas.

— C'est étonnant que les hommes de notre âge ne lui inspirent pas un peu plus de déférence. Qu'en pensez-vous, Keyser ?

— Donald n'a jamais éprouvé le besoin de m'impressionner, lui, rétorqua Ruth sans se rendre compte qu'elle ne laissait pas à l'intéressé la possibilité de s'exprimer. Et, contrairement à certains, il ne tient pas à tout prix à en imposer par son âge et sa sagesse.

— Tant mieux pour lui. Ça lui évitera d'être déçu... Elle a la langue bien pendue, cette enfant, commenta-t-il à l'intention de Donald.

— Seulement avec certaines personnes, précisa-t-elle.

La tête légèrement penchée sur le côté, Nick lui adressa son sourire le plus suave.

— C'est à moi de me sentir flatté, alors.

Ruth le maudit en silence d'avoir toujours réponse à tout. Rassemblant sa dignité, elle se leva en le gratifiant d'un regard qu'elle espéra souverain. Son corps se mouvait avec aisance sous la soie fluide de son peignoir. Le regard de Donald glissa fugitivement sur ses hanches mais Nick, très calme, maintint les yeux rivés sur son visage.

— Je suis comme toi, Nick, je considère la flatterie comme un gaspillage de temps et de salive. Maintenant, si tu veux bien m'excuser… Donald et moi sommes attendus à une fête et je voudrais m'habiller.

Tourner ostensiblement le dos à Nick lui apporta une indéniable satisfaction. Et la consola presque d'avoir à s'infliger une réception où elle n'avait aucune envie d'aller. D'une main impatiente, Ruth tira sa robe rouge de la penderie et fouilla dans sa commode pour trouver la lingerie assortie. Elle jeta le tout sur le lit et ôta son peignoir au moment précis où sa porte s'ouvrait à la volée. Juste à temps, elle parvint à plaquer son déshabillé sur sa poitrine.

Les yeux ronds, elle regarda Nick débouler dans la pièce et refermer le battant derrière lui.

— Tu es fou ? Tu ne peux pas entrer ici !

— Je le peux puisque j'y suis, constata-t-il avec son laconisme habituel.

Ruth faillit s'étrangler.

— Il te reste deux secondes pour faire demi-tour et sortir de ma chambre, Nikolai ! Je ne suis pas décente, au cas où tu ne l'aurais pas remarqué.

Il laissa glisser un regard impassible sur ses épaules dénudées.

— L'essentiel est couvert, non ? J'ai juste deux mots à

te dire, Ruth : tu as une journée de travail de dix heures derrière toi. Et un premier cours à 8 heures demain matin.

— Je connais mes horaires, merci.

Détachant avec précaution une des mains qui maintenaient son peignoir en place, Ruth repoussa ses cheveux dans son dos.

— Je n'ai pas besoin de toi pour me rappeler mon emploi de temps. Pas plus que je n'ai de comptes à te rendre sur la façon dont j'occupe mes soirées.

— Sauf si tes occupations nocturnes nuisent à la qualité de ton travail. C'est dans *mon* ballet que tu incarnes le rôle-titre, Ruth. Et j'attends de mes danseuses qu'elles soient au maximum de leurs capacités. Je ne crois pas avoir à te préciser qu'il y a un minimum d'hygiène de vie à respecter dans notre métier.

Mal à l'aise lorsqu'on touchait à ses compétences artistiques, Ruth fronça les sourcils.

— As-tu jamais eu le moindre motif de te plaindre ?

— Pas encore, non. Mais je te préviens que je ne me contenterai pas d'une performance médiocre de ta part. Et je ne vois pas comment tu pourrais être au sommet de ta forme si tu t'épuises en traînant dehors la moitié de la nuit.

Un nœud se forma dans sa poitrine.

— Je me suis *toujours* décarcassée pour toi, Nick. Je t'ai donné sans compter. Mes efforts, ma sueur, et parfois même mes larmes. Mais cela ne te suffisait pas ! On te donne tout et tu veux plus encore !

Elle allait se détourner sur un mouvement d'humeur lorsqu'elle se souvint que son peignoir ne couvrait que la partie face de sa personne. Réduite à l'impuissance, elle tapa du pied avec impatience.

— Et maintenant, vas-tu te décider oui ou non à sortir de cette chambre ?

Ignorant ses exigences, il planta son regard dans le sien.

— Je prends ce dont j'ai besoin chez mes danseurs. Et il n'y a pas si longtemps, *milaya,* tu ne demandais qu'à donner le meilleur de toi-même.

Le reproche implicite la toucha au vif.

— Tu es injuste, Nick ! Lorsque je danse pour toi, je ne garde rien pour moi, je suis dedans à cent pour cent. Mais ma vie privée, je la gère comme je l'entends ! Quand vas-tu cesser de me couver comme ça ? J'ai grandi depuis mon arrivée à New York !

Il réagit par un mouvement de colère si violent, si inattendu qu'elle fit un pas en arrière.

— Il n'y a que ça qui t'intéresse, alors ? C'est si important pour toi d'être traitée comme une femme ?

— J'en ai plus qu'assez que tu continues à t'adresser à moi comme lorsque j'avais dix-sept ans. Il est fini le temps où je faisais la révérence en te croisant dans un couloir. Je suis adulte et responsable !

Le regard que Nick laissa courir sur son corps alluma en elle un premier signal d'alerte.

— Tu veux que je te montre comment je m'y prends avec les adultes responsables qui se trouvent également être des femmes attirantes ?

— Non !

Mais elle était déjà dans ses bras, déjà moulée contre lui. Il ne lui prodigua pas le baiser dur et dominateur auquel sa colère l'avait préparée. Pas un baiser de pouvoir dont elle aurait pu se défendre. Nick l'embrassa comme s'il avait su d'emblée qu'elle donnerait avec la même ferveur qu'il mettait à prendre.

Ce fut tout simplement un baiser d'homme à femme. D'adulte à adulte. Sans force ni persuasion.

Ses lèvres s'ouvrirent en même temps qu'il ouvrait les siennes. Leurs langues se trouvèrent. Se mêlèrent. Ruth ferma les yeux. Ses pensées, son corps, son univers ne tournaient plus qu'autour de leur baiser. L'huile parfumée dont elle s'était enduite exhalait ses essences, chaudes et sensuelles. En levant les bras pour les passer autour du cou de Nick, elle lâcha son peignoir. Il tomba au sol avec un bruissement de soie, formant un petit tas à leurs pieds. Ils ne s'en soucièrent ni l'un ni l'autre.

Nick laissa monter et descendre ses paumes le long de son dos nu, un peu comme il avait caressé le chat quelques minutes plus tôt. Avec le même plaisir. La même assurance. La même sensualité possessive. Laissant échapper un léger murmure de désir, Ruth se serra plus étroitement contre lui.

Lorsque les mains de Nick glissèrent sur ses flancs, le baiser gagna en intensité. Ruth sentit qu'elle franchissait une limite. Elle sortit du périmètre de ses expériences passées et pénétra, le souffle coupé, dans une dimension neuve, un monde vibrant où les frontières entre le moi et l'autre se faisaient plus perméables, un monde de tension et de plaisir où l'abandon devenait possible.

Elle glissa les doigts dans les cheveux de Nick, laissa tomber la tête en arrière. Se serrant plus fort contre lui, elle s'ouvrit, lui demanda de prendre. Il n'y avait plus rien qu'elle ne voulût lui offrir. Le territoire inconnu dont il lui avait ouvert les portes était à la fois exaltant et nocturne, effrayant et riche en saveurs. Mille frissons couraient sous sa peau qui se faisait source brûlante sous les mains de Nick. Des mains qu'elle avait crues si bien connaître pourtant. Des mains qui l'avaient tenue et relevée, des mains qui, mille fois, déjà, s'étaient attardées sur sa taille, sur ses épaules et sur ses bras. Des mains qui s'étaient faites impérieuses pour montrer un mouvement, rectifier une posture. Mais ce n'était plus la musique et la danse qui les jetaient l'un vers l'autre. S'il y avait une chorégraphie, ils la réinventaient ensemble, selon des règles subtiles écrites dans une langue dont elle ne demandait qu'à parfaire la pratique.

Ruth poussa un murmure de protestation lorsqu'il l'écarta d'elle. Frustrée, elle garda les yeux clos et voulut se couler de nouveau dans ses bras, retrouver l'univers tiède et fluide où les frontières se faisaient incertaines, où la réalité prenait un visage inconnu.

Mais Nick la maintint fermement à distance.

Nue devant lui, elle ne songea pas à se couvrir. Elle lui avait livré d'elle des aspects si intimes qu'elle n'éprouvait pas le besoin de lui cacher son corps. Nick fit glisser sur elle un regard lent, minutieux, attentif, comme s'il cherchait à mémoriser chaque millimètre carré de sa peau.

Mais lorsque ce même regard vint plonger dans le sien, Ruth y vit une colère proche de la fureur. Sans un mot, il se détourna et quitta la chambre.

La porte d'entrée claqua. Nick était parti comme il était entré : sans explication, en laissant comme un crépitement électrique dans son sillage.

Chapitre 3

— Et une… Et deux… Et trois… Et quatre…

Comme une marionnette articulée, Ruth enchaînait les pas en suivant le rythme donné par Nick. Après des heures et des heures de danse, son corps avait cessé de sentir la douleur. Elle avait la tête cotonneuse et un brouillard opaque lui obscurcissait le cerveau. Les quelques heures de sommeil qu'elle avait réussi à glaner en fin de nuit n'avaient pas suffi à recharger ses batteries. C'était uniquement par défi envers Nick qu'elle s'était attardée à la fête de Carolina dans une atmosphère d'alcool et de fumée, buvant punch sur punch, assourdie par le vacarme de la musique.

Toute la matinée, Ruth avait été péniblement consciente que sa condition physique se ressentait de ces excès et qu'elle ne dansait pas comme elle aurait dansé d'ordinaire. Nick, à son grand étonnement, n'avait émis aucun reproche — pas même l'ombre d'un commentaire. Il se contentait de reprendre chaque fois la même combinaison de pas ; de lui faire exécuter inlassablement les mêmes figures. Il ne criait pas lorsqu'elle perdait le tempo ou qu'elle vacillait après la série de fouettés qu'elle réussissait si bien d'ordinaire.

Même lorsqu'elle échoua lamentablement dans un de ses

sauts, il demeura de marbre et aucun juron russe n'explosa dans le studio. Lorsqu'ils dansaient leur pas de deux, il ne la taquinait pas, ne lui murmurait aucune injonction à l'oreille.

Plus le temps passait plus la situation devenait inconfortable, constata Ruth en s'étirant en une lente arabesque. Tout compte fait, elle aurait préféré qu'il hurle et qu'il tempête comme à son habitude, en lui reprochant vigoureusement de n'en avoir fait qu'à sa tête la veille au soir.

S'il avait crié, elle aurait pu lui répondre sur le même ton. Et se soulager ainsi du poids de culpabilité qui lui pesait de plus en plus lourdement sur la poitrine. Mais pendant tout le temps que dura la répétition, il ne lui offrit pas une seule occasion de laisser exploser sa mauvaise humeur. Chaque fois que leurs regards se croisaient, Nick lui donnait l'impression qu'il voyait à travers elle par transparence. Elle n'était plus qu'un corps, un robot, un objet animé se déplaçant sous ses ordres.

Lorsque le moment de la pause arriva enfin, Ruth se retira au fond du studio et se laissa glisser le long du mur pour s'asseoir à même le sol, la tête sur les genoux. Ses pieds étaient douloureux et tordus par les crampes. Mais elle ne se sentait même pas le courage de les masser.

Elle leva les yeux lorsqu'une main secourable plaça une serviette sur ses épaules.

— Merci, Maxine, murmura-t-elle avec un sourire reconnaissant, en s'essuyant le front.

— Tu as l'air claquée.

— Ce n'est pas qu'une impression. Je suis morte.

Maxine Myers était une soliste talentueuse et une des premières amies que Ruth s'était faite dans la compagnie. Fine et élancée, avec des cheveux châtain clair et des yeux noirs au regard vif, Maxine passait sa vie à tomber amoureuse et allait de rupture en rupture avec une joie de vivre inentamée. Ruth admirait sa gaieté, sa franchise et son inaltérable optimisme.

Maxine se fourra un chewing-gum dans la bouche.

— Qu'est-ce qui t'arrive ? Tu es malade ?

Ruth renversa la tête en arrière pour prendre appui contre le mur. Un des danseurs s'était assis au clavier et pianotait une mélodie lancinante ; la grande salle bourdonnait du bruit des rires et des conversations.

— J'ai fait la fête jusqu'à 3 heures du matin. Et bu quelques punchs de trop.

Maxine étira une jambe et toucha le mur derrière elle.

— Sympa. Mais vu la journée qui t'attendait aujourd'hui, ça n'était peut-être pas ce que tu pouvais faire de plus malin. Tu t'es amusée au moins ?

Ruth frotta ses temps douloureuses.

— Moyen. Je n'avais même pas envie d'y aller, en fait.

— Alors qu'est-ce que tu fabriquais là-bas ?

— Je faisais de l'opposition systématique, murmura-t-elle en jetant un coup d'œil du côté de Nick.

— Mmm… Mauvais plan. Plus on s'ennuie à une fête, plus on est crevée le lendemain, c'est connu. Méfie-toi de Leah, en tout cas. Je l'ai entendue prononcer quelques commentaires ironiques sur ta façon de danser aujourd'hui.

Suivant le regard de Maxine, Ruth porta son attention sur la danseuse blonde à la silhouette racée qui avait débuté comme soliste en même temps qu'elle. Les cheveux cendrés de Leah étaient tirés en arrière, dégageant un visage à la beauté classique. En grande conversation avec Nick, la jeune ballerine agitait des mains longues et fines. Lorsqu'elle dansait, elle avait la grâce hautaine d'un cygne.

— Ah, bon ? Leah en a profité pour me casser du sucre sur le dos ? s'enquit Ruth avec un léger soupir.

— Tu sais qu'elle avait bon espoir que Nick lui confie le rôle de Carlotta ? Même le fait d'avoir décroché la princesse Aurore dans *La Belle au Bois Dormant* ne l'a pas consolée de ce qu'elle considère comme une injustice. Son grand rêve, c'est d'avoir Nick pour partenaire. Et ce n'est pas lui qui danse le prince Désiré.

— Les rivalités existent dans toutes les compagnies de danse, commenta Ruth distraitement en regardant Nick secouer la tête alors qu'il répondait à Leah.

— Les rivalités, oui. Et la jalousie. L'envie.

Un pli pensif barra le front de Ruth.

— Tu as raison. On n'échappe pas à la mesquinerie ambiante. C'est le métier qui veut ça, sans doute, conclut-elle, épuisée, en fermant un instant les yeux.

Le pianiste improvisé enchaîna sur une ballade romantique. Quelqu'un se mit à chanter et le bruit joyeux des conversations enfla dans le studio.

— Un brin de rivalité n'a jamais fait de mal à personne, observa Maxine en s'assouplissant les chevilles. Mais avec Leah, c'est différent. S'il ne s'agissait pas d'une ballerine aussi extraordinaire, je regretterais presque qu'elle fasse partie de la compagnie. Cette fille, c'est du poison, Ruth. Pour arriver à ses fins, elle serait prête à marcher sur des cadavres. Et je te signale que tu représentes un obstacle sur son chemin… Bon, allez, à tout de suite. Je vais boire un verre d'eau. Mais fais attention à toi, O.K. ?

Surprise par cette vigoureuse mise en garde, Ruth suivit

la jeune femme des yeux. Il n'était pas dans les habitudes de Maxine de porter un regard aussi négatif sur l'une de leurs collègues. Son amie avait un esprit ouvert et une nature généreuse. Et elle voyait rarement le mal chez autrui.

Cela dit, Ruth avait clairement perçu le dépit de Leah lorsque Nick l'avait choisie pour danser le rôle principal dans son nouveau ballet. La jalousie était omniprésente dans la compagnie. Comme dans n'importe quelle grande famille, d'ailleurs. La rivalité, l'envie faisaient partie du paysage. C'était un fléau inévitable dans une profession où les ambitions étaient fortes, le travail incessant et les bonnes places plus que rares.

Leah et elle s'étaient souvent trouvées en concurrence depuis qu'elles avaient été admises ensemble dans le corps de ballet cinq ans auparavant. Et elles avaient perdu et gagné l'une et l'autre. Leur style, leur allure divergeaient fortement. Si bien qu'elles offraient des versions très contrastées des personnages qu'elles interprétaient sur scène. Là où Ruth Bannion incarnait la passion, Leah mettait plutôt du raffinement et de l'élégance. Ruth était charnelle, musicale et sensible, là où Leah apparaissait froide, hautaine et hiératique.

Sur le plan technique, elles excellaient l'une et l'autre. Mais si la blonde dansait avec la tête, la brune dansait plutôt avec les tripes. Ruth trouvait tout naturellement sa place dans un ballet comme *Don Quichotte* alors que Leah excellait en Giselle. Ruth rayonnait dans *L'Oiseau de Feu* tandis que Leah faisait une merveilleuse princesse Aurore, inaccessible et lointaine. Nick les avait toujours utilisées au mieux l'une et l'autre, en fonction de leur style et de leur talent mutuels. Il semblait d'ailleurs relativement logique qu'il ait choisi la brune passionnée plutôt que la blonde à la beauté classique pour incarner la tzigane Carlotta.

Ruth réprima un soupir. Se pouvait-il que la jalousie de Leah soit plus violente, plus dangereuse qu'elle ne l'avait cru jusqu'ici ? Si elles n'avaient jamais été amies, elles avaient toujours fait montre de respect pour leurs talents mutuels. Mais elle avait effectivement senti un regain d'hostilité de la part de sa rivale blonde depuis quelques semaines.

Haussant les épaules, Ruth retira la serviette qui lui couvrait la nuque et se leva pour s'étirer à la barre. Elle ne pouvait pas faire grand-chose pour remédier à la situation. Et ils étaient tous là pour s'incliner devant un impératif supérieur, de toute façon : la Danse.

— Ruth ?

Tressaillant au son de la voix de Nick, elle se retourna à contrecœur. Le regard qu'il posa sur elle était dépourvu d'expression. Une vague d'anxiété la submergea. C'était dans les moments où il se maîtrisait le mieux qu'il se montrait généralement le plus cruel.

Et le pire, c'est qu'elle était dans son tort.

— Nick, je…

— Rentre chez toi, Ruth.

Déconcertée, elle cligna des yeux.

— Pardon ?

— Rentre chez toi, répéta-t-il du même ton glacial.

— Mais, Nick, c'est absurde ! Je…

— J'ai dit : pars. Je ne veux pas de toi ici.

La sentence tomba comme un couperet. Les yeux rivés sur lui, elle se sentit pâlir. Rien n'aurait pu la blesser plus profondément que de se voir renvoyée ainsi en pleine répétition. Dans sa gorge montèrent simultanément un flot de récriminations furieuses et un afflux de larmes. Refusant de céder aux unes comme aux autres, elle serra les lèvres et se dirigea vers la porte sans un mot.

— Les seconds danseurs, s'il vous plaît, dit la voix calme de Nick juste au moment où elle quittait la salle.

Ruth dormit trois heures d'affilée avec Nijinski roulé en boule dans son dos. Elle avait pris une douche, fermé les persiennes de sa chambre et s'était allongée à même le couvre-lit. La chambre était plongée dans la pénombre et on n'entendait d'autre bruit dans la pièce qu'un ronronnement de félin comblé.

Elle se réveilla l'esprit parfaitement clair et roula sur le ventre. Délogé de sa place, Nijinski lui jeta un regard noir, se retira dignement au pied du lit et lui tourna le dos pour faire sa toilette.

Nick était présent dans ses ultimes pensées avant qu'elle ne s'assoupisse. Et ses paroles furent les premières à résonner dans sa tête au réveil. Personne, à sa connaissance, n'était capable de faire preuve de cruauté avec autant de nonchalance que Nikolai Davidov.

Le cœur lourd, Ruth se leva pour ouvrir les volets.

— Qu'en dis-tu, Nijinski ? Ce n'est pas parce qu'il m'a virée du studio que nous allons passer la journée dans le noir, n'est-ce pas ?

Ruth se laissa retomber sur le lit et entoura le chat de ses bras, le visage enfoui dans la tiède fourrure animale. Nijinski commença par feindre l'indifférence sous ses caresses mais n'en consentit pas moins à se laisser câliner. Amadoué, il finit même par se frotter le front contre sa main.

Elle lui souleva le menton et plongea ses yeux dans le mystérieux regard couleur d'ambre.

— Tu ne supportes pas que Donald touche ne serait-ce qu'un poil de ta moustache. Mais chaque fois que tu vois Nick, tu te colles contre lui, tu sautes sur ses genoux, tu ronronnes comme un bienheureux. Qu'est-ce que tu lui trouves à cet homme, Nijinski ? Qu'est-ce qui t'attire tant chez lui ?

Les yeux perdus dans le vague, elle passa lentement le doigt sous le menton félin.

— C'est sa voix qui te fait cet effet, peut-être ? Son accent russe ? Ou la façon dont il se déplace, avec cette grâce nerveuse ?

Abîmée dans ses pensées, elle secoua la tête.

— A moins que ce ne soit son toucher, plutôt ? Tu es sensible à la manière dont il pose les mains sur toi ? A la façon dont il te prend, te caresse ? A la sûreté de ses gestes ?

Inexorablement, ses questions la ramenèrent à la scène qui s'était déroulée dans sa chambre la veille. Là, juste devant son lit, Nick l'avait embrassée. Plus incroyable encore : il l'avait tenue nue dans ses bras.

Mais le plus étonnant, c'est qu'elle n'avait même pas pris le temps de s'appesantir sur l'événement. Après que Nick l'ait plantée là, elle s'était habillée, furieuse, et s'était précipitée à la fête en compagnie de Donald. Elle avait noyé son indignation sous un flot d'alcool, de fumée et de conversations oiseuses.

Exténuée au retour de la réception, elle s'était endormie sitôt la tête posée sur l'oreiller. Puis, au réveil, elle s'était précipitée au studio et avait passé la plus grande partie de la journée à lutter contre la fatigue.

Reposée, à présent, et la tête enfin claire, elle pouvait se pencher sur la scène étrange qui s'était déroulée la veille. Il n'y avait pas l'ombre d'un doute possible : elle avait vu du désir dans les yeux de Nick. Se roulant en position fœtale sur le couvre-lit, Ruth cala sa joue au creux de sa paume.

Nikolai Davidov avait eu envie d'elle.

Désir. Un frisson la parcourut au souvenir de ses mains glissant dans son dos, montant et descendant le long de ses flancs. Ruth sentit une onde de chaleur courir en elle. Puis, aussitôt après, comme une douche froide, vint une vision de Nick tel qu'il s'était comporté le matin même. Il n'y avait dans ses yeux ni désir ni reproche ni colère.

Rien que de l'indifférence.

Ruth enfouit son visage dans un des coussins en velours qui ornaient son lit. Le rejet de Nick continuait à lui faire mal. Elle avait l'impression d'avoir été punie, mise à l'écart, humiliée. Mais le bon sens lui disait qu'une seule répétition ratée n'était pas le bout du monde.

Tout comme ce même bon sens lui assurait qu'un seul baiser partagé ne représentait pas forcément le début d'une histoire d'amour…

Son regard tomba sur le poster accroché au-dessus de son lit. Offert par son oncle une dizaine d'années plus tôt, il représentait Lindsay et Nick dansant dans *Roméo et Juliette.* Sur une impulsion, Ruth décrocha son téléphone et composa le numéro des Hauts de la Falaise.

— Allô ?

La voix était claire et chaleureuse. Féminine et réconfortante.

— Ça va, Lindsay ?

Une exclamation réjouie retentit à l'autre bout du fil.

— Ruth ! Je ne pensais pas que nous aurions de tes nouvelles avant le week-end. Tu as reçu le dessin de Justin ?

Ruth sourit en regardant le chef-d'œuvre abstrait aux couleurs audacieuses que son cousin de quatre ans lui avait fait parvenir par la poste.

— Oui. Je l'ai affiché dans ma chambre. Il est magnifique.

Lindsay laissa éclater son beau rire contagieux.

— Magnifique est le mot, oui. J'espère que tu as repéré que c'était un autoportrait… Tu n'as pas de chance, tu as manqué Seth d'à peine quelques minutes. Il vient juste de partir en ville.

— C'est à toi que j'avais envie de parler, en fait. J'avais besoin d'entendre le son de ta voix.

Il y eut un imperceptible silence sur la ligne.

— Mmm… Laisse-moi deviner… Ta répétition s'est mal passée et tu es rentrée t'enfermer chez toi avec le moral plus bas que terre ?

Riant faiblement, Ruth replia ses jambes sous elle.

— Bravo. C'est exactement ça. Comment as-tu fait pour tomber juste du premier coup ?

— Parce qu'il n'y a rien qui déprime autant un danseur que d'échouer à une répétition et de s'entendre dire qu'il a dansé comme un éléphant. Ça nous est tous arrivé un jour ou l'autre, je te rassure.

Rassemblant ses longs cheveux dans sa main, Ruth les rejeta dans son dos.

— Du coup, je me sens ridicule de t'appeler pour si peu.

— Pourquoi ridicule ? Ce n'est pas parce qu'on subit le sort de tout le monde qu'il est plus facile à supporter pour autant. Nick t'a hurlé dessus ?

Dans la voix de Lindsay transparaissait plus d'amusement

que de compassion. Ce qui était déjà un réconfort en soi. Ruth fixa le motif à petites fleurs du couvre-lit.

— Non, il n'a pas hurlé, en fait. S'il avait crié, ça m'aurait horripilée sur le moment, mais j'aurais oublié tout de suite après. Là, il est resté parfaitement calme et il m'a ordonné de rentrer chez moi sans même hausser le ton.

— Et tu as eu l'impression qu'on t'assenait un coup de batte de base-ball sur la tête.

— C'est à peu près cela, oui, acquiesça Ruth en souriant dans le combiné. Je savais que tu comprendrais, Lindsay. Mais ce qui a rendu cet épisode *vraiment* insupportable, c'est qu'il avait raison et que j'avais tort.

Lindsay rit doucement.

— Il faut reconnaître que Nick a raison souvent. C'est un des aspects les moins attachants de sa personnalité.

Ruth prit une profonde inspiration.

— Lindsay ?

— Oui ?

— Tu n'as jamais été attirée par Nick lorsque tu faisais encore partie de la compagnie ?

De nouveau, Lindsay laissa passer un temps de silence. Un peu plus long que le précédent, cette fois.

— C'est difficile de ne pas être attiré par la personnalité de Nick. Il a un immense charisme.

Les joues en feu dans la solitude de sa chambre, Ruth chercha ses mots.

— Oui, bien sûr. Mais ce n'est pas tout à fait dans ce sens-là que je t'entendais le mot « attirance »... Je pensais à quelque chose de plus personnel... Enfin, je me demandais si entre Nick et toi...

Charitable, Lindsay lui évita de s'empêtrer plus avant dans ses bafouillages.

— Je crois que je comprends le sens de ta question, Ruth. Et, oui, en effet, il y a eu une période où j'ai été très attirée par Nick.

De nouveau, Ruth leva les yeux vers le poster où les amoureux de Vérone se regardaient dans les yeux avec passion.

— De tous les gens qui gravitent autour de Nick, j'ai l'impression que c'est de toi qu'il est le plus proche, Lindsay.

— J'ai une immense amitié pour lui. Mais Nick n'en reste pas moins quelqu'un de très secret. Même pour moi.

Ruth hocha la tête. Les affirmations de Lindsay ne la surprenaient pas. Nick pouvait parler de danse pendant des heures, que ce soit aux médias ou dans un cercle d'amis. Mais il devenait terriblement réticent dès qu'il était question de lui, de sa famille, de son passé.

Oui, Nick savait se protéger. Rares d'ailleurs, étaient ceux qu'il laissait pénétrer dans sa sphère privée. Brusquement, Ruth se sentit très seule.

— Lindsay, s'il te plaît, tu accepterais de venir à la première de *La Rose Rouge* avec Seth ? Je sais que les enfants vous occupent beaucoup et que Seth est débordé. Mais… mais je crois que j'aurai besoin de vous le soir de la création.

— Bien sûr que nous viendrons, acquiesça Lindsay sans même une hésitation.

Lorsqu'elle raccrocha quelques minutes plus tard, Ruth avait recouvré le sourire. Sa sieste l'avait détendue, reposée. Et sa conversation avec Lindsay lui avait rendu sa combativité. Même si rien de spécial n'avait été dit, elle s'était sentie comprise, soutenue. Sans doute parce que Lindsay lui était plus proche que n'importe qui d'autre au monde. Non seulement, son ancien professeur de danse connaissait les affres et les tourments d'une vie de ballerine, mais elle s'était également frottée à la personnalité compliquée de Nick.

L'attention de Ruth dériva sur le poster dont elle connaissait intimement chaque ligne, chaque ombre, chaque détail. Face à un Roméo plein de fougue juvénile, Lindsay avait été une Juliette déchirante, toute de grâce fragile et de douloureuse intensité. Ruth se mordit la lèvre. Elle-même n'avait encore jamais incarné Juliette avec Nick comme partenaire. Et finalement, elle ne tenait pas tant que ça à danser le célèbre ballet avec lui. A ses yeux, Juliette resterait à jamais le rôle phare de la carrière de Lindsay. Et même si c'était stupide, elle avait de la peine à concevoir que Nick puisse devenir le Roméo d'une autre danseuse.

Ruth se leva et s'étira longuement. Depuis quelque temps, elle se cherchait sur le plan artistique, comme si elle était en attente d'un personnage qui serait vraiment le sien. Or elle était entrée presque d'emblée dans la peau de Carlotta. Au point qu'elle se surprenait parfois à penser en secret que Nick avait eu une pensée pour sa future interprète en composant *La Rose Rouge*.

— Oui, Carlotta, c'est moi, conclut-elle, pensivement.

Et c'était un rôle dans lequel elle comptait bien s'investir corps et âme. Se levant d'un bond, Ruth sortit un collant et un justaucorps propres de sa commode et se mit en tenue pour répéter.

*
* *

Lorsqu'elle pénétra dans le vieux bâtiment de six étages qui abritait la compagnie de danse, il était déjà 19 heures. Mais plusieurs membres de la troupe se trouvaient encore sur place et l'habituelle ambiance de ruche régnait dans les couloirs. Ruth répondit aux saluts par un sourire ou un signe de la main. Mais elle ne prit pas le temps de s'arrêter pour bavarder. Après tout le temps qu'elle venait de perdre, elle avait hâte de se mettre au travail.

Dédaignant l'ascenseur, elle enfila l'escalier dont elle monta lestement les degrés. Avant même de pousser la porte du studio, elle entendit la musique de *La Rose Rouge*. La pièce paraissait toujours beaucoup plus vaste lorsque la troupe l'avait désertée. Immobile à l'entrée de la salle, elle regarda Nick danser.

Les fameux sauts de Nikolai Davidov avaient beaucoup contribué à faire de lui le danseur de légende qu'il était. Il s'élevait dans les airs comme si les lois de la gravité ne le concernaient pas, restait comme suspendu en hauteur et se recevait en équilibre parfait. Son corps était à la fois fluide comme une cascade et tendu comme une corde de violon. Il n'avait qu'à vouloir et à ordonner pour que ses muscles lui obéissent.

Nick n'était pas seulement un danseur doué de génie, il avait également le goût de la perfection. En recherche constante d'amélioration, il travaillait sans relâche et sans jamais hésiter à se remettre en question. Sa force, sa précision, son endurance impressionnaient tous ceux qui étaient amenés à danser sous sa direction.

Fascinée comme au premier jour, Ruth le regardait bondir, s'élever. Danseur virtuose, capable des plus éblouissantes prouesses techniques, Nick avait également de réels talents d'acteur. Il avait une expressivité extraordinaire, comme s'il mettait son être entier — corps, visage et muscles — au service du personnage qu'il incarnait.

En cet instant, Davidov était dans un état de concentration maximale. Son regard était fixé sur les miroirs qui couvraient toute une paroi de la salle. Traquant jusqu'à la plus infime trace d'imperfection, il revenait inlassablement sur les mêmes gestes, les mêmes pas. Malgré son bandana, la sueur dégoulinait de son front. De sa personne se dégageait un mélange de virilité et de poésie qui toucha quelque chose de profond chez Ruth. Des aspirations obscures se réveillaient en elle ; un élan secret sur lequel elle ne parvenait à mettre un nom. Plus immobile qu'une statue, les yeux rivés sur lui, elle ne voyait plus que le mouvement ondulatoire des muscles, le jeu subtil des articulations tandis qu'il se donnait à la danse corps et âme.

Elle demeura un instant les jambes coupées, abasourdie, éblouie. « Oh, mon Dieu, songea-t-elle. Il est magnifique. Comme une œuvre d'art en mouvement. »

Nick s'interrompit en jurant avec force. Sourcils froncés, il jeta un regard contrarié à son reflet dans le miroir. Puis il se détourna pour se diriger vers le lecteur de CD. Repérant alors la présence de Ruth, il la regarda un instant en silence. Son regard tomba sur le sac de danse qu'elle portait à l'épaule.

— Tu as récupéré apparemment.

Ni rancœur ni triomphalisme ne transparaissaient dans son attitude. Ruth prit une profonde inspiration.

— Oui, je me suis reposée. Je suis désolée d'être arrivée dans cet état, ce matin.

Comme Nick ne répondait pas, elle se laissa tomber sur le banc et ôta ses sandales pour enfiler ses chaussons.

— Et tu es revenue pourquoi ? Pour te faire pardonner ? Pour rattraper le temps perdu ? s'enquit-il avec une pointe d'amusement dans la voix.

— Arrête de te moquer de moi, Nick.

— Parce que tu crois que je plaisante ?

Se sentant vulnérable, de nouveau, Ruth croisa les rubans de satin autour de ses chevilles.

— Ça t'arrive, murmura-t-elle tout bas.

Nick se déplaça sans bruit. Elle tressaillit légèrement lorsqu'il s'accroupit devant elle, les mains posées sur ses genoux.

— Je ne me moque pas de toi, Ruth.

Elle soupira.

— Tu aurais de bonnes raisons de le faire, pourtant. Puisque tu as raison neuf fois sur dix.

— Dix fois sur dix, pour être exact.

Elle le gratifia d'une grimace.

— Je te signale quand même qu'au départ, je n'avais aucune intention d'aller à cette fichue fête. Je n'y aurais même jamais mis les pieds si tu ne m'avais pas poussée à bout.

Il lui serra amicalement les genoux.

— Bien. Autrement dit, je suis le grand coupable, c'est ça ?

— J'aimerais autant que ce soit ta faute que la mienne.

Sortant une serviette de son sac, elle sécha la transpiration de Nick.

— Tu travailles trop, Davidov, décréta-t-elle, sourcils froncés.

Il lui saisit les poignets.

— Tu te fais du souci pour moi, *milaya ?*

Son regard plongé dans le sien paraissait plus songeur qu'amusé. « Ses iris sont tellement bleus, songea Ruth. Comme la mer dans le lointain. Ou comme un ciel d'été. »

— Jamais je ne me suis inquiétée à ton sujet jusqu'à présent, observa-t-elle pensivement. C'est bizarre que ça me prenne maintenant, non ? Je ne pense pas que tu aies besoin d'une nounou.

Les yeux de Nick pétillèrent.

— D'une nounou, non. Mais j'aime bien que tu te soucies de moi.

Il voulut se relever, mais Ruth le retint par l'épaule. Rassemblant son courage, elle posa la question qui la hantait.

— Pourquoi m'as-tu embrassée hier ?

Il haussa les sourcils d'un air légèrement sarcastique. Ruth sentit une vague de chaleur lui monter aux joues. Il se redressa et lui tendit les mains pour la remettre debout.

— Je t'ai embrassée parce que j'en avais envie. C'est une excellente raison, non ?

— C'est une raison, si l'on veut… Mais pourquoi hier soir, précisément ? Cette envie, tu ne l'avais encore jamais eue jusqu'ici.

Le visage de Nick s'éclaira d'un sourire énigmatique.

— Ah non ? Et qu'est-ce qui te fait penser cela ?

— Tu ne m'avais jamais touchée avant. Enfin… pas comme ça, en tout cas.

Elle se détourna pour retirer la robe d'été qu'elle portait sur sa combinaison de danse.

— Parce que tu t'imagines que je cède forcément à toutes mes envies ?

Ruth haussa les épaules. Elle était venue pour danser,

pas pour croiser le fer avec lui. Se retenant à la barre, elle descendit lentement en grand plié.

— J'ai toujours été persuadée que tu n'en faisais qu'à ta tête, en toute circonstance, lança-t-elle en croisant son regard dans le miroir. Je me trompe ?

Aucun sourire, cette fois, n'effleura les lèvres de Nick.

— Tu me provoques inconsciemment, Ruth ? Ou c'est délibéré de ta part ?

Elle perçut l'irritation dans sa voix mais ne put s'empêcher de poursuivre sur le même mode :

— Je ne me suis jamais tellement risquée à te provoquer jusqu'à présent. Mais ça pourrait être sympa d'essayer, non ?

— Attention où tu mets les pieds, Ruth, la mit-il calmement en garde. La chute pourrait être brutale.

Elle se mit à rire.

— J'ai toujours eu l'aventure dans le sang, Davidov. Si tu avais connu mes parents, tu comprendrais. Avec eux, il n'a jamais été question de mener une gentille petite vie bien confortable.

Nick reprogramma le CD dans le lecteur.

— Il y a danger et danger, petite Ruth. Et toutes les aventures ne sont pas bonnes à vivre.

— Qu'est-ce que tu cherches, au juste, Nick ? A me faire peur ?

— Si je voulais te faire peur, je n'aurais aucun mal à y parvenir.

De nouveau, leurs regards se rencontrèrent dans le miroir. Ruth dut faire un effort de volonté pour aller jusqu'au bout de son lever de jambe. « Oui, admit-elle en silence. Il le pourrait s'il le voulait. Il est capable de susciter n'importe quelle émotion. Chez moi ou chez quelqu'un d'autre. Et c'est ce qui fait son génie. Mais je n'ai plus envie de me laisser intimider par Nick. »

En quatrième position, elle descendit, le dos droit, le regard brillant de défi.

— Il en faudra beaucoup pour m'effrayer, Nick.

Il actionna le lecteur et elle sentit l'appel de la musique.

— Viens, fit-il en lui tendant la main.

Elle le rejoignit au centre du studio. Sans un mot, ils se mirent en place pour le grand pas de deux.

Nick n'était pas seulement un danseur de génie. Il était aussi un chorégraphe exigeant, pointilleux jusqu'à la maniaquerie. Pas un détail ne lui échappait. Avec une obstination inlassable, il la faisait reprendre, recommencer, en modifiant chaque fois la position d'un bras, la place d'une hanche.

— Tu inclines trop la tête, Ruth… Là, voilà… Un peu plus souple, ta main gauche…

Il s'approchait, rectifiait sa position, modifiait la hauteur d'une épaule. Ruth se prêtait à ces manipulations incessantes, sentait les mains de Nick effleurer sa taille, soulever une cuisse. Elle jouait le jeu, acceptait de laisser le grand Davidov la remodeler à sa guise.

Mais elle avait beau y mettre tout son bon vouloir, rien de ce qu'elle faisait n'était au goût de Nick. Il commença à donner des signes d'impatience ; elle, des signes de frustration.

— Mais regarde-moi quand tu danses, bon sang !

— Je ne fais que ça !

Jurant avec force, il alla couper la musique une fois de plus.

— Tu me regardes, d'accord. Comme tu regarderais

l'épicier du coin. Tu ne peux pas incarner Carlotta si tu ne mets pas un minimum de conviction dans le rôle.

— Et comment veux-tu que je rentre dans mon personnage alors que tu nous interromps toutes les deux minutes ?

— Je ne m'arrête pas pour le plaisir. Je m'arrête parce que rien ne va !

Elle lui jeta un regard noir en s'essuyant le front.

— Bon. O.K. Quelles émotions suis-je censée traduire ?

— Tu es amoureuse de moi.

Prise au dépourvu par cette affirmation péremptoire, Ruth eut un léger haut-le-corps. Mais Nick, penché sur son lecteur, ne vit pas sa réaction.

— Tu me désires, poursuivit-il en revenant au début du morceau. Mais tu es fière comme une princesse tzigane et tu refuses d'être prise et rejetée. Tu te donnerais à moi si je te considérais comme une égale mais tu te heurtes à mes préjugés. Quoi qu'il en soit, du début jusqu'à la fin, ce ballet ne traite que de *passion*, Ruth. Elle couve sous la cendre… Laisse-la vivre en toi, bon sang. Tu m'affirmes que tu n'es plus une enfant, mais une femme au sens plein du terme. Prouve-le-moi.

Il vint se placer devant elle et lui prit la taille.

— Allez, on recommence. Et tu vas essayer de te mettre en situation, cette fois.

Relevant le défi, Ruth cessa de se concentrer sur la technique et laissa la porte ouverte à son imagination. Le sang gitan bouillonnait dans ses veines et elle était éprise d'un prince. Et son cœur fier lui interdisait la soumission.

La musique aussi exultait d'une fougue tzigane. Chaude, vibrante, sensuelle, elle chantait à ses oreilles et accélérait les pulsations de son sang. Le grand pas de deux n'avait rien de froid ni d'éthéré. Un érotisme puissant se dégageait de la scène. Les deux danseurs se frôlaient, s'effleuraient, se cherchaient et se repoussaient sans cesse.

Très vite, Ruth sentit le désir vibrer en elle. Cabrée, rétive, elle réalisa une succession rapide de soubresauts. A la fois Ruth et Carlotta, elle évoluait dans un espace intermédiaire où fantasme et réalité s'entremêlaient jusqu'à se confondre. Cet homme qui la prenait, la soulevait, elle le voulait pour elle. Et il lui était de plus en plus difficile de faire la part entre le personnage de fiction et la femme réelle. Lui, la touchait, l'attirait. Et chaque fois, elle refusait, lui tournait le dos. Non pas dans la fuite, mais dans le défi et l'affirmation de soi.

La musique se fit répétitive, lancinante. Le prince et la gitane se repoussèrent une dernière fois, dans une ultime tentative pour camper sur leurs positions respectives. Mais même si leurs tours en l'air et leurs sauts les éloignaient l'un de l'autre, leur fascination réciproque les ramenait inexorablement à leur point de départ. Jusqu'au moment, où pivotant sur eux-mêmes d'un seul mouvement, ils se retrouvèrent dans les bras l'un de l'autre. Sur les dernières notes du ballet, ils demeurèrent enlacés, face à face, cœur à cœur.

Le silence soudain fit à Ruth l'effet d'un choc. Essoufflés par la danse, ils respiraient vite l'un et l'autre et elle sentait les battements accélérés de son cœur répondre comme en écho aux pulsations cardiaques de Nick. Debout sur pointes, elle avait les yeux presque à la hauteur exacte des siens. Leurs regards se cherchèrent et s'interrogèrent. Leurs lèvres hésitantes firent de même. Leurs bouches se trouvèrent.

Le temps des questions était révolu.

Cette fois, Ruth éprouva une impatience, une faim sensuelle qu'elle n'avait fait que pressentir jusque-là. Quant à Nick, il semblait ne pas parvenir à se rassasier d'elle. Ses lèvres étaient partout, se déchaînaient sur son visage, dans ses cheveux et dans son cou. Ils brûlaient l'un et l'autre d'une chaleur blanche et sèche.

La peau de Nick, légèrement salée, picotait là où un début de barbe jetait une ombre sur sa joue. Avec un murmure approbateur, Ruth en goûta longuement la saveur avant de revenir à sa bouche.

Il murmura quelque chose qu'elle ne put comprendre. Tout était mystérieux chez Nick, même la langue dont il usait. Elle se laissa fondre contre lui, moulant son corps au sien. Seul le fin tissu élastique de son justaucorps faisait encore obstacle entre les mains de Nick et sa chair désirante. Des mains expertes, vivantes qui savaient éveiller comme par magie tout ce qui en elle somnolait encore. Des mains intelligentes qui s'y entendaient pour caresser, apprivoiser, contenir.

Les lèvres de Nick glissèrent sur ses joues, attrapèrent le lobe d'une oreille. Il mordilla, lécha. Explora le creux délicat du bout de la langue tout en entrecoupant ses baisers de mots russes qu'elle laissait couler sur elle comme autant de caresses, incompréhensibles et tendres.

Puis, de nouveau, leurs bouches se mêlèrent. Avec plus d'insistance, cette fois. Ruth prenait et donnait avec le même sentiment d'urgence. Elle se mit à trembler de plaisir lorsqu'il glissa une main entre eux, prit un sein au creux de sa paume.

Lorsqu'elle sentit Nick sur le point de s'écarter, Ruth enfouit son visage contre son épaule et se pressa contre lui. Aucune de ses expériences passées ne l'avait préparée à cette brusque transition de la force à la faiblesse la plus extrême. Elle avait beau constater qu'elle y perdait une part d'elle-même, elle était incapable de se détacher de lui.

— Ruth…

Avec une douceur inattendue, Nick lui saisit les épaules et plongea son regard dans le sien. Mais elle ne percevait ses traits qu'à travers une opacité brumeuse. Flottant dans un état de suave félicité, elle ne chercha même pas à déchiffrer son expression.

— Ce baiser ne figurait pas au programme, Ruth.

— Mais il s'est imposé de lui-même, chuchota-t-elle.

Et quoi de plus lumineusement simple, au fond ? Elle sourit. Mais lorsqu'elle leva la main pour lui caresser la joue, Nick lui saisit le poignet pour l'en empêcher.

— Cela n'aurait jamais dû arriver.

Ramenée brusquement à la réalité, elle leva les yeux sur son visage et discerna son expression sévère, son regard fermé.

— Pourquoi pas ? demanda-t-elle, sur ses gardes.

— Nous avons une première dans trois semaines. Une création. Ce n'est pas le moment de nous compliquer la vie inutilement.

Blessée et craignant de le laisser paraître, Ruth se laissa tomber sur un banc et entreprit de délacer ses pointes.

— Ainsi, je suis une complication inutile pour toi, Nick ?

— Inutile, sûrement pas. Mais une complication, oui, répondit-il avec désinvolture en allant retirer le CD du lecteur. Je n'ai ni le temps ni la disponibilité psychologique de satisfaire à tes besoins romantiques.

— De satisfaire à mes besoins romantiques ? répéta-t-elle, incrédule.

Nick hocha la tête avec la plus parfaite décontraction.

— Il y a des femmes plus compliquées que d'autres. Pour certaines, il ne suffit pas de les fourrer dans son lit mais il faut prévoir de leur consacrer beaucoup de temps et d'attention. Et je ne suis pas suffisamment disponible en ce moment pour t'offrir des dîners aux chandelles, des soirées plaisantes en tête à tête et de longues conversations à caractère intime.

— Ah, je vois. Tu as juste le temps pour des relations plus « basiques », disons ?

Les mains de Ruth tremblaient tellement qu'elle avait les plus grandes peines du monde à nouer ses tennis. Avec quelle facilité, Nick avait réussi à la tourner en ridicule !

Il lui jeta un rapide regard en coin.

— Des relations plus basiques, oui. C'est ce qui me convient le mieux en ce moment.

— Et il va sans dire que tu as d'autres femmes à ta disposition pour remplir cet office ?

Il haussa les épaules.

— En effet, oui. Je suis désolé pour ce qui s'est passé, Ruth. C'est le problème avec la danse. On est pris dans son rôle et il peut y avoir de regrettables confusions.

— Oh, ça va, inutile de te confondre en justifications oiseuses ! coupa-t-elle, excédée, en jetant ses chaussons dans son sac. Je n'ai besoin de personne pour « satisfaire à mes exigences romantiques ». Comme toi, j'ai d'autres recours.

— Comme ton couturier, par exemple ?

— Voilà. Mais rassure-toi, je ne ficherai plus aucune de

tes sacro-saintes répétitions en l'air. Ton ballet, tu l'auras, Nick.

Les larmes qui montaient lui étranglaient la voix, mais il était trop tard pour les endiguer, de toute façon.

— *La Rose Rouge* fera un tabac, je te le garantis. Cette création consacrera mon talent et me hissera au rang de première danseuse étoile du pays.

Les larmes débordèrent de ses yeux et se mirent à ruisseler sur ses joues.

— Mais lorsque les représentations seront terminées, je ne danserai plus jamais avec toi, tu m'entends ? *Plutôt crever.*

Tournant les talons, elle courut hors du studio.

Chapitre 4

La vaste cacophonie qui régnait en arrière-scène filtrait jusque dans la loge fermée de Ruth. En temps ordinaire, elle aurait gardé sa porte grande ouverte. Mais elle s'était enfermée pour une seule raison : elle ne voulait pas recevoir la visite de Nick.

Il était toujours présent pendant les quelques heures qui précédaient une première. Passant de loge en vestiaire, il vérifiait les maquillages et les costumes, plaisantait avec les techniciens, soulageait le trac des uns et des autres. Aucun détail n'était trop insignifiant pour lui ; il n'y avait pas un problème, si mineur soit-il, auquel il ne prenait le temps de chercher une solution. Son implication était totale.

Jusque-là, Ruth avait toujours adoré le moment où Nick surgissait dans sa loge juste avant un passage sur scène. Par sa seule présence, il insufflait au reste de la troupe une part de son inépuisable énergie. En temps normal, il apaisait son anxiété et relançait son inspiration.

Mais aujourd'hui, elle préférait savoir Nick loin d'elle. Même si c'était impossible sur scène, elle voulait au moins maintenir un minimum de distance émotionnelle tant qu'ils étaient en coulisses. En temps normal, il fallait plus qu'une simple porte close pour dissuader quelqu'un comme Nick d'entrer. Mais compte tenu des circonstances, Ruth avait la quasi-certitude qu'il respecterait son message implicite. Et même si ce n'était qu'une victoire mineure, elle tirait une certaine satisfaction de son propre parti pris de froideur systématique.

Sans compter qu'elle comptait bien tenir parole et étinceler dans *La Rose Rouge*. Malgré ses tempêtes intérieures — ou peut-être à cause d'elles —, elle avait investi le personnage de Carlotta comme jamais encore elle n'avait travaillé l'un de ses rôles jusqu'ici.

Elle était décidée à faire un triomphe. A prouver au monde en général et à Nick en particulier qu'elle était une femme à part entière et une danseuse accomplie. Elle brillerait comme une étoile au firmament.

Sans l'aide de rien ni de personne. Et surtout pas de lui.

En bref, elle était d'humeur à lancer un défi à la terre entière. Et le personnage de la gitane remontée à bloc lui allait comme un gant.

Pendant les trois semaines qui avaient suivi l'épisode du baiser, Nick et elle avaient maintenu des relations strictement professionnelles. Ce qui n'avait pas toujours été simple, compte tenu des personnages qu'ils incarnaient. Mais ils s'étaient abstenus de tout commentaire personnel, ne s'étaient pas cherchés, comme ils le faisaient d'ordinaire.

Chaque fois qu'elle avait senti le regard de Nick posé sur elle, elle s'était appliquée à rester indifférente et hautaine. Chaque fois que le désir de la gitane avait menacé de s'étendre à elle par contagion, Ruth s'était remémoré les paroles méprisantes de Nick sur ses « besoins romantiques ». Et ce rappel avait eu pour effet immédiat de la caparaçonner dans sa fierté comme dans la plus hermétique des armures.

Elle avait même renoncé à chercher à deviner en permanence le contenu des pensées de Nick. Il lui importait peu désormais de savoir ce qui se passait en lui. Ils étaient là pour danser ensemble. Point final. Pour le reste, elle avait cessé de s'intéresser à sa personne.

Aujourd'hui, à moins d'une heure de la première, elle était seule dans sa loge, vêtue d'un simple peignoir blanc en éponge. Assise face à son miroir, elle cousait, pensive, les rubans de ses chaussons. Une tâche élémentaire, mécanique qui l'aidait à exorciser les démons du trac.

La chaleur des ampoules qui entouraient son miroir de scène avait mis une légère couleur à ses joues. Elle était déjà maquillée pour la scène, les yeux lourdement soulignés de khôl, le teint très pâle, les lèvres rouges. Ses cheveux, en revanche, tombaient librement sur ses épaules. Dans la première scène, ils voleraient autour d'elle, ajoutant encore à l'impression d'audace et de liberté qui se dégageait de son personnage.

La robe à volants dans laquelle elle danserait tout le premier acte était prête et accrochée derrière la porte. Une bonne dizaine de bouquets de fleurs avait déjà été livrée et les parfums mêlés des freesias, des lys et des tubéreuses flottaient dans la pièce.

Sur la table devant elle, elle avait disposé les douze roses rouges envoyées par Donald. Un léger sourire flotta sur ses lèvres. *Donald...* Il serait présent ce soir parmi les spectateurs. Et c'était lui, naturellement, qui l'escorterait à la réception.

Elle garderait ses roses en bonne place dans sa loge

jusqu'à fanaison complète. L'élégant bouquet aurait le mérite de lui rappeler qu'il restait encore des hommes qui, même surmenés, trouvaient le temps de « satisfaire à ses besoins romantiques ».

Ruth se piqua le doigt avec son aiguille et jura tout haut. Portant son index à sa bouche pour atténuer la douleur, elle croisa dans le miroir son regard luisant de colère. Voilà ce qui arrivait dès qu'elle se laissait aller à penser à Nick.

— Je t'en ficherai, moi, des besoins romantiques ! marmonna-t-elle en reprenant sa couture.

Avec quel paternalisme, il lui avait assené son rejet ! Comme s'il avait affaire à une gamine de seize ans qui lui aurait demandé la lune !

Un coup frappé à sa porte la fit tressaillir. *Nick ?* Si c'était lui, elle lui ferait comprendre en termes choisis qu'il n'était pas le bienvenu. Le menton levé, le regard étincelant, elle tourna la poignée.

— Seth ! Lindsay !

Elle se jeta dans les bras de son oncle avant de sauter au cou de la mince jeune femme blonde à la silhouette de danseuse qui se tenait à côté de lui.

— Vous ne pouvez pas imaginer comme je suis heureuse de vous voir !

Lindsay trouva l'accueil un peu désespéré sous l'enthousiasme démonstratif de surface. Elle embrassa Ruth sans faire de commentaires, mais elle échangea un regard entendu avec Seth.

Ruth se retourna pour serrer une seconde fois son oncle dans ses bras.

— Vous avez une mine superbe tous les deux, s'exclama-t-elle en les tirant à l'intérieur de la loge.

Elle avait toujours eu une immense affection pour son oncle. Mais il avait fallu qu'elle devienne adulte et indépendante à son tour pour mesurer les bouleversements que Seth avait apportés dans sa joyeuse existence de célibataire lorsqu'il l'avait prise en charge après le décès de ses parents. Le jeune et talentueux architecte à la renommée internationale qui passait le plus clair de son temps à voyager et à s'amuser avait renoncé à sa liberté sans hésiter pour lui apporter le calme et la stabilité. Pour un homme d'à peine trente-cinq ans, il avait mis une rare bonne volonté à s'adapter aux besoins d'une nièce orpheline encore en âge scolaire.

Ruth contempla avec admiration et tendresse le couple qui se tenait devant elle.

— Tu es si belle, Lindsay. Je crois que je ne m'y habituerai jamais !

Lindsay était petite et de constitution délicate. Ses yeux très bleus contrastaient avec le blond pâle de ses cheveux et son teint d'une clarté presque diaphane. Il n'existait pas de femme plus chaleureuse au monde que Lindsay Bannion. Elle était spontanée, généreuse, donnait son affection sans compter. Et avec cela, elle avait un réel talent pour s'habiller, songea Ruth en admirant la robe de soirée gris fumée qui la faisait paraître encore plus légère et aérienne qu'elle ne l'était déjà.

Lindsay lui prit les mains en riant.

— Quel merveilleux compliment. J'aimerais entendre Seth me le dire plus souvent.

— Je te le répète quand même au moins une fois par jour, observa Seth, le regard plongé dans celui de sa femme.

Tu te souviens de cette loge ? C'est celle que tu occupais lorsque tu dansais Ariel.

— Encore heureux que tu t'en souviennes. C'est ici que j'ai demandé ta main, Seth Bannion.

Un sourire amusé joua sur les lèvres de Seth.

— Si mes souvenirs sont exacts, tu as même utilisé l'impératif. Ce n'était pas une demande mais un ordre de mariage.

Ruth éclata de rire.

— Je ne connaissais pas cet épisode !

Lindsay se pencha en souriant pour attraper le chausson neuf dont elle avait commencé à coudre les rubans.

— Je n'ai jamais été très douée pour les traditions. Et je trouvais que Seth était un peu long à se décider… Mais parle-nous de toi, Ruth. Pas trop dévorée par le trac ?

Ruth fit la grimace.

— Quelle question. J'en suis malade.

— Mais tu es contente de ton rôle, non ?

— J'aime beaucoup le personnage de Carlotta, admit-elle. Mais au second acte, il y a un passage très dense où j'ai des enchaînements archi-difficiles et pas une seconde pour souffler.

— Nick n'écrit pas des ballets faciles.

— C'est vrai.

Ressentant le besoin de s'occuper les mains, Ruth reprit son fil et son aiguille.

— Comment vont les enfants ?

Le changement de sujet était si brutal que Lindsay et Seth échangèrent de nouveau un regard préoccupé.

— Justin est une terreur, expliqua Seth avec une fierté

toute paternelle. A cause de lui, Worth s'arrache les quelques rares cheveux qu'il lui reste.

Ruth ne put s'empêcher de rire en songeant au majordome.

— Oh, le pauvre ! Et il arrive quand même à garder toute son irréprochable dignité professionnelle ?

— Absolument, confirma Lindsay. Jamais un mot plus haut que l'autre. « Monsieur Justin, il est inconvenant d'apporter sa grenouille dans la cuisine, même lorsque c'est l'heure du repas pour les animaux domestiques », cita-t-elle, imitant à la perfection l'accent britannique de Worth.

— Il fond complètement devant Amanda, en revanche, poursuivit Seth. Alors qu'elle est aussi calamiteuse que Justin.

Lindsay secoua la tête en riant.

— Tu as une façon de parler de nos enfants !

— Il faut reconnaître ce qui est. Hier encore, ta fille a versé la boîte entière de granulés dans le bocal du pauvre poisson rouge.

— Amanda essayait seulement de se rendre utile. D'ailleurs, qui les a emmenés au zoo l'autre fois et les a bourrés de hot dogs et d'esquimaux ?

— J'essayais seulement de me rendre utile, rétorqua Seth d'un ton suave en regardant sa femme avec tendresse.

Ruth les écoutait dialoguer, avec un mélange de bonheur et d'envie. Elle essaya de s'imaginer partie prenante dans une relation d'amour comme la leur. Une relation stable, persistante ; une relation plus forte que la lassitude et le doute.

— Tu veux qu'on te laisse tranquille pour que tu puisses t'habiller ? proposa Lindsay.

— Non, non, surtout pas. Vous venez juste d'arriver. Et j'ai encore du temps devant moi.

— C'est le pire moment, n'est-ce pas ? murmura Lindsay,

le regard compréhensif, en la voyant tripoter nerveusement un de ses rubans.

Ruth hocha la tête.

— Vous viendrez à la réception, j'espère ?

Lindsay se plaça derrière elle pour lui masser les épaules.

— Bien sûr. Je ne voudrais pas manquer ça. Aurons-nous l'occasion de faire la connaissance de Donald ?

— Donald ? murmura-t-elle distraitement... Ah oui, Donald, bien sûr. Nous pourrions réserver une table pour quatre. Je suis sûr qu'il vous plaira. Il est, euh... très sympa.

— *Ptichka*, mon petit oiseau !

Nick se tenait dans l'encadrement de la porte ouverte. Et il n'avait d'yeux que pour Lindsay. Celle-ci courut se jeter dans ses bras.

— C'est tellement bon de te voir, Nick. Pourquoi laissons-nous toujours passer tant de temps ?

Il l'embrassa avec le mélange de tendresse, d'amitié et d'affection profonde qui caractérisait leur relation.

— Tu sais que tu deviens de plus en plus belle, toi ?

Nick prit le temps de scruter les traits de Lindsay d'un regard possessif.

— Dis-moi, cet architecte que tu as épousé, il te rend heureuse, au moins ?

— Mmm... Dans l'ensemble, il ne s'en tire pas trop mal. Mais tu me manques affreusement, Nick ! Pourquoi ne viens-tu pas nous voir plus souvent ?

— Si j'avais le temps de me promener, vous m'auriez sur le dos tous les dimanches, tu le sais bien. Mais en attendant ma retraite dorée, n'oublie pas que vous êtes toujours les bienvenus ici.

Tout en gardant le bras passé autour de la taille de Lindsay, Nick se tourna vers Seth.

— J'ai l'impression que le mariage te réussit, à toi aussi. Je suis ravi que vous ayez pu venir, tous les deux.

Ils échangèrent une poignée de main cordiale. Seth n'ignorait pas que — d'une certaine façon — il partageait les deux femmes de sa vie avec le chorégraphe.

— Tu as l'intention de nous offrir un nouveau triomphe ce soir, Nick ?

— Bien sûr, quelle question. Je compte bien mettre le monde à mes pieds une fois de plus.

Lindsay lui pinça affectueusement le bras.

— Tu ne changeras jamais, murmura-t-elle en laissant aller la tête contre son épaule.

Ruth les écoutait parler sans prononcer un mot. On sentait qu'il existait entre Lindsay et Nick un lien rare, presque unique en son genre. La complicité entre eux était si nettement perceptible qu'elle semblait presque tangible. Il suffisait de les voir côte à côte pour se souvenir du couple impérissable qu'ils avaient formé sur scène. En tant que partenaires, leur entente avait atteint une qualité presque irréelle. Pas un critique, pas un amateur de ballet classique n'avait oublié la sublime version de *Roméo et Juliette* que Lindsay Dunne et Nikolai Davidov avaient offerte à leur public dans le temps.

A force de les observer, Ruth en oubliait d'écouter ce qui se disait. Elle était fascinée et sa fascination la rendait vulnérable. Les défenses qu'elle avait érigées étaient tombées sans qu'elle y prenne garde et elle se sentait de nouveau perméable aux vibrations qui émanaient de Nick. Alors que la colère lui avait permis de le tenir à distance, l'émotion qu'elle ressentait à voir ces deux immenses danseurs ensemble la laissait à la fois troublée et démunie.

Le regard de Nick trouva le sien. Ses yeux étaient d'un bleu si puissant qu'elle ne put résister à leur invasion. Ce fut soudain comme s'il s'était glissé en elle pour pénétrer jusque dans le secret de son âme. Avec un imperceptible frisson, elle détourna la tête et mit fin à leur troublant dialogue visuel.

Même si leur échange muet fut bref, il laissa dans l'atmosphère comme un crépitement électrique. Ni Seth ni Lindsay n'avaient bronché, mais leurs deux visages exprimaient une même inquiétude.

— Nadine sera à la réception, je suppose ? lança Lindsay dans le but évident d'apaiser les tensions.

— Mmm… ?

Nick cligna rapidement des yeux et reporta son attention sur le couple.

— Ah oui, Nadine. Bien sûr qu'elle sera à la réception. Rapace comme elle est, elle se nourrit des temps forts qui ponctuent la vie de la compagnie. Elle se repaîtra de ce moment de gloire avant de repartir de plus belle à la chasse aux donateurs.

Lindsay sourit.

— Qu'est-ce que tu peux être dur avec elle ! Apparemment, rien n'a changé depuis mon époque. Je me souviens de quelques prises de bec particulièrement musclées entre Nadine et toi.

Nadine Rothman, la fondatrice de la compagnie et sa directrice administrative, avait une personnalité presque aussi affirmée que celle de Nick. Ce qui donnait lieu, par moments, à des clashes mémorables.

— Ne t'inquiète pas pour Nadine. Elle est de taille à me tenir tête, lança Nick en se dirigeant vers la porte. Je vous revois tout à l'heure à la réception, je suppose ?

— Nous y serons, oui.

Le regard de Nick retourna chercher celui de Ruth. Lindsay réalisa que les deux danseurs n'avaient pas échangé un seul mot depuis l'instant où il était entré dans la loge. Et néanmoins, les phases de communication muette entre eux laissaient des ondes puissantes dans leur sillage.

— Alors à tout à l'heure. Il est temps que j'aille me changer, mes chers amis.

Nick quitta la loge en coup de vent. Du fond du corridor, on entendit aussitôt plusieurs voix s'élever, appelant son nom. Lorsque Ruth leva les yeux vers son oncle, Seth s'approcha pour lui poser les mains sur les épaules.

— Il serait peut-être temps que ma nièce se mette en costume aussi, non ?

Elle fit un effort pour se ressaisir.

— Oui, tu as raison. Il vaut mieux que je finisse de me préparer. J'entre en scène dès le lever de rideau.

— Tu vas danser magnifiquement, lui assura Seth en se penchant pour lui poser un baiser sur le sommet de la tête.

— Il le faut, oui.

Levant les yeux, elle soutint un instant le regard de Seth dans le miroir avant de se tourner vers Lindsay.

— Je tiens à me dépasser dans ce rôle, admit-elle à mi-voix. C'est difficile à expliquer, mais je le veux absolument.

— Tu te dépasseras, lui assura Lindsay en entrelaçant ses doigts à ceux de Seth. J'ai toujours dit que la danse était inscrite dans tes gènes. Et tu es la plus douée de mes ex-élèves, après tout.

Ruth gratifia Lindsay de son premier vrai sourire depuis la visite de Nick.

— Bonne chance, lui souhaita cette dernière en se penchant pour l'embrasser sur la joue.

Seth et elle partirent bras dessus dessous. Restée seule, Ruth se leva lentement pour aller fermer la porte. Elle demeura un instant immobile à contempler le costume aux couleurs vives qui la transformerait en Carlotta. Qui était-elle, au fond ? Ruth Bannion, un peu perdue, un peu indécise, débordée par la violence de ses sentiments et passablement angoissée par l'épreuve qui l'attendait.

Mais enfiler son costume de scène, c'était entrer dans son rôle — devenir le personnage qu'elle incarnait.

Carlotta aussi était vulnérable à sa façon. Mais elle avait ses parades. Plus elle était intimidée, plus elle en rajoutait dans l'audace et l'insolence.

Ce constat ramena un sourire aux lèvres de Ruth. Oui, décidément, Carlotta serait *son* personnage.

Lorsqu'elle sortit de sa loge un quart d'heure plus tard, l'orchestre était déjà installé dans la fosse et les musiciens accordaient leurs instruments. Sa jupe de gitane se balançait au rythme de ses hanches et elle avait noué une écharpe rouge autour de sa taille. Ses longs cheveux noirs flottaient dans son dos. Pressant le pas, elle contourna les danseurs qui s'échauffaient avant d'entrer en scène et salua d'un signe ceux qui patientaient dans les coulisses en attendant leur tour. Elle repéra Maxine assise en tailleur dans un coin, occupée à assouplir ses chaussons à l'aide d'un marteau.

Ruth sélectionna un accessoire de théâtre qui pouvait faire office de barre et commença ses échauffements. Déjà, les odeurs de la scène — sueur, colophane et ampoules surchauffées — lui montaient aux narines. Ses muscles dociles se tendaient, s'étiraient, se relâchaient à volonté. Attentive à se vider l'esprit, elle tournait le dos à la scène pour se concentrer uniquement sur la rassurante mécanique des mouvements familiers.

Tous les ballets dans lesquels elle avait dansé comptaient pour elle. Mais celui-ci se démarquait de ceux qui avaient précédé. C'était la première fois qu'on lui confiait le rôle-titre dans une création, pour commencer. Et elle avait, d'autre part, quelque chose à prouver. Nick verrait ce soir qu'elle était d'un professionnalisme sans faille. Et que ses sentiments pour lui — quelle qu'en soit la nature — n'interféraient pas sur sa façon de danser. Elle était là pour interpréter le ballet qu'il avait composé. Et ni sa colère ni ses vertiges charnels ne joueraient sur la qualité de sa prestation.

Cela dit, les quelques minutes où Nick était entré dans sa loge avaient failli tout gâcher. Lorsqu'il l'avait regardée, quelque chose en elle avait été à deux doigts de fondre. Seul le souvenir de son rejet brutal lui avait permis de se déprendre de la fascination.

Ruth se surprit à serrer les poings. Si Nick l'avait embrassée, désirée, il ne l'avait pas choisie pour autant. Il lui avait laissé entendre avec une totale indifférence qu'elle était interchangeable — que peu lui importait finalement d'être avec telle femme ou telle autre, pourvu que ses « amours » ne le dérangent pas trop.

Sourcils froncés, Ruth leva la jambe le plus haut possible derrière elle et la déplia lentement. Il était grand temps que quelqu'un se charge de donner une leçon à ce Russe trop arrogant qui se prenait pour le nombril du monde. Nick avait eu trop de filles à ses pieds ; trop de conquêtes faciles, trop de groupies déchaînées. Pour lui, c'était devenu naturel d'être adulé, chéri et traité comme un jeune dieu. Mais elle était décidée à lui prouver que son pouvoir avait des limites.

Levant la tête, Ruth tressaillit lorsque son regard se trouva soudain aspiré par celui de Nick. Immobile à quelques mètres, il l'observait avec attention.

Nick était sorti de sa loge, vêtu de la tunique blanche et or qu'il portait pour le premier acte. Repérant Ruth, il s'était arrêté un instant pour la regarder s'échauffer. Et s'était demandé si l'expression de passion sur ses traits lui appartenait en propre ou si elle s'était déjà mise dans la peau de son personnage. Là, dans les coulisses plongées dans la pénombre, avec sa robe chamarrée, ses yeux charbonneux et l'attitude de défi qui la marquait tout entière, Ruth faisait une Carlotta idéale, à la beauté sensuelle et sombre, avec un pouvoir de séduction presque démoniaque.

Ce fut au moment où Nick formait cette pensée qu'elle tourna les yeux dans sa direction. Ils ressentirent l'un et l'autre le désir et l'élan, suivis presque immédiatement d'un sursaut d'hostilité.

Ruth lui jeta un regard noir qu'elle accompagna d'un mouvement impérieux de la tête. Puis elle tourna les talons et s'éloigna dans un grand bruissement de jupons.

Nick sourit. Tout à fait inconsciemment, elle avait adopté la gestuelle de la sulfureuse Carlotta.

« O.K., ma belle. On verra qui de nous deux aura le dessus ce soir. » Songeant qu'il prendrait plaisir à relever le défi, il emboîta le pas à Ruth. Au passage, quelques danseurs et un technicien tentèrent, sans succès, d'accaparer son attention. Il la rattrapa en quelques pas, la saisit par les épaules et la fit pivoter vers lui. Sans se soucier du reste de la troupe qui le regardait faire avec des yeux ronds, il la prit dans ses bras et l'embrassa à pleine bouche.

Prise au dépourvu, Ruth n'eut pas le réflexe de le repousser. Avec l'arrogance qui leur était propre, les lèvres de Nick dévoraient les siennes. Pendant quelques secondes qui parurent durer une éternité, leurs bouches se mêlèrent avec un mélange de passion et de férocité. Puis il rejeta la tête en arrière et le baiser s'acheva aussi brusquement qu'il avait commencé.

Nick lui maintint un instant les épaules pour arrimer son regard au sien.

— Voilà qui devrait te mettre dans les bonnes dispositions d'esprit pour danser, fillette.

— Tu sais ce qu'elle te dit, la fillette ?

Il eut la prudence de s'éloigner avant qu'elle ait eu le temps de réagir. Plantée sur place, Ruth le suivit des yeux d'un regard noir. S'il était resté un quart de seconde de plus, elle l'aurait giflé. Autour d'elle, quelques rires, quelques applaudissements amusés s'élevèrent.

Se détournant avec superbe, elle s'avança jusque sur la scène déserte au moment où l'orchestre donnait ses premières mesures. Tout doucement, les lourds rideaux de scène s'écartèrent et elle se concentra sur le tempo, en se maintenant figée dans une immobilité totale. Lorsqu'un premier spot s'alluma, dessinant autour d'elle comme un cône fragile de lumière, elle s'anima et commença à danser.

La variation qu'elle exécutait en ouverture était courte, rapide et flamboyante. Lorsqu'elle sortit, la scène s'éclaira et on vit apparaître le campement gitan qui formait le décor du premier acte. Les applaudissements se déchaînèrent.

Pendant que le corps de ballet et les seconds danseurs prenaient la relève, Ruth se voyait accorder quelques précieuses minutes de repos pour reprendre son souffle. Elle suivait les péripéties sur scène tout en écoutant d'une oreille les compliments dont l'inondait l'assistant chorégraphe. A l'autre extrémité des coulisses, elle voyait Nick qui se préparait à faire son entrée.

« Essaye donc de faire mieux que cela, Davidov ! » le défia-t-elle en silence. Ruth savait qu'elle n'avait jamais aussi bien dansé de sa vie. Comme s'il avait entendu la provocation muette, Nick lui sourit avant de se lancer à son tour.

Son personnage, dans le premier acte, respirait l'arrogance. Imbu de sa supériorité princière, il déambulait dans le campement, déterminé à se distraire en achetant quelque colifichet. Mais les gitans avaient beau défiler devant lui avec leurs trésors, il les rejetait l'un après l'autre avec dédain.

Nick, par sa seule présence, dominait la scène. Ruth ne pouvait nier ni son talent ni son charisme. Mais elle n'en était que plus déterminée à le vaincre. Elle attendit qu'il ait repoussé un à un tous les produits artisanaux qui lui étaient proposés. Puis, la tête haute, elle surgit dans le campement à son tour, une rose rouge piquée derrière l'oreille.

La fascination entre le prince et Carlotta fut immédiate

et sans appel. Dès l'instant où ils posèrent le regard l'un sur l'autre, il y eut coup de foudre. La lumière changea sur scène ; l'orchestre joua crescendo. Mais en constatant le mépris dans lequel le prince les tenait, elle et les siens, Carlotta lui tourna le dos pour rejoindre le groupe formé par ses sœurs. Le prince, intrigué, tourna autour des jeunes filles. Il fouettait l'air de ses sauts et de ses bonds, faisait étalage de ses prouesses de danseur.

Lorsqu'il s'immobilisa devant Carlotta, leurs regards se rencontrèrent de nouveau. Elle le toisa avec dédain et se dégagea d'un mouvement brusque lorsqu'il lui attrapa le menton. Vu la lueur conquérante dans les yeux de Nick, Ruth n'eut aucun mal à le foudroyer du regard. Même si elle était consciente qu'elle forçait un peu le trait par rapport au jeu qu'on attendait d'elle.

Mais le prince, nullement impressionné, se tourna avec superbe vers le père de Carlotta : il avait enfin trouvé un « objet » à sa convenance dans le camp tzigane. Et il était prêt à céder tout l'or qu'il avait sur lui en échange de la jeune fille.

Face à ce marchandage, Carlotta laissa son indignation et sa colère se déchaîner. Elle n'était pas à vendre et il était hors de question que quiconque exerce un droit sur elle. C'était un sang libre et fier qui courait dans ses veines. Tournant autour du prince, elle le défia, l'excita. Et lui proposa finalement de lui accorder une seule danse en échange de son sac d'or.

Le prince ragea, protesta, mais fut incapable de résister à la tentation. Il finit par jeter son or en pluie sur le tas de babioles qu'il avait dédaignées en arrivant. Ensemble, Carlotta et lui entamèrent leur premier pas de deux, paume contre paume, le corps vibrant de désir et le regard étincelant.

Le ballet se poursuivit dans un déploiement de danses tziganes autour des feux de camps. Entre Ruth et Nick, la compétition restait féroce. Chacun donnait le meilleur de lui-même et poussait l'autre à en faire autant.

Pas une seule fois, ils ne s'adressèrent la parole en coulisses. Mais au beau milieu de la scène, alors qu'ils dansaient tout près l'un de l'autre, Nick lui glissa à l'oreille que ses ballonnés piqués n'étaient pas tout à fait à la hauteur de ce qu'on pouvait en attendre.

Il la souleva et elle se laissa tomber, la tête arquée vers le sol et les pieds surélevés, si bien qu'il la tenait presque à l'envers. Six… sept… huit temps, puis elle se redressa, vive comme l'éclair. Son regard lançait des flammes alors qu'elle enchaînait les fouettés.

Lorsqu'elle quitta la scène sur une superbe envolée pour laisser Nick exécuter sa propre variation, Ruth demeura un instant pliée en deux, la main crispée sur la taille, pour faire passer le point qui lui déchirait les côtes.

Nick et elle dansaient comme ils n'avaient encore jamais dansé, brûlant la scène sous leurs pas. Le ballet arriva à sa fin sans que Ruth l'ait vu passé. Abîmée dans les bras du prince, dans la scène finale, le souffle coupé par l'effort, elle réussit malgré tout à murmurer :

— Tu sais que tu m'es souverainement antipathique, Davidov ?

— Déteste-moi tant que tu veux, petite fille. Tout ce que je te demande, c'est de continuer à danser comme ça.

— Pour continuer à danser, je continuerai à danser, oui,

chuchota-t-elle d'une voix chargée de venin en saluant leur public d'un sourire étincelant.

Avec un rire qu'elle fut seule à entendre, Nick se pencha pour ramasser une rose rouge qu'on venait de lancer à leurs pieds. Il la lui remit en s'inclinant très bas devant elle.

— Mes ballonnés étaient parfaits, siffla-t-elle entre ses dents.

Nick se pencha pour lui faire un baisemain.

— Nous en reparlerons en cours demain.

— Va pourrir en enfer, Davidov.

Souriant comme un ange, elle envoya un baiser du bout des doigts à leur public délirant d'enthousiasme.

— Quand la saison sera terminée.

Nick engloba le reste de la troupe d'un geste large et s'inclina plus bas encore tandis que les applaudissements redoublaient d'intensité.

Chapitre 5

Ce soir-là, la troupe fut rappelée onze fois de suite pour saluer. Ce fut mieux qu'un triomphe : un raz-de-marée. Une heure seulement après l'ultime tomber de rideau, Ruth réussit à vider sa loge de ses derniers admirateurs. Elle prit une douche rapide et enfila sa robe de soirée — le modèle fétiche de chez Donald Keyser, *of course*. Sur un coup de tête, elle laissa ses cheveux défaits, à l'instar de la bouillante Carlotta.

— Tu es superbe… La reine du jour, commenta galamment Donald qui l'attendait dans le couloir.

Ruth sourit, consciente que le compliment valait tout autant pour la tenue que pour la femme qui la portait. Avec un léger rire, elle glissa le bras sous le sien.

— Elle te plaît, ma petite robe ? Figure-toi que je l'ai dégottée pour trois fois rien dans un magasin discount, près du marché aux puces, alors que…

Il lui pinça le menton pour la punir de l'outrage. Puis il l'embrassa rapidement sur les lèvres.

— Je sais que je te l'ai déjà dit, ma chérie, mais tu as été éblouissante sur scène, ce soir.

— Oh, ça, tu peux me le répéter toute la soirée, si ça te fait plaisir. Je te jure que je ne m'en lasserai pas !

Elle poussa la porte du bâtiment et ils longèrent le boulevard illuminé pour se diriger vers la voiture de Donald.

— Je veux du champagne, déclara-t-elle en riant, le visage renversé vers le ciel. Des litres et des litres de champagne. Je crois qu'une piscine entière ferait l'affaire.

— On va voir ce qu'on peut faire pour toi, promit Donald en lui ouvrant sa portière.

Lorsqu'il fut installé au volant, elle replia les jambes sous elle avec un soupir de pure jubilation.

— Tout semblait couler de source, ce soir, Donald. Pas un pas qui ne tombait juste, pas un regard, pas un soupir qui ne frisait la perfection. Et la musique… la musique était sublime.

— *Toi*, tu étais sublime, rectifia Donald tandis que son élégante voiture de sport fendait la circulation de Manhattan. J'ai bien cru que le public allait se ruer sur la scène. Ils étaient littéralement ensorcelés.

Ruth sourit rêveusement.

— Si je pouvais figer un moment dans l'éternité, je choisirais cette soirée. Ce ballet. Cette première.

— Demain, tu retrouveras les mêmes sensations, Ruth.

— Demain, je danserai de nouveau et avec autant de plaisir. Mais ce ne sera pas la même chose… Au fond, c'est peut-être aussi bien comme ça, précisa-t-elle, pensive. Certains temps forts sont destinés à rester uniques.

— J'imagine quand même qu'au bout de trois semaines, tu dois en avoir ta claque, de faire les mêmes pas, les mêmes gestes, soir après soir, non ?

Découragée, Ruth secoua la tête pendant que Donald manœuvrait pour se garer. Pourquoi s'obstinait-elle encore à essayer de lui faire comprendre les joies et les vertiges de son art ? Elle prit appui sur le bras du chasseur qui s'était précipité pour ouvrir sa portière. Malgré son incontestable talent de créateur, Donald avait des côtés très terre à terre et il manquait parfois terriblement d'imagination. Mais ce soir, elle se sentait des ailes. Et elle voulait tenter encore une fois de lui donner accès à la part d'elle-même qui ne vivait que pour la danse.

— Non, ce n'est jamais lassant de donner un même ballet, Donald. Parce qu'aucune représentation, jamais, n'est semblable à une autre. La danse est un art vivant. Il ne se passe jamais tout à fait la même chose sur scène. Mais, dans tous les cas de figure, ça reste magique. Au moment précis où l'orchestre entame ses premières mesures et que les projecteurs éclairent le décor, un miracle se produit. C'est comme si on était transporté hors de soi-même.

Ruth ne sut jamais si elle avait réussi à se faire entendre. Donald poussa les portes vitrées d'une grande salle de banquet noire de monde. Les flashes crépitèrent, les applaudissements se déchaînèrent.

— Ah, te voilà, ma petite Ruth !

Nadine Rothman fendit la foule avec l'assurance de ceux qui savaient que les autres s'écarteraient toujours sur leur passage. Blonde, menue et mince comme un roseau, Nadine gardait toute la grâce acquise au temps où elle dansait encore sur scène. Plus encore que lorsqu'elle était ballerine elle-même, Nadine ne vivait et ne respirait que pour le ballet classique.

A la grande surprise de Ruth, la directrice de la compagnie la serra spontanément dans ses bras.

— Tu étais très belle, dit-elle.

Connaissant Nadine, Ruth prit cette appréciation pour ce qu'elle était : un compliment majeur.

— Tu sais que tu n'as encore jamais aussi bien dansé que ce soir ?

— Merci, Nadine.

— Mais je suppose que tu meurs d'impatience de retrouver Lindsay et Seth. Viens, suis-moi.

Nadine lui prit le bras et l'entraîna, sans faire le moindre cas du pauvre Donald qui suivait docilement dans leur sillage.

— Nous sommes tous assis à la même table.

Le premier regard que Ruth chercha dans la foule fut celui de Lindsay. Ce qu'elle lut dans ses yeux valait tous les compliments du monde. Elles se prirent spontanément les mains.

— Je suis tellement fière de toi, murmura Lindsay d'une voix que l'émotion étranglait.

Seth posa la main sur l'épaule de son épouse et contempla sa nièce avec fierté.

— Chaque fois que je te vois danser, je me dis que tu as atteint le sommet de ton art. Mais je me trompe. Tu ne cesses de te dépasser, Ruth.

Toujours avec l'impression d'avancer sur un nuage, Ruth les embrassa l'un et l'autre.

— C'est le plus beau rôle que j'aie jamais dansé.

Se tournant alors pour prendre le bras de Donald, elle procéda aux présentations.

— Je suis une grande admiratrice de vos créations, commenta Lindsay en souriant au jeune couturier. Il faut dire que Ruth les porte admirablement.

— Ruth est ma cliente d'élection. Mais je pense que

vous pourriez facilement partager la vedette avec votre nièce. Vous avez un teint extraordinaire, madame Bannion.

Lindsay perçut le ton très professionnel du compliment et fut plus amusée que flattée. Elle le remercia d'un sourire avant de reporter son attention sur Ruth.

— Je suis sûre qu'il te faut du champagne. D'urgence.

Avant qu'ils puissent repérer un serveur, un tonnerre d'acclamations se fit entendre et tous les visages se tournèrent vers la porte.

Nick venait d'arriver, comprit Ruth. Il n'y avait que Davidov pour susciter de tels remous dans une foule. A son grand étonnement, il entra seul dans la salle. Il était rare de le voir arriver à ce genre de manifestations sans qu'il soit en compagnie féminine.

Ruth retint son souffle. Elle savait qu'au premier coup d'œil, Nick saurait l'identifier au milieu de la masse compacte de leurs invités.

Se dégageant du petit groupe d'admirateurs qui s'était agglutiné autour de lui, Nick fendit la foule, avec l'élégance déliée que leur conférait leur profession. Il s'immobilisa devant elle et lui tendit une rose rouge.

Lorsqu'elle l'accepta, il lui prit l'autre main et la porta à ses lèvres. Son regard demeura plongé dans le sien mais il ne prononça pas un mot. Puis il s'inclina et s'éloigna pour aller saluer quelque notable de sa connaissance.

Ruth avait beau savoir qu'il se contentait de faire un brin de cinéma en public, elle ne put résister à la tentation de sentir la rose. Son regard chercha celui de Lindsay. Elle y lut un mélange déconcertant de compréhension et de sollicitude.

« Non, ce n'est pas ce que tu crois », faillit-elle protester à voix haute.

Elle se força à arborer un sourire éblouissant.

— Et ce champagne, alors ? lança-t-elle joyeusement à la ronde.

Trop excitée pour manger, Ruth toucha à peine au contenu de son assiette. C'était aussi bien qu'elle n'ait pas d'appétit, d'ailleurs. Avec Nadine à proximité, il était conseillé de se garder de tout laisser-aller. On disait dans la troupe, que Nadine Rothman évaluait ses danseurs au poids. Pas un gramme gagné sur la balance n'échappait à sa vigilance.

Sourcils froncés, Nadine examina le fondant au chocolat sur son lit de crème anglaise que le serveur venait de poser devant Lindsay.

— Tu devrais être prudente avec ce genre de chose, ma chérie.

Lindsay éclata de rire et se pencha pour embrasser Nadine sur la joue.

— Ah, Nadine, on ne vit qu'une fois. Et il y a tant de merveilles à découvrir… et à déguster.

— Il est impossible de danser correctement lorsqu'on a de la crème chantilly dans les cuisses, décréta Nadine en sirotant une minuscule gorgée de champagne.

Lindsay sourit.

— Je t'ai raconté, Ruth, le jour où Nadine m'a surprise dans le vestiaire en train de vider un sachet de chips ? Ç'a été une des expériences les plus traumatisantes de ma carrière… Je n'ai jamais pu en remanger depuis, d'ailleurs, précisa-t-elle en savourant sans scrupule une bouchée de son fondant.

— Je veille à ce que mes danseurs gardent toujours la silhouette de l'emploi, riposta fermement Nadine. Les plis et les bourrelets sont bannis d'office. Je ne veux voir que des lignes fluides et de beaux corps longilignes. Respecter des principes alimentaires stricts est aussi important que d'être ponctuel à ses cours. De même qu'il est…

— … aussi vital de s'échauffer quotidiennement que de respirer, récita Lindsay en riant. Je n'arrive pas à croire que huit années se sont déjà écoulées depuis que j'ai quitté la compagnie.

— Tu as laissé un vide en partant. Il n'a pas été facile à combler.

Le compliment spontané prit Lindsay au dépourvu. Nadine n'avait jamais fait de sentiment avec sa troupe. Elle était exigeante, pragmatique et semblait considérer le talent de ses danseurs comme un dû. Il était rare qu'elle se donne la peine de louer, même ses meilleurs solistes.

— Merci, Nadine. Je suis touchée que tu me dises cela.

Nadine secoua la tête.

— Ma chère Lindsay, il ne s'agit pas d'un compliment mais de l'expression d'un regret ! Tu es partie beaucoup trop vite. Si tu étais restée, tu danserais peut-être encore aujourd'hui.

— Ce n'est pas le sang neuf qui te manque, Nadine. La compagnie regorge de jeunes talents. Et ton corps de ballet reste le meilleur de toute la place de New York.

— Ça, c'est un fait. Mais, à ton avis, Lindsay… J'ai vu danser combien de Juliette au cours de ma vie ?

Lindsay fit la moue en se tournant vers son mari.

— Mmm… ça sent la question piège, tu ne penses pas, Seth ? Si je dis un chiffre trop élevé, elle va m'accuser de la vieillir. Si je sous-estime la quantité de Juliette en revanche, Nadine le considérera comme une insulte.

— Tu peux peut-être rester vague et parler simplement « d'un nombre important » ? suggéra Seth.

— Bonne idée… Un nombre important de Juliette, alors ?

— C'est exact, acquiesça gravement Nadine en posant son verre pour prendre ses mains dans les siennes. J'ai vu d'innombrables Juliette danser sur scène. Et de toutes, celle que tu as composée a été la plus belle, la plus émouvante, et surtout la plus juste. J'ai pleuré lorsque tu nous as quittés.

Lindsay ouvrit la bouche pour répondre mais aucun son ne sortit. Elle déglutit non sans mal et secoua la tête.

— Excusez-moi un moment.

Repoussant sa chaise, elle traversa la salle d'un pas vif. Des portes de verre coulissantes donnaient sur un balcon circulaire. Lindsay les ouvrit et sortit s'accouder à la rampe. La nuit était claire et les contours de Manhattan se détachaient sur le ciel sans nuage. Mais Lindsay regardait aveuglément devant elle.

« Il y a dix ans, j'aurais tout donné pour entendre ces mots-là de la bouche de Nadine. Tout. » Elle sentit une larme rouler sur sa joue et ferma les yeux. « A vingt ans, j'avais besoin d'être rassurée sur mon talent, de savoir que j'avais vraiment quelque chose à apporter en tant que danseuse. Et maintenant… »

Légère et néanmoins d'un réconfort infini, une main amie vint se poser sur son épaule. Lindsay se glissa sans un mot entre les bras de Nick. Pendant quelques secondes, ils demeurèrent ainsi sans rien dire. Elle se souvint d'avoir été sa Juliette sur scène, quelque part dans une autre vie. Une autre vie qui faisait toujours partie d'elle-même.

— Mon pauvre Nick… Comme nous sommes vulnérables, nous autres danseurs. Et ridicules aussi, avec nos petites faiblesses narcissiques.

Il lui embrassa le sommet de la tête.

— Ridicule ? Parle pour toi. Davidov, lui, n'est jamais ridicule.

Elle leva les yeux en riant.

— Comment avais-je pu oublier ce détail ?

— C'est indigne de ta part.

Il l'attira de nouveau dans ses bras et elle se haussa sur la pointe des pieds pour poser sa joue contre la sienne.

— Tu vois, Nick, on a beau tout arrêter et se retirer loin de la scène, on continue à porter cet univers en soi. La danse, on ne l'a pas seulement dans le sang, elle est inscrite dans la chair, dans le muscle — sans doute même dans chaque cellule.

Avec un soupir, elle se détacha de lui pour reprendre appui sur la rampe.

— Chaque fois que je remets les pieds à New York, j'ai l'impression que mon cours va commencer et qu'il faut que je me dépêche pour ne pas manquer la répète.

Nick examina le clair profil de la jeune femme. Une brise légère soulevait ses cheveux fins comme de la soie. Une fois de plus la pensée lui traversa l'esprit que Lindsay était une des plus belles femmes qu'il lui ait été donné de rencontrer. Et néanmoins, elle était restée simple et limpide comme une eau pure. Elle n'avait jamais eu conscience du rayonnement si particulier de sa beauté.

— La troupe te manque, *ptichka* ?

Un pli de concentration barra le front de la jeune femme.

— Ce n'est pas vraiment une question de manque… Disons qu'on laisse une partie de soi-même en réserve — un peu comme si on la stockait dans un garde-meuble. Je t'avoue que lorsque je suis à Cliffside, je ne pense pas beaucoup à la compagnie. J'ai mes enfants, mon école de danse. Et puis, il y a Seth, bien sûr…

Le visage éclairé par le plus lumineux de sourires, elle leva les yeux vers le ciel étoilé.

— Seth est mon bonheur, murmura-t-elle. Mais parfois, quand je reviens ici et que je regarde Ruth danser, les souvenirs redeviennent si vivants, si intenses. C'est presque irréel.

— Et ça te rend triste ?

— Un petit peu, admit-elle. Mais il y a de la douceur dans cette tristesse. Lorsque je vois Ruth, je me sens fière. Et je suis tellement heureuse pour elle.

Elle sourit de nouveau en contemplant la ville vibrante et intense, dont le cœur ne cessait jamais de battre.

— Ruth a un talent magnifique. Quand je la regarde danser, j'ai un peu l'impression que c'est moi. Que je fais encore partie de votre monde.

Il joua avec ses cheveux, les laissant filer entre ses doigts.

— Tu feras toujours partie de notre monde, Lindsay. Un talent comme le tien laisse à jamais une trace.

— Oh, non, arrête ! C'est trop de compliments pour un seul soir.

Avec un rire tremblant, Lindsay secoua la tête.

— Ce sont les marques d'estime de Nadine qui m'ont fait craquer, d'ailleurs… Je sais que j'ai été une ballerine douée, Nick. Et j'ai travaillé dur pour le devenir. Les souvenirs des années passées ici, à New York, des ballets que j'ai interprétés avec toi, resteront toujours vivants, comme un trésor enfoui en moi. Ma mère a conservé ses albums avec les photos, les coupures de journaux, les critiques. Et un jour mes enfants les feuilletteront…

Nick sourit.

— Tu sais que je continue à avoir du mal à te voir en mère de famille ?

— Ah oui ? Pourquoi ?

Il sourit et lui prit la main.

— Parce que je crois que tu resteras toujours pour moi la jeune fille que j'ai connue. Le jour où je suis entré dans la compagnie, tu débutais comme soliste. Tu répétais *La Belle au Bois Dormant* et tu n'étais pas satisfaite de tes fouettés… Je te revois comme si c'était hier, admit-il en riant.

— C'est déjà si loin ! Comment se fait-il que tu te souviennes de ce détail ?

Nick haussa les sourcils.

— Parce que ma première pensée a été la suivante : « Bon sang, comment vais-je procéder pour amener cette extraordinaire beauté dans mon lit ? » Je ne pouvais pas te poser la question de but en blanc. Mon anglais était encore très hésitant.

Lindsay étouffa un rire.

— Tu n'as pas été long à améliorer tes talents linguistiques, en tout cas. En revanche, je n'ai pas souvenir que tu m'aies proposé de partager ta couche — en quelque langue que ce soit.

— Aurais-tu accepté si je te l'avais demandé ? Cela fait dix ans que je me pose la question.

Lindsay interrogea son propre cœur en même temps que son regard sondait les traits de Nick. Le son étouffé des conversations leur parvenait de la salle de banquet voisine ; le ronronnement lointain de la circulation s'élevait de la rue en contrebas. Elle tenta de se remettre dans la peau de Lindsay Dunne, telle qu'elle avait été dix années plus tôt.

Ce fut avec un léger sourire qu'elle finit par secouer la tête.

— Honnêtement, je n'en sais rien, Nick. Et je crois que c'est aussi bien comme ça.

Nick glissa un bras autour de sa taille et elle laissa aller la tête contre son épaule.

— Tu as raison. Certaines questions gagnent à demeurer sans réponse.

Un silence tomba où ils se perdirent chacun dans leurs pensées.

— Ce Donald Keyser a l'air sympathique, commenta Lindsay.

Elle sentit chez Nick une crispation à peine perceptible.

— Tout à fait, oui, marmonna-t-il.

— Ruth n'est pas amoureuse de lui, c'est évident. Ce qui me rassure, c'est qu'il n'a pas l'air plus épris qu'elle. Je suppose qu'ils doivent se tenir compagnie à leur façon.

Comme il ne répondait pas, Lindsay fronça les sourcils.

— Nick ?

Il lut dans son regard les pensées qu'elle ne formulait pas.

— Tu vois trop de choses, murmura-t-il.

— Je te connais. Et je connais Ruth.

Nick se passa les deux mains sur le visage.

— Tu as peur que je la fasse souffrir, c'est ça ?

— Cette pensée m'a traversé l'esprit, admit-elle. Mais je n'exclus pas l'inverse non plus. Et comme je vous aime l'un et l'autre, ma position est forcément inconfortable.

Fourrant les mains dans les poches, Nick lui tourna le dos pour s'accouder à la balustrade.

— Je te rassure tout de suite, Lindsay. Ruth est ma partenaire sur scène. Il n'y a rien de plus entre nous.

— Si.

Il se retourna d'un air contrarié.

— Comment cela, « si » ?

— Je ne dis pas que vous êtes amants. Et je suis parfaitement consciente d'autre part que, même si vous l'étiez, cela ne me regarderait pas... Mais il suffit de vous regarder tous les deux, pour se rendre compte que c'est terriblement électrique entre vous.

L'expression de Nick se fit orageuse.

— Qu'est-ce que tu attends de moi, Lindsay ? Une promesse écrite que je ne coucherai pas avec elle ?

— Non. Rien de tel. Je n'ai ni exigences à formuler ni conseils à te donner. Sache simplement que tu peux compter sur mon amitié si tu en as besoin.

Elle vit sa colère se dissiper peu à peu, cédant la place à un mélange d'indécision, de remords et de tourment.

— Ruth n'est encore qu'une enfant, murmura-t-il.

— Non, Ruth est une femme. Enfant, elle ne l'a que très peu été, avec l'existence si particulière qui a été la sienne. Quand je l'ai rencontrée, elle était déjà adulte sur bien des plans.

— C'est peut-être plus sûr pour moi de continuer à penser que j'ai affaire à une gamine.

— Tu t'es disputé avec elle.

Nick émit un rire bref.

— Et alors ? Je me dispute toujours avec mes partenaires, *ptichka*. Tu es bien placée pour le savoir, non ?

— Je le suis, en effet.

Lindsay décida d'en rester là. Consciente qu'il était encore trop tôt pour le pousser dans ses retranchements, elle lui tendit la main.

— Nous avons eu de magnifiques engueulades, toi et moi, Davidov.

Il lui prit affectueusement le bras.

— Les meilleures qui soient. Allez viens. Nous sommes censés faire la fête, non ?

— Est-ce que je t'ai dit, au moins, que tu as été grandiose ce soir et que ton nouveau ballet est un petit bijou ?

Il la gratifia de son sourire le plus enjôleur.

— Tu me l'as dit, oui, mais une fois seulement. Et comme j'ai un ego très prononcé, j'aimerais bien en entendre un peu plus à mon sujet. J'ai été grandiose comment, alors ?

Sur un éclat de rire, Lindsay lui jeta les deux bras autour du cou.

— Aussi formidable que le grand Davidov peut l'être.

— C'est un bon compliment, estima-t-il. Vu que Davidov dépasse en éclat tout ce qui lui ressemble de près ou de loin.

Lindsay l'embrassa.

— Tu restes merveilleusement fidèle à toi-même, Nick.

Ils se retournèrent lorsque la porte de verre coulissa derrière eux pour livrer passage à Seth.

— Damnation, nous avons été trahis, s'écria Nick avec une grimace tragique en la maintenant serrée contre lui. Nous voici faits comme des rats et ton architecte, fou de rage, va me briser les deux jambes.

— Tu peux peut-être le supplier de t'épargner ? suggéra Lindsay en souriant tendrement à son mari.

— Davidov ? Supplier ? grommela Nick en prenant un accent russe prononcé. Cette femme est folle.

— Elle l'est souvent, oui, acquiesça Seth. Mais je m'en accommode... Tes amis et admirateurs te réclament à cors et à cris, là-bas dedans, Nick.

— Mmm... Bon. J'ai saisi le message. Je te restitue ton épouse. Vous comptez rester quelque temps à New York, les amoureux ?

— Juste une nuit, répondit Seth en serrant tendrement la main que Lindsay venait de glisser dans la sienne.

— Alors je vous dis au revoir, maintenant. Au revoir, mon ami. Au revoir, *ptichka*.

Lindsay soupira lorsque Nick eut quitté le balcon pour se fondre de nouveau dans la foule. Seth lui entoura tendrement les épaules.

— Alors ? Où en est ma danseuse ? Plus de vague à l'âme ?

— Comme tu me connais bien, murmura-t-elle.

— Comme je t'aime, surtout.

— La soirée a été très belle, chuchota-t-elle en se glissant au creux de ses bras.

— Pas de regrets, donc ?

Lindsay n'eut pas à lui demander de préciser sa question. Elle savait qu'il pensait aux années new-yorkaises, à la scène, à la carrière à laquelle elle avait renoncé.

— Non, Seth. Pas l'ombre d'un regret.

Levant son visage vers le sien, elle l'embrassa. D'emblée, le baiser fut intense, passionné. Elle entendit Seth soupirer de plaisir tandis qu'il l'attirait plus étroitement contre lui. Glissant les mains sous sa veste, elle les fit remonter jusqu'à ses épaules. « Oh, mon Dieu, c'est toujours aussi fort avec lui. Chaque fois qu'il m'embrasse, c'est comme la première fois. »

— Seth, murmura-t-elle alors qu'il inclinait la tête pour donner un angle plus intime à leur baiser. Je crois que je suis beaucoup trop fatiguée pour danser et faire la fête, ce soir.

— Mmm… Tu as raison. Après une journée comme celle-ci, nous devrions nous retirer discrètement dans notre chambre et nous accorder un repos bien mérité.

Lindsay rit doucement.

— Bien vu. Accessoirement, nous pourrions peut-être commander une bouteille de champagne en l'honneur du nouveau ballet ?

— Un *magnum* de champagne, acquiesça Seth en l'écartant de manière à plonger son regard dans le sien. C'était un excellent ballet, après tout.

— Un ballet royal, même. Il mérite d'être arrosé comme il se doit.

Lindsay jeta un coup d'œil derrière elle. La salle de banquet était encore noire de monde. Une foule dense allait et venait, se pressait sur la piste de danse.

— Je ne pense pas que ce soit une bonne idée de retourner à l'intérieur et d'interrompre la fête pour faire nos adieux, si ? Autant ne déranger personne et filer à l'anglaise.

Seth garda son habituelle expression impassible.

— La fête ? Quelle fête ? Le balcon fait le tour du bâtiment. Et il y a une autre suite de portes sur la façade est.

Lindsay rit doucement.

— Ce qui est bien avec les architectes, c'est qu'ils ont le don pour toujours repérer l'essentiel.

Chapitre 6

Dès la fin de la première semaine, *La Rose Rouge*, encensée par la critique, s'imposa comme un des quelques grands spectacles de danse de la décennie. La troupe se produisait à guichets fermés et suscitait chaque soir le même enthousiasme chez le public. Ruth lut les articles de presse et sut que le rôle de Carlotta marquerait un tournant dans sa carrière. Elle était constamment sollicitée par les journalistes et donnait interview sur interview. Se prêtant au jeu de bonne grâce, elle s'arrangeait toujours pour faire la promotion du spectacle et pour parler longuement de la compagnie, en éludant les questions des journalistes chaque fois qu'ils l'interrogeaient sur sa vie privée.

Composer avec la célébrité ne lui posait pas de difficultés particulières. Elle avait beaucoup plus de mal, en revanche, à faire le tri dans ses sentiments lorsqu'elle dansait avec Nick.

Ce qu'elle éprouvait lui appartenait-il en propre ? Ou ces ondes brûlantes de désir étaient-elles l'apanage de la fougueuse Carlotta ? A force d'empathie avec son personnage, elle ne savait plus très bien ce qui était d'elle et ce qui était de la gitane.

Etait-il seulement *concevable* qu'après tant d'années

d'orageuse collaboration, elle tombe soudain amoureuse de Davidov ?

Assise, le regard perdu dans le vague, devant le miroir de sa loge, Ruth se mordilla la lèvre. Et à supposer que ce soit le cas, que pouvait-elle envisager de concret avec Nick ? Davidov n'avait qu'un seul amour dans la vie et c'était la danse. Il ne s'investissait jamais dans ses relations amoureuses et se contentait de liaisons superficielles et brèves.

Si de son côté, elle décidait de vivre quelque chose avec un homme, elle voulait un engagement véritable. L'exemple de ses parents — comme celui de Lindsay et Seth — l'avait amenée à poser de hauts critères d'exigence. Jamais elle ne pourrait se contenter de vivre des amours au rabais.

Nick était tyrannique, déraisonnable et égocentrique. Quelle fille normalement douée de raison choisirait un compagnon d'existence doté de trois défauts aussi rédhibitoires ? Lui, de son côté, la trouvait romantique, ridicule et naïve.

Chaque soir, après la représentation, Ruth devait se remettre ces réalités élémentaires en tête lorsque le désir né de la danse bouillonnait dans son sang. Et la nuit, de nouveau, lorsqu'elle peinait à s'endormir, il lui fallait se raisonner inlassablement pour éviter que son imagination ne s'emballe.

Comme Nick et elle ne se voyaient pratiquement plus que sur scène, la tentation était forte, chaque fois qu'ils se retrouvaient, de retomber dans leurs rôles respectifs. Mais Ruth s'appliquait impitoyablement à rétablir la différence entre Carlotta et elle. Elle se considérait comme forte, et indépendante. Enfant déjà, elle avait appris à se suffire à elle-même. De ses compagnons de jeux, elle avait dû chaque fois se détacher au bout de quelques mois à peine. Il n'y avait pas eu non plus de maison de famille, de lieu marqué par la permanence où elle aurait pu s'enraciner. Les paysages, les maisons, les amis : tout dans son enfance avait été transitoire, passager.

L'appartement dans lequel elle vivait à New York était un des premiers lieux qu'elle s'autorisait à investir. Elle l'avait acheté et aménagé elle-même. Et depuis un an qu'elle en était propriétaire, elle avait découvert qu'elle était tout à fait capable de s'assumer dans la vie quotidienne. Elle avait confiance en elle. En tant que danseuse et en tant que femme.

Nick, comme par hasard, était la seule personne au monde capable de la faire douter d'elle-même, sur le plan personnel aussi bien que sur le plan professionnel.

Il y avait longtemps que son béguin d'adolescente pour lui était passé, pourtant. Elle l'admirait toujours, mais elle avait cessé de voir en lui un héros inaccessible que l'on pouvait adorer en secret. Depuis des années, elle ne s'intéressait plus qu'à la danse. Elle avait des camarades, des collègues, des amis. Mais pas d'amants. Nick, lui, était son mentor, son chorégraphe et son partenaire sur scène. Alors pourquoi ses rapports avec lui s'étaient-ils soudain compliqués à ce point ?

Ruth soupira. Au fond, cela devait être moins éprouvant de s'éprendre d'un inconnu que d'une personne que l'on était amenée à voir régulièrement dans le cadre de son travail. Avec Nick, il n'y avait aucun moyen de se soustraire aux contacts quotidiens — aucune possibilité de se donner un temps de répit, pour prendre ses distances et oublier.

Si son attirance pour lui n'avait été que physique, elle

aurait pu s'en accommoder sans se poser de questions. Mais l'aspect émotionnel du phénomène suscitait de vives inquiétudes en elle. Ses sentiments pour Nick étaient à la fois très profonds et d'une grande complexité. Il avait le don de la fasciner, de l'impressionner et de la mettre en même temps dans une rage folle. Au danseur, au maître et au chorégraphe, elle vouait une confiance aveugle. L'homme, en revanche, lui inspirait des sentiments plus ambivalents. Ruth n'ignorait pas que, de par la seule force de sa personnalité, Nick était capable de tenir les autres en son pouvoir. Et de se montrer aussi dominateur que dévorant.

Et cet aspect de lui la terrifiait. Comme s'il représentait une menace d'engloutissement.

— Hou hou, Ruth ? Tu es à combien d'années-lumière d'ici ?

Se retournant en sursaut, elle vit que Maxine se tenait dans l'encadrement de la porte et la regardait en riant.

— Des *milliers* d'années-lumière… Entre, Maxine.

— Tu étais plongée dans des réflexions profondément métaphysiques ?

Ruth prit sa brosse et entreprit de refaire sa queue-de-cheval.

— Mmm… Les mercredis me paraissent toujours interminables, éluda-t-elle. A la seule pensée que nous donnons une seconde représentation dans quelques heures, j'ai les orteils qui hurlent.

— Sept rappels pour un spectacle en matinée, ça devrait suffire à te faire oublier tes doigts de pied, ma vieille !

Maxine se laissa tomber sur la chaise la plus proche.

— Tu sais qu'à cette heure, le pauvre Nick reçoit un reporter de *Nouvelles Tendances* dans sa loge ?

Ruth rit doucement.

— Il se montrera charmant, comme d'habitude. Et il cultivera son personnage en forçant sur son accent et en émaillant son discours de quelques expressions russes choisies.

— *Spasibo*. Merci. C'est un des rares mots russes dont je me souvienne.

Intriguée, Ruth se détourna de son miroir pour concentrer son attention sur son amie.

— Tu as appris le russe, toi, Maxine ?

— J'ai pris une dizaine de cours, il y a quelques années. Sans autre but que celui de séduire notre Davidov par mes compétences linguistiques, bien sûr. Mais ça n'a pas marché du tout. Chaque fois que je prononçais quelques mots dans sa langue natale, il riait à gorge déployée et me tapotait gentiment les cheveux, comme si j'étais une petite fille de douze ans qui faisait son cinéma. Adieu mes rêves de violons tziganes et de folles nuits d'amour avec notre star maison.

Ruth joua nerveusement avec la ceinture de son peignoir.

— J'ignorais que tu avais été amoureuse de Nick.

Maxine leva les yeux au ciel.

— Mais ma chérie, tu me connais. Je tombe amoureuse à peu près aussi souvent que je change de garde-robe. C'est te dire. Autant regarder les choses en face : j'aime les hommes et je ne fais rien pour m'en défendre. C'est fini entre le beau dermato et moi, au fait.

— Déjà ? Oh non, ce n'est pas vrai ! Je suis désolée pour toi, Maxine. Tu en étais folle !

La jolie ballerine aux grands yeux noirs haussa les épaules avec indifférence.

— Au début, oui. Ç'a été sympa tant que ça a duré. Mais nous nous quittons sans regrets de part et d'autre. Et j'ai déjà des vues sur un acteur de cinéma que j'ai croisé à une fête la semaine dernière. Tu sais, celui qui fait Paul Reynolds dans *Héritage*.

— *Héritage* ?

— La série télévisée médicale.

Ruth ne put s'empêcher de sourire.

— Ah oui, d'accord. Désolée. Je ne regarde pratiquement jamais la télévision.

— Il est grand, carré, avec des yeux fabuleux. Je me dis que cette fois, ça pourrait bien être l'homme de ma vie.

Pensive, Ruth se mordilla la lèvre.

— Et qu'est-ce qui te fait penser que c'est lui et personne d'autre ?

— J'ai les paumes moites chaque fois qu'on a rendez-vous.

— Les paumes moites ?

Maxine éclata de rire devant son air incrédule.

— C'est un critère comme un autre, non ? Mais je dois reconnaître que ce n'est pas la première fois que ce symptôme survient chez moi. A la réflexion, ça a dû débuter de la même façon avec le dermatologue ainsi qu'avec le danseur de tango qui l'a précédé.

Avec un léger soupir, Maxine se leva de sa chaise.

— Je comprends que cela te paraisse bizarre, Ruth, car tu ne fonctionnes pas du tout de la même manière. Avant de te lancer dans une histoire, il faudra d'abord que tu sois sûre. Tu ne foncerais pas tête la première en te disant que ça va *peut-être* marcher. Moi, j'ai déjà perdu deux fois la tête pour un homme cette année. Et j'ai été amoureuse quatre ou cinq fois l'an dernier. Et toi ?

— Et moi, quoi ?

— Combien de fois as-tu été amoureuse, depuis que tu es arrivée à New York ?

Ruth demeura un instant interdite.

— Eh bien… Jamais, en fait, reconnut-elle, consternée.

L'insouciante Maxine éclata de rire.

— Inutile de prendre cet air horrifié ! Tu n'as jamais été amoureuse parce que tu n'es pas du genre à te disperser. Quand tu rencontreras l'homme qu'il te faut, tu le sauras tout de suite, au moins.

Maxine lui posa une main affectueuse sur l'épaule.

— Contrairement à moi, tu ne manques pas de confiance en toi. Tu sais ce que tu veux et tu sais ce qu'il te faut. Alors pourquoi te contenterais-tu de médiocres faux-semblants ? Tu attends de croiser le bon, c'est tout.

Ruth allait de surprise en surprise.

— Tu es en train de me dire que *toi*, Maxine, tu manques de confiance en toi ?

— Si tu savais, ma pauvre ! Je dépéris si je n'ai pas quelqu'un sous la main pour me répéter que je suis jolie, que je suis douée et que l'on tient à moi. Ce qui n'est pas ton cas. Tu as une forme de sécurité intérieure qui fait que tu n'as pas besoin d'être rassurée en permanence sur ta propre valeur. Je me souviens du jour où nous avons été admises dans le corps de ballet, toutes les deux. Toi, tu savais déjà en y entrant que tu n'y resterais pas, que tu deviendrais soliste, puis première danseuse et même au-delà. Et ta certitude était communicative. Il ne serait venu à l'idée de personne de douter de tes capacités. Le jour où tu rencontreras un homme qui comptera autant pour toi que la danse, tu auras tout : *et* l'amour *et* la gloire.

— Encore faudra-t-il que mes sentiments soient partagés, objecta Ruth dans un murmure.

Maxine sourit.

— C'est le risque, en effet. Aimer fait peur et aimer fait mal. C'est inéluctable. Tu vois, c'est comme lorsqu'on a une crampe. Ça fait un mal de chien mais on continue de danser quand même. Toi, tu n'as encore jamais eu de crampe, sur le plan sentimental.

Amusée, Ruth leva les yeux au ciel.

— Tu es la reine de l'analogie.

— Je ne philosophe que lorsque j'ai l'estomac vide, rétorqua Maxine en se dirigeant vers la porte. Tu veux qu'on mange un bout ensemble, au fait ?

— Je ne peux pas. J'ai rendez-vous avec Donald… Houlà ! Je suis déjà en retard, constata-t-elle en jetant un coup d'œil à sa montre.

— Tant pis, ce sera pour une autre fois… Tiens, George doit passer me prendre après la représentation de ce soir. Comme ça, tu verras à quoi il ressemble.

— George ?

— George Middemeyer, ma chère. Celui qui joue le docteur Paul Reynolds, dans *Héritage*. Dans la série, il incarne un neurochirurgien en pleine crise conjugale avec une maîtresse perverse qui s'efforce de lui faire un enfant dans le dos. N'oublie pas de te coller devant ton petit écran demain.

Sur ces recommandations, Maxine passa la porte d'un pas dansant et disparut dans le couloir. Ruth secoua la tête en riant, prit son sac à main et partit pour son rendez-vous ventre à terre.

Le « delicatessen » new-yorkais typique où elle devait

retrouver Donald n'était qu'à deux pas, mais elle eut beau se hâter, elle n'en poussa pas moins la porte, avec dix bonnes minutes de retard. Alors que Donald, lui, était toujours d'une ponctualité sans faille. Et zut. Il lui restait à peine une heure pour grignoter quelque chose. Puis il lui faudrait retourner au studio dare-dare, pour passer quelques coups de fil professionnels. Donald n'apprécierait sûrement pas qu'elle ait si peu de temps à lui consacrer.

Une plaisante odeur de corned-beef et de pickles l'accueillit chez le traiteur juif traditionnel qui assurait également une restauration rapide à toute heure. En cette fin d'après-midi, seuls quelques derniers clients s'attardaient encore. Deux vieux messieurs assis dans un coin, avaient repoussé les restes de leur repas, chaussé leurs lunettes, et attaquaient une partie d'échecs.

Le regard de Ruth glissa rapidement sur eux avant de se fixer sur Donald. Renversé contre son dossier, le visage fermé, il tirait avec impatience sur sa cigarette.

Elle se dirigea vers lui en se frayant un chemin entre les tables vides et se pencha pour lui effleurer les lèvres d'un baiser.

— Je suis désolée d'être en retard, Donald… Tu as déjà commandé ?

— Non. Je t'attendais.

La réponse était banale à souhait. Mais quelque chose de fuyant dans son regard amena Ruth à s'interroger. Donald n'était pas dans ses dispositions habituelles, apparemment. Elle prit place en face de lui et décida de laisser venir. Si Donald avait quelque chose à lui dire, il finirait par l'exprimer tôt ou tard.

Le vieil homme au tablier blanc qui se tenait derrière

le comptoir s'avança pesamment jusqu'à leur table pour prendre les commandes.

— Une salade composée et un thé, s'il vous plaît, demanda Ruth en souriant au patron.

Donald, pour sa part, ne lui jeta même pas un regard.

— Mettez-moi un sandwich Reuben et un café.

Le vieil homme émit un vague grognement et s'éloigna de sa démarche traînante. Ruth secoua la tête en riant.

— Tu as déjà déjeuné ici pendant le coup de feu de midi ? C'est une vraie maison de fous. Toutes les tables sont prises mais il n'accélère pas le rythme pour autant. Il a un jeune serveur pour l'aider, mais ils sont aussi lents et placides l'un que l'autre. J'adore !

— Je prends rarement mes repas dans des endroits comme celui-ci, laissa tomber Donald d'un ton dédaigneux en écrasant sa cigarette dans le cendrier.

— Aujourd'hui, je ne peux pas faire mieux que de manger un truc sur le pouce, Donald. Mais j'imagine que tu dois être pressé aussi, avec ton défilé, ce soir.

Elle accrocha la bride de son sac sur le dossier de sa chaise puis se pencha vers lui avec sollicitude, les coudes posés sur le bois sombre de la table.

— Tu penses que tout sera prêt dans les temps, alors ?

— A priori, ça devrait aller. Cela dit, c'est le chaos, comme d'habitude. Ma première d'atelier a failli en venir aux mains avec la brodeuse d'art. Mais vu la tension qui règne, il faut bien que ça explose. Et je pense qu'on va enchaîner les scènes d'apocalypse jusqu'à ce soir.

— C'est un défilé important pour toi, n'est-ce pas ?

Donald leva les yeux et planta son regard dans le sien.

— Très important, oui. C'est pour ça que j'aimerais que tu sois présente à mes côtés.

Ruth se tut quelques instants pendant qu'on leur apportait leur commande. Puis elle se mit à jouer avec sa fourchette sans toucher à sa salade.

— Nous avons déjà abordé le sujet. Et je croyais t'avoir expliqué pourquoi il m'était impossible de me libérer ce soir, Donald.

Il sucra son café sans la regarder.

— Tu as une remplaçante sur le rôle, que je sache. Ce serait peut-être l'occasion de lui laisser la place.

— Mais Donald… Les remplaçantes sont là pour les cas de maladie, d'accident ou d'empêchement grave. Je ne peux pas les planter là pour une simple sortie !

— Merci pour le « simple sortie ». Tu considères mon défilé comme l'équivalent d'une séance de cinéma ?

Ruth reposa la tasse de thé qu'elle avait portée à ses lèvres.

— Mais jamais de la vie, Donald. Tu sais bien que je viendrais avec le plus grand plaisir si j'en avais la possibilité.

— J'étais là le soir de ta première, au cas où tu l'aurais oublié, rétorqua-t-il sèchement.

Ruth porta les mains à ses tempes.

— Tu ne vois pas que tu es injuste, Donald ? Si tu avais eu un défilé ce soir-là, tu n'aurais pas assisté à la représentation. Et cela ne me serait même pas venu à l'idée de te demander de venir me regarder danser !

— Tu ne fais jamais aucun effort, aucune concession. Rien ne t'intéresse à part ta danse.

Ruth songea aux réceptions et aux manifestations où elle s'était rendue pour lui faire plaisir.

— Je compose comme je peux avec les rigueurs de mon

propre emploi du temps. Je t'avais prévenu d'entrée de jeu que ce serait compliqué.

Donald cessa de tourner la cuillère dans son café et la posa avec un petit bruit sec sur la table.

— Les bribes que tu consens à m'offrir ne me suffisent pas. Je te demande de venir à mon défilé ce soir, Ruth.

Elle sentit une boule se former dans son estomac.

— C'est un ultimatum ? s'enquit-elle en haussant les sourcils.

— On peut appeler ça comme ça, oui.

— Je regrette, rétorqua-t-elle fermement. Mais ma réponse est non.

— Tu refuses, autrement dit.

Ruth sentit la lassitude l'envahir.

— C'est ta façon de voir les choses, Donald. De toute évidence, tu ne veux pas comprendre.

— J'ai invité Carolina à m'accompagner ce soir. Nous serons ensemble à la réception qui suivra le défilé.

Ruth l'examina un instant en silence. Il faisait là un choix judicieux. En s'affichant avec sa principale concurrente dans le monde de la couture, il avait la certitude d'attirer l'attention des médias. Beaucoup plus qu'en se présentant avec une danseuse.

— Je suis sorti avec elles à plusieurs reprises, ces derniers temps, poursuivit Donald, implacable. Tu n'étais jamais disponible, de toute façon.

Blessée par son attitude hostile, Ruth hocha la tête.

— Je vois.

— Tu ne t'en doutais pas, n'est-ce pas ? Tu es tellement repliée sur toi-même depuis que tu as commencé à danser Carlotta ! Rien ne compte pour toi hormis ton sacro-saint ballet. Tu es incapable de faire de la place à un homme dans ton petit univers égocentrique. Est-ce que tu mesures, au moins, à quel point la vie que tu mènes est pauvre et stérile ? Tu prends tes cours, tu t'échauffes, tu répètes. Et de temps en temps tu te produis sur scène. La danse est tout ce que tu désires et tout ce que tu as.

Le jugement était sévère. Et cruel. Jugeant qu'elle en avait assez entendu, Ruth se retourna pour prendre son sac. Mais Donald la retint par le bras.

— Je n'ai pas fini, Ruth.

— Désolée. Je ne crois pas que nous ayons quoi que ce soit de plus à nous dire.

Mais il la maintint fermement sur sa chaise.

— Toi, peut-être pas, mais moi si. Je sais que tu es éternellement pressée mais, une fois dans ta vie, aie la correction de m'écouter jusqu'au bout… Tu passes tes journées à parader devant un miroir, Ruth. Et que vois-tu ? Un corps docile qui attend les ordres du chorégraphe. Quand t'arrive-t-il encore de te mouvoir par toi-même ? Quand ressens-tu encore un élan, un désir qui n'ait pas été programmé par un maître de ballet quelconque ? Et que restera-t-il de toi lorsque tu ne seras plus en âge de te montrer sur une scène ? Lorsque ceux-là mêmes qui t'encensent aujourd'hui se détourneront de toi avec indifférence ?

Ruth se mordit la lèvre, s'efforçant vainement de contenir ses larmes.

— S'il te plaît, Donald… Tu ne crois pas que ça suffit comme ça ?

Voyant ses traits décomposés, il pâlit à son tour.

— Oh, zut, murmura-t-il en lui lâchant le bras. Je suis désolé. Je n'avais pas l'intention de…

Elle secoua la tête avec frénésie.

— Non, s'il te plaît. N'en dis pas plus.

Hagarde, brisée, elle sortit du restaurant. Dehors sur le trottoir, la chaleur humide de l'été se referma autour d'elle comme une gangue. Egarée, le regard brouillé par les larmes, elle dut s'orienter un instant avant de prendre la direction du théâtre.

Elle se hâta au cœur de la foule anonyme qui ondulait autour d'elle, une marée de visages indifférents qui ne lui renvoyait rien, pas même une amorce de réponse aux questions qui se pressaient dans sa tête. Les flèches décochées par Donald avaient atteint leur but. Et il l'avait durement ébranlée dans sa confiance en elle-même. Etait-ce là ce que les gens voyaient en elle : une marionnette, un automate qui, à l'image de ces figurines sur les boîtes à musique, tournait inlassablement en rond avec un sourire stupide aux lèvres ?

Donald avait parlé par dépit, par colère. Mais se pouvait-il qu'il y ait un fond de vérité dans ses accusations amères ? En arrivant, Ruth se précipita dans sa loge, referma sa porte comme si elle avait une armée de démons à ses trousses, et s'appuya contre le battant clos. Elle tremblait de la tête aux pieds. Quelques brèves remarques de Donald avaient suffi à la priver de son humanité. Et elle se sentait aussi sèche et mécanique qu'un robot articulé. S'avançant jusqu'au miroir, Ruth alluma toutes les lumières et scruta son reflet d'un œil implacable.

A force de passion pour la danse avait-elle fini par s'enfermer dans un univers unidimensionnel ? Son existence était-elle effectivement aussi pauvre et étriquée que Donald l'avait laissé entendre ?

Effarée, elle se prit le visage entre les mains. « Suis-je

un monstre incapable d'aimer ? » Elle sentit la douceur de ses paumes sur ses joues. De sa peau montait une odeur fruitée, féminine. Se berçait-elle d'illusions, en estimant être aussi femme qu'une autre ? Et si elle avait insidieusement renoncé à sa féminité, comme Donald le lui avait reproché à plusieurs reprises ? Secouant la tête avec force, Ruth se détourna de sa propre image.

Trop de miroirs. Il y avait eu trop de miroirs dans sa vie, réalisa-t-elle soudain. Et elle ne savait plus quel sens donner aux reflets qu'elle captait sans relâche. N'était-elle qu'une image, une enveloppe creuse, une illusion ? Quelle personne serait-elle dans une décennie ou deux, lorsque la danseuse aurait à affronter le crépuscule d'une brève, si brève carrière ?

Ne resterait-il d'elle que des souvenirs, des photos et quelques coupures de journaux jaunies par les ans ?

Fermant les yeux, Ruth se força à prendre quelques respirations longues et profondes. Il ne lui restait que trois heures avant l'ouverture du rideau. Ce n'était pas le moment de méditer sur ses problèmes existentiels. Elle attendrait la fin de la représentation pour chercher une réponse à toutes les questions qui lui torturaient l'esprit.

Et tout irait déjà beaucoup mieux, pour commencer, si elle avait quelque chose dans l'estomac. Elle descendit dans la salle de restaurant et commanda un thé, une pomme et une barre énergétique. L'ambiance familière l'aida à recouvrer son calme. Autour d'elle, s'élevaient les plaintes coutumières : l'une avait les pieds en compote, l'autre s'était fait un claquage. On déplorait la façon dont Nadine serrait les cordons de la bourse et on constatait que personne ne s'était chargé d'appeler le plombier pour réparer le robinet défectueux du quatrième étage.

Ruth sourit à la ronde, acquiesça et échangea même quelques plaisanteries avec l'éclairagiste assis à côté d'elle. Lorsqu'elle regagna sa loge, une demi-heure plus tard, elle se sentait déjà plus solide.

— Ruth ?

La main sur la poignée, elle tourna la tête.

— Ah salut, Leah.

S'il y avait une personne au monde à qui elle n'avait pas envie de se frotter en ce moment, c'était bien l'élégante ballerine blonde. Mais Leah n'attendit pas son avis pour se glisser dans sa loge de son pas aérien.

— Les critiques sont dithyrambiques, ma petite Ruth, commenta-t-elle. Tu es la star du moment.

Connaissant le côté belliqueux de Leah, Ruth réprima un soupir. Question agressivité, elle estimait avoir eu largement sa dose pour la journée.

Elle se laissa tomber sur une chaise devant sa coiffeuse et désigna la revue que Leah tenait à la main.

— J'imagine que ce n'est pas dans la presse *people* que tu lis tes comptes rendus de spectacle, Leah ?

— Quand on exerce un métier comme le nôtre, c'est toujours intéressant de se tenir au courant des derniers potins. Et puis, on tombe régulièrement sur des visages familiers. Tu sais que j'ai reconnu un de tes amis en feuilletant ce torchon ?... Où est-ce que je l'ai vu déjà ? Ah, voilà !...

Le visage impassible, Leah déchiffra à voix haute :

— « Nous avons eu la surprise de croiser le couturier Donald Keyser étroitement enlacé avec sa rivale, la fringante

Carolina Carlini. Le beau Keyser se désintéressait-il de la danse classique, tout à coup ? »

Reposant le magazine, Leah soupira ostensiblement.

— Les hommes sont d'une indélicatesse, parfois…

— N'est-ce pas ? acquiesça Ruth, avec une ironie mordante.

— Et je trouve que c'est tellement humiliant de se faire plaquer comme ça, par voie de presse.

Ruth se redressa en sursaut. Le sang se retira un instant de ses joues avant d'y affluer de plus belle.

— Oh, tu sais, j'étais déjà plaquée par voie orale, rétorqua-t-elle sèchement. Donc, ça ne me gêne pas tellement.

Leah replia méticuleusement son torchon.

— Il faut reconnaître qu'il est bel homme, ce Keyser. Il était évident qu'on finirait par te le rafler sous le nez tôt ou tard.

— Bah… Je ne t'ai pas parlé de mon Texan ? riposta Ruth sur une impulsion.

— Ton Texan ?

La surprise évidente de Leah la poussa à poursuivre.

— Oh, nous avons été très discrets, lui et moi. Il ne peut pas se permettre de voir son nom étalé dans la presse tant que son divorce ne sera pas prononcé. Sa seconde femme lui mène une vie infernale. Tu sais ce que c'est, quand il y a de l'argent dans un couple.

Ruth eut un petit sourire indulgent.

— Tu imagines qu'il lui a proposé de garder leur château en Toscane ? Mais Madame ne veut rien entendre et réclame la collection de tableaux de maître. Elle s'est mis en tête de récupérer tous les Impressionnistes et n'en démord pas.

Une lueur mauvaise brilla dans le regard de Leah.

— Je vois. Joli train de vie… Tu caches bien ton jeu, en effet.

— Je peux être muette comme le sphinx, lorsque les enjeux sont importants.

— Fais quand même attention à ce que Nick ne se rende compte de rien. Il a horreur qu'un scandale rejaillisse sur ses danseurs. Nous sommes censés mener une vie exemplaire. Surtout maintenant, avec ce projet de tournage pour la télévision.

— Un tournage pour la télévision ?

— Parce que tu n'étais pas au courant ?

Leah, pour le coup, en retrouva le sourire.

— Nous allons être filmés en long en large et en travers. Une des chaînes du câble projette de réaliser un documentaire sur le ballet classique. Et ils ont chargé Nick de sélectionner des extraits que nous danserons devant les caméras. J'interpréterai la princesse Aurore, bien sûr. Nous tournerons probablement la scène du mariage de *La Belle au Bois Dormant*. Je crois que Nick a l'intention de danser le pas de deux du *Corsaire*. Et un de ceux de *La Rose Rouge,* cela va sans dire. Mais il n'a pas encore choisi sa — ou ses — partenaires.

Elle se tut quelques instants, comme pour lui laisser le temps de digérer l'information.

— Nick est très enthousiasmé par ce nouveau challenge. Surtout que le réalisateur lui laisse une marge importante d'initiative personnelle… Je suis vraiment surprise qu'il ne t'en ait rien dit, ma pauvre Ruth. Peut-être qu'il te sent un peu trop stressée en ce moment. Va savoir.

Leah se leva pour partir.

— Cela dit, tu n'as aucune inquiétude à avoir. Dans

quelques jours, il rassemblera toute la compagnie pour annoncer le projet. Et je suis sûre qu'il te trouvera un petit solo quelque part.

D'un geste nonchalant, Leah laissa tomber le magazine sur une chaise.

— Danse bien, ce soir, lança-t-elle d'une voix suave avant de quitter la pièce.

Chapitre 7

Longtemps, Ruth demeura sans bouger, le regard rivé sur la porte close de sa loge. Elle ne parvenait à s'expliquer pourquoi Leah avait été informée de ce projet de télévision et elle non. C'était absurde. Illogique.

« Sauf si Nick n'avait pas l'intention de l'inclure dans le documentaire en question… »

Sourcils froncés, Ruth secoua la tête. Cela paraissait inconcevable. Jamais il ne lui ferait une crasse pareille. Ils avaient quelques comptes à régler sur le plan personnel, d'accord. Mais professionnellement…

Professionnellement, elle lui avait annoncé qu'elle ne danserait plus jamais avec lui une fois que les représentations de *La Rose Rouge* seraient terminées ! Ruth se souvenait d'avoir proféré cette menace dans un moment de rage. Mais Nick se montrerait-il vindicatif au point de la priver désormais de tous ses rôles ? Pouvait-il être mesquin à ce point ?

Horrifiée, Ruth secoua la tête.

— Non, il n'irait tout de même pas jusque-là, objecta-t-elle à voix haute.

Elle n'avait pas l'illusion d'être irremplaçable, mais quand même… Nick pourrait-il se permettre de l'exclure pour un simple motif de vengeance personnelle ? Ce serait dur de sa part, d'accord. Mais il n'en restait pas moins qu'elle l'avait menacé. Et il avait quasiment tous les pouvoirs, dans la compagnie.

Or, depuis leur violente dispute dans le studio de répétition, ils ne s'étaient pour ainsi dire plus jamais adressé la parole. Etait-ce sa façon de la punir d'avoir osé proclamer qu'elle ne voulait plus jamais de lui pour partenaire ?

Choisirait-il une autre danseuse pour interpréter Carlotta à la télévision ? Cette pensée, étrangement, lui était insupportable. Elle avait beau se répéter qu'un rôle était un rôle et qu'elle ne pouvait avoir aucune prétention à l'exclusivité, c'était plus fort qu'elle.

Nick avait écrit le ballet, d'accord. Mais elle avait donné vie et contours au personnage en l'interprétant à sa manière. Et elle avait tant mis d'elle-même en Carlotta qu'elle avait le sentiment d'être devenue la titulaire exclusive du rôle.

Le cœur lourd, Ruth ouvrit les yeux et vit le magazine abandonné sur la chaise. Leah avait accompli minutieusement son travail de sape. Elle était venue lâcher sa petite bombe pour la déstabiliser juste avant une représentation. Et elle avait réussi au-delà de toute espérance, sachant que Donald lui avait déjà bien préparé le terrain.

Tous les doutes que Donald avait réussi à semer en elle s'en trouvaient décuplés. Et à la perte de confiance en soi venait s'ajouter une angoisse supplémentaire : celle de se voir renvoyer de la compagnie dès que *La Rose Rouge* ne serait plus à l'affiche.

Ruth poussa un sanglot étouffé et enfouit son visage dans ses mains. Mais elle ne s'effondra pas pour autant. Dans moins d'une heure, elle serait Carlotta sur scène. Et rien ni personne ne l'empêcherait de danser son rôle jusqu'au bout. S'il lui restait une certitude, c'était au moins celle-là.

Quelques minutes avant le lever de rideau, Ruth sortit de sa loge et alla s'échauffer en arrière-scène. Encore tétanisée par le double choc qu'elle venait de recevoir, elle se sentait raide, figée, avec la désagréable impression que le sol tanguait sous ses pieds. Pour chacune de ses représentations précédentes, elle avait réussi à laisser Ruth Bannion derrière elle pour devenir Carlotta. Mais elle sentait que ce soir, il n'y aurait pas de miracle. Ruth Bannion lui collait à la peau et elle ne s'en débarrasserait pas.

Jamais elle ne s'était sentie aussi éloignée de l'insouciance et de la liberté d'esprit de la fière Carlotta. Se forçant à observer le rituel familier, elle se chauffa les muscles tout en s'efforçant de chasser les paroles de Donald et de Leah de ses pensées.

Mais même les premiers grincements des violons que l'on accordait dans la fosse d'orchestre ne parvinrent à l'arracher de son marasme intérieur. Tout sonnait faux ce soir. Les instruments, son costume, les lumières. Elle se sentait lourde, empotée et ne se souvenait même plus de ses enchaînements. Horrifiée, Ruth ferma les yeux, en se demandant où puiser la force nécessaire pour traverser ce cauchemar.

Par automatisme Nick chercha Ruth des yeux en sortant de sa loge. C'était devenu une habitude depuis qu'ils dansaient

La Rose Rouge ensemble. Plus qu'une habitude, même, une manie. Un irritant réflexe compulsif qu'il considérait comme un signe de faiblesse.

Toute la personne de Ruth Bannion devenait une faiblesse chez lui, d'ailleurs. En dehors de la scène, elle était froide comme un petit matin d'hiver en Russie. Mais dès qu'ils dansaient ensemble, elle se mettait à brûler comme une nuit d'été dans le cœur moite de la Louisiane. Et ces changements incessants commençaient à lui taper sur les nerfs.

Composer avec le désir qu'il éprouvait pour Ruth devenait plus astreignant de jour en jour. Surtout que le désir en question ne diminuait en rien pendant les phases où elle le traitait par le dédain. Mais les pires moments étaient sur scène, lorsque chaque geste, chaque regard de la part de Carlotta était pure invite. Aucune femme, jamais, ne lui avait fait vivre pareille torture au quotidien.

Aujourd'hui, cependant, Nick s'immobilisa net en voyant Ruth. Et sa réaction fut commandée par l'inquiétude plus que par les exigences de sa libido. Ruth se tenait de dos mais il n'avait pas besoin de discerner ses traits pour se rendre compte que quelque chose n'allait pas.

— Ruth ?

Au son de la voix de Nick, Ruth acheva de se pétrifier. Elle se retourna lentement, en s'efforçant de peindre une expression neutre sur ses traits.

— Qu'est-ce qui se passe, Ruth ?

— Rien.

Lorsqu'il lui saisit le menton pour l'obliger à soutenir son regard, pas un muscle du visage de Ruth ne frémit. Elle se soumit à l'examen sans broncher. Mais sa peau était livide sous le maquillage de scène et une profonde détresse transparaissait dans ses yeux sombres.

— Tu es malade, c'est ça ?

S'il y avait eu, ne serait-ce qu'une trace de sollicitude dans la voix de Nick, elle se serait sans doute effondrée.

— Non.

Avec un haussement d'épaules, il la laissa aller.

— Si tu n'es pas malade, ressaisis-toi. Et vite. Tu as une prestation à assurer. Si tu t'es disputée avec ton couturier, attends la fin de la représentation. Tu feras ta crise de larmes une fois que tu seras rentrée chez toi.

Nick lut dans son regard que ses paroles l'avaient blessée. Elle releva orgueilleusement la tête.

— Je l'assurerai, ma prestation, ne t'inquiète pas. Et je te promets qu'aucune de celles que tu as prévu de mettre à ma place ne dansera ce rôle mieux que moi.

Nick tressaillit et ses doigts se crispèrent sur son bras.

— Qu'est-ce que tu racontes ?

— Laisse-moi !

Elle se dégagea avec violence.

— J'en ai déjà pris plein la figure, aujourd'hui, alors inutile d'en rajouter. J'ai eu plus que ma dose pour une journée.

Au grand dam de Ruth, sa voix se brisa. Jurant tout bas, elle se dirigea vers le rideau et attendit le signal pour se placer sur la scène. Seule sous le regard du public, elle exécuta sa première variation. En regagnant les coulisses, elle se consola en se disant que seuls les amateurs les plus avertis avaient pu noter un manque d'expressivité, une moindre implication dans la façon dont elle dansait son personnage. Techniquement, elle avait été aussi magistrale qu'à l'ordinaire. Mais Ruth savait qu'un danseur ne pouvait se contenter d'être virtuose. Etre un corps en mouvement ne suffisait pas. Il fallait également que ce corps soit habité.

Son incapacité à donner le meilleur d'elle-même acheva de la consterner.

Elle fit sa seconde entrée et quelques instants plus tard, Nick et elle se retrouvèrent pour leur premier pas de deux.

— Mets de la vie dans tes gestes, exigea-t-il *sotto voce* alors qu'il la faisait pirouetter entre ses bras.

Il la souleva en arabesque.

— Tu danses comme un robot, Ruth.

— Et alors ? Ce n'est pas ce que tu veux ? riposta-t-elle d'une voix sifflante.

Attitude… Cabriole… Un second jeté et elle se retrouva dans ses bras.

— Laisse parler ta colère, lui ordonna-t-il en faisant un nouveau porté. Tu peux me haïr si tu veux, mais pense à moi. Rien qu'à moi.

Elle aurait eu du mal à laisser ses pensées dériver ailleurs. Pendant toute la durée du ballet, Nick la soutint de son énergie nerveuse, le regard ancré dans le sien — presque comme s'il commandait ses gestes à distance. Parvenue au dernier acte, cependant, elle sentit ses forces la trahir. Les nerfs tendus à se rompre, elle dansait avec l'énergie du désespoir, en luttant contre la nausée. Pour la première fois depuis qu'elle avait commencé à faire des spectacles de danse, à l'âge de six ans, elle n'avait qu'une envie : en finir. Elle termina avec tous les symptômes d'une migraine foudroyante, rassemblant son dernier courage pour aller au bout du pas de deux final.

Dès que le rideau retomba, elle s'affaissa comme un tas de chiffons entre les bras de Nick.

— Tu m'as dit que tu n'étais pas malade, pourtant ? chuchota-t-il en la soutenant par les épaules.

Elle secoua la tête.

— Ce n'est pas un problème de santé.

— Tu es en état de saluer pour les rappels ?

— Bien sûr.

Il résista un instant lorsqu'elle voulut se dégager de son étreinte. Mais il finit par la lâcher lorsqu'elle lui jeta un regard interrogateur.

Derrière l'épais rideau de scène, les applaudissements ne leur parvenaient que de façon assourdie. Mais lorsque le technicien le releva sur un signe de Nick, le bruit enfla démesurément et une véritable ovation se fit entendre.

Malgré la douleur lancinante dans sa tête, Ruth sourit, s'inclina, quitta la scène en courant, puis reproduisit une fois, deux fois, trois fois le même scénario.

— Ça suffit maintenant, décréta Nick après six salutations, malgré les « Encore » et les « Bravo » qui retentissaient dans la salle.

Sans se soucier du reste de la troupe, il prit Ruth par la main et l'entraîna avec lui.

— Nick ! protesta-t-elle faiblement, comme il partait dans la direction opposée à celle de sa loge. Je t'en supplie, fiche-moi la paix… Je n'en peux plus.

Mais il ne prit même pas la peine de répondre.

— Mlle Bannion est souffrante, annonça-t-il au régisseur. Elle rentre directement chez elle et ne veut voir personne. Faites passer la consigne.

— Nick… Je ne suis pas en état… Je voudrais me changer.

— Tout à l'heure, décréta-t-il en la poussant d'autorité

dans la cabine d'ascenseur. Il faut d'abord que nous parlions. Nous serons mieux dans mon bureau.

Ruth sentit la panique la gagner.

— Non, je ne veux pas. Je n'ai rien à dire… Laisse-moi rentrer chez moi.

— C'est un ordre, Ruth. Et tiens-toi tranquille, en attendant. Tu trembles de la tête aux pieds.

Consciente qu'il n'hésiterait pas à avoir recours à la force s'il s'était mis en tête de lui infliger un entretien professionnel à cette heure impossible, Ruth se laissa guider dans les couloirs. Tout l'étage était désert et plongé dans le noir. Nick poussa la porte de son bureau dans l'obscurité et lui fit signe d'entrer.

— Assieds-toi, ordonna-t-il en se dirigeant vers un petit meuble à liqueurs de bois sculpté.

Ruth avait rarement eu l'occasion de s'entretenir avec Nick dans cette pièce. Autant elle connaissait en lui le danseur et le chorégraphe, autant elle était peu familiarisée avec le directeur de compagnie, chargé de recevoir les mécènes potentiels.

Examinant le bureau avec attention, Ruth n'eut aucun mal à imaginer Nick dans le rôle. Très à l'aise dans ce cadre raffiné, il devait déployer son charme devant de riches financiers séduits par son humour, sa personnalité brillante et son inépuisable énergie. Nadine n'avait-elle pas observé elle-même un jour que Nick était aussi précieux pour la compagnie lorsqu'il était assis derrière un bureau que lorsqu'il bondissait sur scène ?

Nick avait tout pour lui : la personnalité, le charisme, la qualité de son sourire. Sa façon d'aborder les gens était si originale, si sincère que toute résistance devenait impossible. Oui, c'était un talent chez lui. Il fallait un don pour convaincre et pour séduire, tout comme il fallait un don pour réussir les pirouettes spectaculaires « à la Davidov ».

Nick n'était pas seulement doué de génie, il avait également un style bien à lui. Tout comme son bureau, d'ailleurs. Ruth examina les confortables fauteuils crapauds, admira l'élégance fin de siècle du mobilier. Ici, dans cette atmosphère raffinée, des transactions importantes se concluaient régulièrement. Que serait une compagnie de danse américaine sans ses mécènes ? Qui paierait pour les accessoires, les costumes, les décors et les éclairages ?

— Je t'ai dit de t'asseoir, Ruth.

L'ordre émis par Nick ramena Ruth à la situation présente. Elle voulut pivoter vers lui mais une main ferme se posa sur son épaule et la poussa vers le canapé. Elle se retrouva assise avec un verre de liquide ambré à la main.

— Bois, lui ordonna-t-il avant de retourner se servir lui-même.

Une fois installé à côté d'elle, il la regarda avec insistance jusqu'à ce qu'elle s'exécute et porte son verre à sa bouche. Il l'observa pendant qu'elle avalait docilement une première gorgée, puis une deuxième. Un calme absolu régnait dans la pièce.

— Parfait, acquiesça-t-il. Et maintenant, raconte-moi.

Elle tressaillit.

— Il n'y a rien à raconter.

Il pianota du bout des doigts sur l'accoudoir.

— Ruth Bannion… Je peux être capable de patience, à mes heures. Mais là je ne suis pas d'humeur, O.K. ?

— Tu as bien fait de le préciser.

Vidant imprudemment son verre d'un trait, elle le reposa sur la table.

— Eh bien, merci, pour le coup à boire, Nick.

Avant même qu'elle ne fasse le geste de se lever, il la retint par le poignet.

— Ne joue pas avec le feu, Ruth, conseilla-t-il à mi-voix. Et maintenant, je veux une réponse. Immédiate.

— Tu pourrais peut-être commencer par poser la question qui va avec ? suggéra-t-elle avec désinvolture, même si son cœur battait la chamade.

Nick vida un petit verre de vodka.

— Qu'est-ce qui n'allait pas, ce soir ?

— Petit coup de blues, admit-elle en haussant les épaules avec impatience.

— Et pourquoi ?

— Ce sont des choses qui arrivent, non ? Tout le monde ne peut pas être au sommet de sa forme vingt-quatre heures sur vingt-quatre, Nick !

Elle voulut se dégager mais il la maintint assise sur le canapé avec une aisance exaspérante.

— Au nom de quoi, cet interrogatoire, Nick ? Je n'ai pas droit à un *minimum* de vie privée ?

— Pas lorsqu'elle t'empêche de faire une prestation correcte sur scène.

— Je suis désolée, mais je ne sais pas danser en mode automatique.

La colère qu'elle aurait tant voulu contenir explosait déjà dans sa voix.

— Contrairement à ce que d'aucuns prétendent, je ne suis pas une mécanique docile qui se met en mouvement dès qu'on remonte le ressort de la boîte à musique. Alors inutile de…

— Quel est l'imbécile qui t'a sorti une ânerie pareille ?

Elle détourna les yeux.

— Sois charitable et fiche-moi la paix, Nick. Je n'ai pas envie d'aborder le sujet avec toi.

Reposant son verre vide, il lui saisit les épaules et l'obligea à le regarder en face.

— Je *veux* savoir qui a proféré cette sinistre connerie. Ton couturier ?

Elle secoua la tête en signe de dénégation, mais Nick avait déjà lu la réponse dans ses yeux. Il jura longuement en russe.

— Regarde-moi, Ruth. Et explique-moi comment une fille intelligente et équilibrée comme toi peut gober ce genre d'inepties ?

— Il a dit que j'étais froide, égocentrique, et que je n'aimais que moi-même et la danse, se surprit-elle à balbutier d'une voix étranglée par les larmes. Il pense que, sortie du ballet classique, je n'existe plus. Comme si je manquais de consistance, quoi…

Nick la secoua par les épaules avec impatience.

— Mais qu'est-ce qu'il en sait, ce type ? Ce n'est pas un danseur. Il n'a jamais tenu une barre, jamais mis le pied sur une scène. Comment pourrait-il avoir la moindre idée de ce que notre métier exige de nous ? Le problème avec Keyser, c'est qu'il est jaloux comme une teigne. Il voit bien que tu appartiens à ton art. Et il n'a aucune prise sur toi.

— Il attend de moi plus que je ne peux lui donner, murmura Ruth. Et je reconnais ne pas avoir grand-chose à lui offrir. J'ai de l'affection pour lui, mais…

Avec une moue piteuse, elle repoussa les longs cheveux noirs qui lui tombaient sur les yeux.

— Mais tu n'es pas amoureuse de lui, acheva Nick à sa place.

— Là est le problème, justement. Je ne sais même pas ce que c'est d'être amoureuse ! Et si j'étais devenue inhumaine, à force de ne vivre que par et pour la danse ? Donald n'a peut-être pas tort lorsqu'il affirme que je suis incapable de faire de la place à un homme dans…

— Stop !

Nick la secoua de nouveau. Et plus brutalement que la première fois. Puis, se levant d'un bond, il se mit à arpenter la pièce comme un fauve aux abois.

— Que signifient ces idées fumeuses que cet imbécile t'a mis dans la tête ? Sous prétexte que tu n'es pas amoureuse d'un homme, tu le laisses te convaincre que tu n'es pas une vraie femme ? Je n'ai encore jamais rien entendu d'aussi absurde !

Avec une exclamation dégoûtée, il se tourna vers elle.

— Non, sérieusement, qu'est-ce qui ne tourne pas rond chez toi, Ruth ? Où est passé ton esprit de repartie ? Tu n'as pourtant pas l'habitude de te laisser faire ! Si je t'avais lancé ce genre d'accusations tu te serais défendue bec et ongles !

Portant les mains à ses tempes, Ruth s'efforça de remettre de l'ordre dans ses pensées.

— La différence, c'est que toi, tu ne m'aurais jamais rien dit de tel, finit-elle par objecter.

Nick se radoucit.

— C'est exact. Parce que je sais qui tu es, Ruth. Nous avons beaucoup partagé, toi et moi. Et quand nous dansons ensemble, je perçois ta beauté, bien sûr. Mais aussi ton être intérieur. Et je n'ai aucun doute sur le féminin en toi.

Il lui prit la main et entrelaça leurs doigts.

— Tu as ton univers et ton couturier a le sien. Si vous vous aimiez, Donald et toi, vous pourriez vivre dans l'un comme dans l'autre.

Ruth réfléchit un instant, puis hocha la tête.

— Oui, c'est ce que j'aurais voulu. J'ai essayé de le faire, d'ailleurs. Mais…

— Oublie les « mais ». Les « mais » ne servent à rien.

Nick se laissa tomber à côté d'elle sur le canapé, réussissant l'exploit de s'affaler avec élégance.

— Bon, O.K. Résumons-nous : tu t'es donc querellée avec ton styliste et, poussé par le dépit, il t'a sorti deux ou trois réflexions mauvaises. C'est pour ça que tu étais pâle comme un linge et que tu as failli t'évanouir sur scène ?

— Il n'a pas seulement brossé un portrait au vitriol de ma personne. Il m'a également annoncé que j'étais déjà remplacée. J'ai même eu droit à une copie du *New York People*, avec un article sur Donald et sa nouvelle amie. A moins d'une heure de l'ouverture de rideau, tu avoueras que c'est difficile à avaler.

Nick fronça les sourcils.

— Le *New York People* ? Ah oui, ce torchon sordide. Keyser a poussé la goujaterie jusqu'à t'apporter ce magazine dans ta loge ?

— Non, non, pas Donald, bien sûr. Mais…

Ruth se tut abruptement lorsqu'elle vit la lueur orageuse dans le regard de Nick. Elle s'humecta les lèvres et se leva.

— Ce magazine n'a aucune importance. Je ne comprends pas pourquoi j'en ai fait tout un plat.

— Stop.

Elle s'immobilisa net.

— Qui t'a apporté ce *New York People* juste avant la représentation, Ruth ? s'enquit Nick d'une voix dangereusement calme.

Le frisson léger dans son dos lui fit l'effet d'un avertissement.

— Ecoute, Nick, je ne…

— Je trouve inexcusable qu'un membre de cette compagnie ait délibérément cherché à te déstabiliser juste avant une représentation. Et il est hors de question que je tolère ce genre de pratiques.

Ruth secoua la tête. Elle n'avait pas de sympathie particulière pour Leah. Mais elle refusait de soumettre qui que ce soit à la violence des coups d'humeur de Nick.

— Je ne trahirai pas la personne en question, répondit-elle fermement en affrontant son regard. C'était à moi de me défendre. Je veillerai la prochaine fois, à ne pas me laisser atteindre par des petites mesquineries sans importance.

— Je veux un nom.

— Je n'ai pas l'habitude de faire ce genre de choses, Nick.

Posant la main sur son bras, elle utilisa à son tour le pouvoir de son regard.

— Je ne peux pas te dire de qui il s'agit. Mais il y a un autre problème qui me tient à cœur et que j'aimerais régler avec toi, ce soir.

Nick se figea brusquement dans un étrange silence. Ruth chercha à déchiffrer l'énigme de ses traits mais se heurta comme chaque fois à un mur.

Le sentant plus distant, elle retira sa main.

— De quoi souhaites-tu me parler, Ruth ?

De nouveau, elle s'humecta les lèvres. Son cœur battait comme un tambour.

— Je crois qu'il me faudrait d'abord un second cognac, murmura-t-elle.

Alors qu'elle s'attendait à un refus exaspéré, il prit son verre vide sans rien dire et retourna à son placard à liqueurs. Elle le remercia lorsqu'il la resservit et porta le cordial à ses lèvres pour se donner du cœur au ventre.

— As-tu l'intention de me renvoyer de la compagnie ?

Nick qui s'apprêtait à vider sa vodka de son côté, laissa son geste en suspens.

— Pardon ?

Avec plus d'assurance, cette fois, elle réitéra sa question.

— Comptes-tu te passer de mes services une fois que j'aurais fini cette série de représentations ?

— Ai-je l'air aussi stupide que ça ?

Malgré son anxiété, Ruth ne put s'empêcher de sourire de son ton incrédule.

— Non, Davidov.

— Bien. Nous sommes donc d'accord, pour une fois. Alors puisque je ne suis pas un idiot, qu'est-ce qui te fait penser que je m'amuserais à mettre ma meilleure danseuse à la porte ?

Ruth demeura un instant muette sous le choc.

— Tu ne m'avais encore jamais dit cela, balbutia-t-elle.

— Jamais dit quoi ?

Secouant la tête, elle se tourna vers la fenêtre.

— Aussi loin que je me souvienne, j'ai toujours voulu danser.

Elle laissa échapper un petit rire étouffé lorsque les larmes commencèrent à couler.

— Toutes ces années, je me suis battue pour moi, pour la danse — et pour toi. Mais tu n'as jamais fait le moindre commentaire... Et voilà que ce soir, après une journée atroce, tu m'annonces tranquillement que je suis ta meilleure danseuse.

Elle sourit à travers ses larmes.

— C'est bien de toi, Nikolai, de choisir un pareil moment pour me faire savoir enfin que tu crois en moi.

Même si elle ne l'avait pas entendu approcher, Ruth ne fut pas surprise de sentir les mains de Nick se poser sur ses épaules.

— Si je ne t'ai jamais dit tout le bien que je pense de ton talent, alors je suis dans mon tort. Mais je dois reconnaître que je n'accorde pas beaucoup d'importance aux mots.

Nick caressa pensivement la longue chevelure soyeuse où la lumière d'un petit abat-jour allumait de subtils reflets.

— Tu comptes énormément pour moi, Ruth. Et je n'ai pas envie de te perdre.

Le cœur de Ruth fit un bond si violent dans sa poitrine qu'elle crut à une implosion. Mais Nick s'exprimait en tant que chorégraphe et directeur de compagnie, bien sûr. « C'est la danseuse qui lui est indispensable, bécasse. Pas la femme en elle-même. »

Reprenant ses esprits, elle se tourna pour lui faire face.

— As-tu l'intention de trouver une autre Carlotta pour ce documentaire télévisé ?

Nick fronça les sourcils.

— Ce documentaire télévisé ? Mais le projet n'est pas encore finalisé ! Comment sais-tu que... ?

Il s'interrompit pour se frotter le front.

— Bon, je commence à comprendre pourquoi tu me

parles de remplaçantes depuis tout à l'heure. J'imagine que c'est la personne qui t'a apporté ton magazine people juste avant la représentation qui t'a divulgué cette information ?

Sans lui laisser le temps de répondre, Nick se mit à pester à jurer, entrant dans une de ces « rages russes » dont il avait la spécialité.

— C'est intolérable, tu m'entends ? Intolérable ! Je ne laisserai pas passer une ignominie pareille ! Une compagnie, c'est avant tout une unité ! Et il est hors de question que mes danseurs se poignardent dans le dos. Ce documentaire télévisé, c'est *mon* projet, O.K. ? Et le casting, c'est moi qui m'en charge. Si je décide que tu danseras Carlotta, tu t'exécuteras. Un point c'est tout.

Ruth prit une profonde inspiration.

— Je sais que je t'ai dit que je ne voulais plus jamais danser avec toi. Mais…

Il l'interrompit d'un claquement de doigts furieux.

— Mets-toi bien ceci en tête, Ruth : ce n'est pas à toi de choisir tes partenaires. Tu danseras avec moi si je te l'ordonne, c'est clair ? Tu n'as pas voix au chapitre.

Fidèle à lui-même, Nick laissait exploser son sale caractère. Se retrouvant en terrain familier, Ruth haussa le ton à son tour.

— Parce que je ne suis pas libre de faire mes propres choix de vie, peut-être ?

— Tu peux choisir entrer rester et partir. Mais si tu restes, tu fais ce qu'on te dit.

— Ce qu'on me *dit* ? Eh bien, parlons-en, justement ! On me dit quoi ? Rien, rien et trois fois rien ! Tu as un gros projet artistique en tête et il faut que je l'apprenne par la bande une heure avant l'ouverture de rideau ! Cela fait des semaines que tu m'adresses à peine la parole !

— Je te parle, si je veux. Tu crois peut-être que j'ai du temps à perdre ?

— Arrête, Nick ! hurla-t-elle. Je n'en peux plus de tes délires. Alors écoute-moi bien : je me suis investie à fond dans ce rôle. Au point que je ne sais plus par moment qui je suis moi-même ! *Carlotta, c'est moi* tu m'entends ? Je lui ai donné ma chair et mon sang. Alors si tu crois que je te laisserai attribuer mon rôle à une autre sans me battre, c'est que tu es stupide pour de bon ! Je considère que ce ballet m'appartient.

Nick haussa les sourcils.

— Ah, tiens. C'est comme ça que tu vois les choses, petite fille ?

— C'est ce que je vois, c'est que je pense et ce sont les positions sur lesquelles je compte me battre. Je ne suis plus une gamine et Carlotta, c'est *mon* rôle. Je la danserai tant que je serai encore en âge de me produire sur scène.

Elle s'arrêta pour le foudroyer du regard, reprit son souffle et lui asséna un coup final :

— Je continuerai encore à incarner Carlotta lorsque tu ne seras plus en état de danser le prince Stefan depuis longtemps.

— Ah vraiment ?

Il entoura son cou de ses doigts et exerça une légère pression.

— Parfaitement !

— Oublierais-tu, *milaya*, *qui* a écrit et composé ce ballet que tu t'appropries ainsi ? *Qui* est le chorégraphe ? *Qui* t'a attribué ton rôle ?

— Je n'ai rien oublié du tout. Mais je te conseille de te souvenir *qui* le danse !

— Tu as un très joli cou, très fin, très élégant, murmura-t-il en lui caressant la nuque. Ne me mets pas dans la tentation de le briser.

— Je suis trop remontée contre toi pour être réceptive à tes menaces, Davidov. Vais-je oui ou non danser Carlotta pour la télévision ?

Le regard de Nick glissa pensivement sur ses traits.

— Rien n'est encore fixé pour le moment. Je t'informerai de ma décision en temps utile. *La Rose Rouge* reste à l'affiche toute la semaine prochaine. Nous discuterons de la suite après la dernière représentation.

Il sourit lorsqu'elle poussa un soupir exaspéré.

— Tu t'emportes, *milaya ?* C'est bon pour toi d'être en colère. Je suis sûr que tu danseras Carlotta avec plus de conviction.

— Il faut toujours que tu manipules ton monde, n'est-ce pas, Nick ?

Ruth voulut se détourner pour partir mais il la retint. Lentement, délibérément, il se pencha sur ses lèvres. Un instant, il suspendit son mouvement et demeura en attente, sa bouche effleurant presque la sienne. Puis la chair entra en contact avec la chair.

Immobile, Ruth retenait son souffle.

De la pointe de la langue, il traça le pourtour de ses lèvres, jusqu'à ce qu'elles s'écartent sur un soupir et l'invitent à pousser ses explorations plus loin.

Jamais encore, Nick ne l'avait embrassée avec cette douceur, cette tendresse poignante. Existait-il une défense contre une générosité aussi absolue ? Jusque-là, les baisers de

Nick avaient été impulsifs, brûlants, possessifs et mélangés d'une certaine violence. Mais ce soir, Ruth ressentait un plaisir dans lequel n'entrait plus aucune part d'appréhension.

Il lui mordit la lèvre inférieure, ne s'arrêtant qu'aux confins de la douleur. Puis sa langue vint caresser ce que ses dents avaient meurtri. Entre eux flottaient, de plus en plus prégnantes, l'odeur du maquillage de scène, les saveurs chaudes, mêlées de cognac et de vodka. Envahie par une immense langueur, Ruth laissa la tête tomber en arrière et s'abandonna à ses sensations, se livra aux mains caressantes de Nick, s'adonna à ses baisers qui devenaient comme une addiction.

Lorsque Nick releva la tête, il perçut le soupir qui glissait entre ses lèvres offertes, vit le regard embrumé qu'elle leva vers lui sous les paupières alourdies. Il lut dans ses yeux qu'elle était sienne. Là, sur le canapé, ou à même le sol sur le tapis, il pourrait la renverser sous lui et la prendre. Ils étaient seuls ; Ruth était plus que consentante. Et il avait encore le goût de ses lèvres sur les siennes, leur parfum de miel et de fruit.

Avec l'ombre d'un soupir, il lui caressa la joue.

— Qu'est-ce que tu as mangé aujourd'hui, petite fille ?

Un pli pensif barra le front pâle de Ruth.

— Mangé ?

— Oui, tu sais… Comme dans « ingérer de la nourriture solide » ?

Il se redressa et prit son verre de vodka qu'il vida d'un trait.

— Tu as bien dû avaler quelque chose d'un peu consistant depuis ce matin ?

Ruth réfléchit un instant mais elle eut beau se concentrer,

ses pensées s'égaillaient dans tous les sens, se perdaient dans un enchevêtrement confus et informe.

— Sans doute, oui. Je ne sais plus très bien, admit-elle, de plus en plus égarée, en se frottant les tempes.

— Et tu sais quand tu t'es attablée pour la dernière fois devant un bon gros steak bien saignant ?

De plus en plus déconcertée, elle secoua la tête.

— Un bon gros steak bien saignant ? Je ne sais même plus à quoi ça ressemble ! finit-elle par trancher avec un petit rire mi-exaspéré mi-amusé.

Il lui offrit sa main tendue.

— Tu as besoin d'un vrai repas. Viens, je t'invite.

— Tu sais, Nick, que je ne comprends rien — mais alors strictement rien — à ta personne ? protesta-t-elle faiblement tandis qu'il l'entraînait d'autorité à sa suite.

— Tu as cinq minutes pour te changer. Pas une seconde de plus.

Ruth s'immobilisa sur le pas de la porte et l'interrogea d'un regard éperdu.

— Crois-tu que je parviendrai à te cerner un jour, Nikolai ?

— Je suis Davidov. Ça ne te suffit pas ?

Elle émit un rire tremblant.

— Si ça me suffit ? Je crois que c'est un peu *trop* pour moi, en l'occurrence…

Chapitre 8

Le dîner avec Nick ce soir-là fut plaisant, réconfortant, mais n'apporta aucun éclairage nouveau sur les questions qui tenaillaient Ruth. Ils discutèrent à bâtons rompus pendant tout le repas mais sans jamais aborder les sujets brûlants comme la danse, l'avenir et la nature de leur relation. Après un trajet en taxi plutôt échevelé, Nick la déposa devant chez elle et ils se quittèrent en s'embrassant tout à fait chastement sur les deux joues.

Cette nuit-là, Ruth s'assoupit sitôt la tête posée sur l'oreiller et dormit huit heures d'affilée d'un sommeil de plomb. La discussion orageuse avec Nick suivie d'un copieux repas avait au moins eu le mérite de la vider de toute sa tension nerveuse.

Et dès le lendemain matin, la vie ordinaire de danseur reprit son cours, avec ses horaires stricts, ses exercices, ses étirements. Même si Ruth avait hâte d'apprendre quel sort Nick lui réservait, elle savait qu'elle n'obtiendrait aucun éclaircissement de sa part. Plus elle le harcelait de questions, plus il se blindait dans un silence obstiné.

Après la représentation finale de *La Rose Rouge*, Ruth se retira dans sa loge avec un fond de vague à l'âme. Renoncer à un rôle qu'elle avait incarné soir après soir pendant des semaines lui faisait toujours l'effet d'un deuil. Pour la dernière fois, elle suspendit son costume de Carlotta sur un cintre et se sentit comme vidée d'une part d'elle-même.

En attendant que Nick lui fixe de nouveaux objectifs, elle aurait le sentiment de vivre entre deux eaux. Chaque fois qu'elle se trouvait en *stand-by* entre deux projets artistiques, elle traversait ainsi une petite phase de flottement.

Croisant son reflet dans le miroir, Ruth fit la grimace. Elle n'avait aucune envie de se joindre au reste de la troupe pour arroser leur ultime spectacle. Les autres la traiteraient de lâcheuse, mais tant pis. Elle ne se sentait pas d'humeur à faire la fête. Ce n'était ni au vin ni à l'ivresse qu'elle aspirait ce soir.

Un simple verre de lait ferait son bonheur. Ainsi qu'un énorme paquet de biscuits. Qu'elle boulotterait toute seule, devant la TV, en compagnie de Nijinski. Satisfaite de sa décision, Ruth enfila son jean. Au lieu de broyer du noir, elle ingérerait des cookies. Rien de tel qu'une overdose de sucres rapides pour vous remettre les humeurs en place.

— Entrez ! cria-t-elle lorsqu'on frappa à sa porte.

Elle finissait juste d'enfiler son T-shirt lorsque la tête de Maxine se découpa dans l'entrebâillement.

— Ah, c'est là que tu te caches ! Tout le monde t'attend au pot d'adieu ! Les bouchons de champagne volent déjà.

— Je vous fais faux bond ce soir, annonça Ruth en hissant son sac de danse sur une épaule.

Encore costumée et maquillée pour la scène, Maxine fit la moue.

— Ah non, tu ne vas pas nous lâcher comme ça un soir de dernière ! J'avais prévu de te présenter mon neurochirurgien.

Ruth lui décocha un clin d'œil complice.

— Ce sera pour une autre fois. Ce soir, j'ai des projets persos, si tu vois ce que je veux dire.

Le visage de Maxine s'éclaira.

— Hé, mais c'est une grande nouvelle ! Tu n'es pas obligée de le garder caché, cela dit. Pourquoi tu ne lui proposes pas de venir se joindre à nous ?

— Parce que je n'ai aucune envie de le partager. Je le veux pour moi et rien que pour moi, précisa Ruth avec un discret soupir d'extase en songeant à son paquet de cookies.

Maxine parut impressionnée.

— Eh bien… Comment est-il, cet homme d'exception ?

— A croquer, lança-t-elle par-dessus l'épaule en sortant de la loge.

— Je le connais ? cria Maxine.

Avec un léger rire, Ruth s'esquiva en laissant la question sans réponse.

Deux heures plus tard, elle était confortablement installée dans un fauteuil chez elle, avec Nijinski roulé en boule sur les genoux. Etouffant un bâillement, elle actionna la télécommande. Pas moyen de se concentrer sur le vieux film qu'elle avait choisi de regarder ce soir-là. Mais elle ne regrettait pas pour autant d'avoir renoncé à faire la fête. Les rires et les propos joyeux de la troupe l'auraient déprimée. Alors que ces deux heures passées au calme l'avaient réconciliée avec la vie.

Puisqu'elle serait libre quasiment toute la journée du lendemain, pourquoi ne pas en profiter pour aller traîner chez les antiquaires ? Elle se sentait d'humeur à acheter quelque chose de futile. Comme une vieille tabatière ou un candélabre à cinq branches, par exemple.

Les paupières mi-closes, Ruth s'étira avec délice. Si Nick lui laissait un temps de répit, elle en profiterait peut-être pour aller faire un tour dans le Connecticut et passer deux ou trois jours chez Seth et Lindsay.

En fait, tout irait pour le mieux dans le meilleur des mondes. Si seulement elle n'était pas aussi obsédée par Davidov !

Avec un profond soupir, Ruth songea à la façon dont il l'avait embrassée le jour de la rupture avec Donald. Il avait mis tant d'irrésistible tendresse dans son baiser qu'elle n'avait plus songé qu'à se donner à lui tout entière.

Mais Nick n'avait pas souhaité aller plus loin, de toute évidence.

Avec un léger soupir, Ruth délogea le chat endormi qui protesta énergiquement avant de s'installer par terre à ses pieds pour attaquer sa toilette. Depuis cette soirée mémorable, elle s'était forcée à ne penser à Nick qu'en tant que partenaire et chorégraphe. Mais elle ne pouvait continuer à se jouer la comédie indéfiniment.

Autant l'admettre : c'était uniquement à cause de lui qu'elle n'avait pas voulu sortir avec le reste de la troupe ce soir. Elle le désirait. Et elle avait beau se cabrer contre cette lancinante vérité, c'était plus fort qu'elle. Non seulement, son désir résistait mais il ne cessait de croître.

Et si encore il n'y avait eu que l'envie physique ! Jusque dans quelle mesure elle était amoureuse de Nick, Ruth préférait ne pas y penser.

— Allez, hop ! Je suis morte. Je vais me coucher.

Nijinski accueillit cette déclaration avec la plus parfaite

indifférence et ne prit même pas la peine de tourner la tête dans sa direction. Ruth l'enjamba pour éteindre la télévision. Puis, laissant la boîte de cookies entamée et les miettes sur la table, elle éteignit toutes les lumières et s'effondra, épuisée, dans son lit.

Planté au pied de l'immeuble, Nick scrutait les fenêtres obscures de l'appartement de Ruth. « Bon, alors, tu vois bien qu'elle est couchée, non ? Il est 1 heure du matin ! Ce n'est pas une heure pour aller sonner chez les gens. Laisse-la dormir et rentre chez toi ! »

Enfonçant les poings dans les poches, Nick arpentait le trottoir. « Ta place n'est pas ici, Davidov. Et tu le sais. Fiche-lui la paix une fois pour toutes. Elle n'est pas pour toi. »

La nuit était fraîche, presque froide. Nick rentra légèrement la tête dans les épaules pour se défendre de l'air piquant qui sentait déjà l'automne et la pluie.

Si seulement, elle était venue faire la fête avec eux, ce soir. S'il avait pu échanger quelques mots avec elle, la regarder rire et s'amuser de loin…

Nick secoua la tête avec impatience. A quoi bon continuer de se raconter des histoires ? Au stade où il en était, la voir ne lui suffisait plus. Enchaîner des nuits solitaires le rendait fou. Mais l'idée de partager son lit avec une partenaire quelconque l'épuisait d'ennui d'avance. C'était Ruth qu'il voulait. Et Ruth seulement.

Depuis combien de temps déjà, cette obsession couvait-elle sous la cendre ? Un mois ? Un an ? Ou fallait-il remonter à ce jour, cinq ans auparavant, où il avait vu danser Ruth pour la première fois dans le studio de Lindsay ? En la regardant s'échauffer à la barre, il avait ressenti un premier éclair annonciateur — un élan aussi troublant qu'inattendu qui lui avait laissé un drôle de goût dans la bouche.

Elle n'avait que dix-sept ans à l'époque, bon sang ! Une gamine !

Et il ne savait encore rien d'elle, en ce temps-là. Il n'imaginait même pas que sa peau serait aussi douce sous ses lèvres, que sa bouche mêlée à la sienne aurait ce goût irrésistible de fruits rouges. Il était loin de se douter encore qu'elle s'ouvrirait sous ses baisers comme une fleur en bouton qui n'attendait que lui pour s'épanouir.

Comment aurait-il pu prévoir, alors qu'il regardait cette enfant appliquée enchaîner ses figures, que la vue de ce corps menu finirait par devenir une obsession ? Même sur scène, alors qu'il dansait devant une salle pleine de spectateurs, il ne pensait qu'à faire l'amour avec Ruth Bannion.

Frissonnant dans la nuit froide, Nick se détourna de l'immeuble de Ruth et prit le chemin du retour. Mais il n'avait pas parcouru trois mètres sur le trottoir qu'il fit brusquement demi-tour.

Et voilà. Il ne supporterait plus de passer une seule nuit de torture supplémentaire. Il la voulait maintenant. Tout de suite.

Et tant pis si c'était de la folie.

Encore à moitié endormie, Ruth s'assit sur son lit. Qui pouvait bien faire tout ce raffut sur le palier au beau milieu de la nuit ? Le pire, c'est que l'imbécile qui cognait à sa porte l'avait arrachée à un rêve magnifique où elle dansait langoureusement au clair de lune dans les bras de Nick.

Elle secoua la tête pour s'éclaircir les idées et consulta son réveil. Les coups redoublèrent d'intensité. Sourcils froncés, elle enfila son peignoir.

— C'est bon, c'est bon ! J'arrive ! cria-t-elle tandis que son visiteur nocturne s'acharnait sur le battant clos. Mais arrêtez de cogner comme un sourd ! Vous allez réveiller tout le quartier !

Ruth jeta un coup d'œil par le judas. Cligna des yeux. Regarda de nouveau.

Alors même qu'elle détachait la chaîne de sécurité d'une main tremblante, Nick recommença à marteler la porte de ses poings. Elle lui ouvrit et le regarda sans rien dire.

Le souffle de Nick se suspendit. Les cheveux de Ruth tombaient sur ses yeux ; son peignoir visiblement enfilé à la hâte laissait entrevoir la rondeur fragile d'une épaule. Ses yeux embrumés étaient écarquillés par la surprise ; ses joues rosies par le sommeil achevaient de la rendre irrésistible.

Il fit un pas en avant, conscient qu'il franchissait la ligne rouge.

— J'ai besoin de toi, murmura-t-il.

Le cœur de Ruth tressaillit. Quatre mots si simples, émis d'une voix presque cassée. Comme si les prononcer avait été pour lui un arrachement.

Sans rien dire, elle lui ouvrit les bras.

Nick l'attira à lui et leurs bouches se mêlèrent au premier effleurement. Le désir entre eux était brut, élémentaire, tout-puissant. Ils échangèrent un baiser dévorant, presque désespéré dans son intensité. Ruth se laissa emporter, muette, par la sauvagerie de leur élan.

Nick avait glissé les doigts dans ses cheveux et lui tirait la tête en arrière avec un soupçon de brutalité, comme s'il cherchait, d'un seul baiser, à la boire, à l'aspirer, à l'absorber tout entière.

— J'ai envie de toi, Ruth. Tu sais que j'en crève ?

Lancés avec violence, les mots semblaient monter du plus secret de lui-même, comme du fin fond d'un puits. Il plongea dans le sien un regard incandescent.

— Trop. Je te désire, trop, ajouta-t-il dans un souffle.

Les mains de Ruth se crispèrent sur sa chemise.

— Jamais trop, chuchota-t-elle en le tirant à l'intérieur pour refermer la porte derrière lui.

La gorge sèche, elle se retourna vers lui dans l'appartement clos. Ils se firent face en silence — une silhouette d'homme face à une silhouette de femme, au cœur de la nuit anonyme.

Ruth fit un pas vers Nick. Et perçut la lutte qu'il menait contre lui-même pour reprendre le contrôle de ses affects.

Mais ce n'était pas un Nick calme et en pleine possession de ses moyens qu'elle voulait devant elle. Cette nuit, elle voulait qu'il soit *possédé*. Fou de désir pour elle. Lentement, elle fit glisser son peignoir sur ses épaules et le laissa chuter à ses pieds.

— Aime-moi, Nick, lui intima-t-elle dans un souffle.

Avec un grognement de défaite, il la souleva dans ses bras. Sa bouche était brûlante sur la sienne ; ses mains couraient sur elle avec avidité. Ellc tira sur la chemise de Nick alors qu'il l'emportait vers la chambre à coucher. Quelque part au milieu du couloir, elle réussit à la lui ôter et à la jeter par terre. Elle sentit la nudité de sa chair, la fermeté de ses muscles sous ses doigts.

Il avait la main sur la poignée de la porte lorsqu'elle trouva le bouton de son jean. Puis la fermeture Eclair. Nick poussa un grognement sourd et planta les dents dans son épaule.

Il avait des hanches étroites et nerveuses. Et sa peau était brûlante.

— *Milenkaya*, protesta-t-il avec un rire rauque lorsqu'elle commença à le caresser. Laisse-moi au moins le temps d'enlever mes chaussures.

Elle secoua la tête.

— Non. Ne me lâche pas.

Elle le désirait trop fort. Depuis trop longtemps.

— S'il te plaît, Nick. Prends-moi. Maintenant… Je vais devenir folle si tu me fais attendre une seconde de plus.

Un éclair brûla dans ses yeux et il la renversa en arrière sur le lit. Ruth sentait les battements désordonnés de son cœur contre le sien ; le son rauque de sa respiration était comme une musique à ses oreilles. Il tremblait lorsqu'il vint en elle. Ruth laissa son corps prendre les commandes et s'abandonna en confiance, accueillant la fulgurance des sensations encore inconnues.

Quelque chose culmina en elle. Un léger cri lui échappa, puis elle se sentit vidée et faible.

Allongé sur elle, Nick avait le visage enfoui dans ses cheveux.

— Seigneur, Ruth…

Il prononça les mots avec peine, tant sa respiration était laborieuse.

— C'est la première fois que tu fais l'amour et moi je te prends comme le dernier des sauvages.

Roulant sur le côté, Nick se passa la main dans les cheveux. Ruth se dressa lentement sur son séant. Dans la semi-obscurité, elle ne voyait de lui que les contours de son torse et de ses épaules, l'éclat fixe de son regard.

— J'aurais pu m'en douter, bon sang. Je n'ai aucune excuse. J'ai dû te faire mal en plus.

Mal ? Elle ressentait un léger vertige et son corps paraissait étrangement flottant. Mais de douleur, elle ne percevait aucune trace.

— Non, murmura-t-elle. Non, je n'ai pas mal.

— Zut et rezut ! Ça n'aurait jamais dû arriver, pesta-t-il avec force.

— Qu'est-ce que tu cherches à me dire, là, Nick ? Que tu regrettes ce qui vient de se passer ?

— Evidemment, que je regrette ! fulmina-t-il. Tu me prends pour une brute ou quoi ?

Si l'acte d'amour ne lui avait causé aucune douleur, la réponse de Nick, elle, lui cisailla la poitrine.

— Et pourquoi regrettes-tu ? se força-t-elle à demander d'une voix égale.

Nick se leva pour arpenter la pièce.

— C'est évident, non ? Je rapplique chez toi en pleine nuit et je te culbute comme un malpropre.

— Toi, tu me culbutes ? répéta Ruth, incrédule. Parce que je n'ai pas eu mon mot à dire, dans l'histoire, peut-être ?

Rejetant ses longs cheveux en arrière, elle se dressa à genoux sur le lit. Ses yeux noirs lançaient des éclairs.

— Ce n'est pas possible d'être imbu de soi à ce point ! Qui a culbuté qui, au juste ? Revenons-en, aux faits, Davidov : c'est *moi* qui t'ai ouvert ma porte, c'est *moi* qui t'ai convié à venir dans mon lit ; c'est *moi* qui t'ai plus ou moins déshabillé dans le couloir. Alors arrête de te prendre pour le nombril du monde. Si tu regrettes d'avoir fait l'amour avec moi, c'est ton droit. Mais n'essaye pas de te réfugier derrière la culpabilité sous prétexte que j'étais vierge, tempêta-t-elle, de plus en plus remontée. S'il n'y a eu personne dans ma vie jusqu'ici, c'était mon choix. Et si j'ai décidé de me donner à toi, c'était tout aussi délibéré de ma part. Je ne suis pas un robot que l'on manipule à son gré avant de le reposer dans son coin !

Nick laissa passer un long silence.

— Je viens de me faire remettre dûment à ma place, on dirait.

Ruth émit un petit rire. Elle était blessée, en colère et son corps fraîchement défloré était encore parcouru de toutes sortes de pulsations inconnues.

— Toi ? Ce serait nouveau !

Réprimant un soupir, Nick s'approcha du lit pour lui effleurer les cheveux. Si au moins, il avait pu s'expliquer avec elle en russe, cela lui aurait simplifié la tâche. Ses sentiments lui paraissaient tellement moins confus lorsqu'il les analysait dans sa langue maternelle.

— Ruth, j'ai parfois des difficultés à me faire comprendre lorsque je suis affecté par une personne, par une situation.

Il s'interrompit un instant pour tenter de formuler au mieux sa version des événements.

— Je ne regrette pas que nous ayons fait l'amour, pour la bonne raison que j'en crève d'envie depuis pas mal de temps. Ce qui me chagrine, en revanche, c'est que ta première expérience amoureuse ait été, comment dire… un peu « brut de décoffrage » ?

Cueillant son visage au creux de ses paumes, il la força à soutenir son regard.

— Il existe des façons plus élaborées pour un homme et une femme de se donner du plaisir ensemble.

Ruth sonda ses traits dans le noir. Le visage de Nick n'était qu'une ombre pâle, à peine lisible. Mais son regard était intense, singulièrement vivant. De nouveau, une vague de chaleur l'envahit. Elle sourit.

— Ainsi, il y a d'autres manières de faire l'amour ? s'enquit-elle en prenant son air le plus innocent.

Il lui caressa la joue.

— Des quantités d'autres manières.

— Alors à toi de me les montrer. C'est le moins que tu puisses faire après avoir saboté ma première expérience, non ?

— Ruth…

Elle glissa les bras autour de son cou.

— Maintenant.

Avant qu'il puisse émettre de nouvelles protestations, elle le musela en pressant sa bouche contre la sienne. Reconnaissant sa défaite, Nick but de nouveau à ses lèvres en veillant à ne pas laisser le nectar exquis lui monter trop rapidement à la tête. Il prolongea le baiser, attentif à faire monter l'excitation de Ruth en jouant avec sa langue, avec ses dents.

C'est seulement lorsqu'il la sentit prête qu'il entreprit de caresser la pointe de ses seins avec ses pouces. Il commença par de simples effleurements, laissant aller et venir doucement ses doigts sur la chair palpitante. Avec une patience méticuleuse et attentive. Jusqu'à ce que le souffle de Ruth se précipite. Se penchant alors à son oreille, il accéléra le rythme tout en lui chuchotant des mots qui ne signifiaient rien pour elle.

Mais le simple son de sa voix, la douceur inconnue des syllabes étrangères plongèrent Ruth dans une sorte de transe. Nick la soutint alors qu'elle tombait à genoux sur le lit. Déjà, le désir la faisait trembler. Mais il se contenta d'utiliser ses lèvres, résolu à l'amener au plaisir par les chemins les plus longs et les plus détournés.

Avec une infinie tendresse, il chercha les zones sensibles, insistant peu à peu sur l'intérieur de ses cuisses. Inlassablement, il remontait de ses genoux à ses hanches, tout en continuant à l'embrasser avec une savante alternance de fougue et de douceur.

Bercée par la musique érotique de leur souffle, Ruth poussa un soupir de contentement lorsque Nick la renversa de nouveau sous lui sur le lit.

Eperdue de désir, elle chuchota son nom.

— Ça va être encore plus fort, *milaya*, promit Nick en couvrant son cou de baisers.

Elle gémit lorsqu'il cueillit la pointe d'un sein entre ses lèvres et commença à téter doucement. Ruth serra sa tête contre sa poitrine sans se rendre compte qu'elle se tortillait sous lui, l'invitait de ses hanches. L'esprit vidé de toute pensée, elle appela son nom.

Déjà, Nick se laissait descendre le long de son corps et ses lèvres trouvaient d'autres voies, inventaient de nouvelles mélodies, la guidaient vers de plus hauts sommets. Il l'initiait à l'amour comme il lui avait appris la danse. Avec créativité, génie et une incomparable assurance. Là encore, il était le compositeur et elle l'exécutante. Ruth se mouvait, enchantée, au gré de son inspiration tandis que Nick chorégraphiait pour eux un nouveau pas de deux destiné à leur seul usage.

« Comme je suis sienne ! songea-t-elle fiévreusement. Passionnément et entièrement sienne. »

S'ouvrant à lui dans un murmure, elle l'accueillit en elle. Elle sentit sa chair se refermer sur lui comme une fleur tandis qu'il l'embrassait avec une avidité presque douloureuse. Contenant son excitation, Nick continua *adagio*, en assurant une progression graduelle, la prenant comme s'ils avaient une vie entière de plaisir devant eux.

Pendant des secondes, des minutes — peut-être même des heures — ils se murent ensemble, explorant mille variations, jusqu'à ce qu'éperdus de désir, ils s'emballent, emportés dans une chevauchée finale dont Nick tint jusqu'au bout les rênes.

Fourbue, comblée, ivre de plaisir, Ruth se nicha contre lui, la tête posée sur sa poitrine. Les mains de Nick glissaient paresseusement dans ses cheveux, jouaient avec les pointes. Sous son oreille, elle percevait son rythme cardiaque — calme, puissant, régulier. Elle avait fermé rideaux et volets avant d'aller se coucher et la chambre autour d'eux était comme un cocon de chaleur et de silence.

« Voilà ce que j'attendais. Je n'ai plus de secrets pour lui, maintenant. Il connaît tout de moi. Je lui ai tout donné. »

Paupières closes, elle soupira doucement.

— Tu ne partiras pas si je m'endors, Nick ?

Il y eut un petit temps de silence. Un silence prégnant qui n'appartenait qu'à eux. Puis la voix de Nick s'éleva dans un murmure.

— Dors, *milaya*. Je serai là quand tu te réveilleras.

Chapitre 9

Jugeant que l'heure du petit déjeuner avait sonné, Nijinski sauta sur le lit. Il se figea un instant en découvrant Nick, l'examina en plissant les yeux, puis se percha sur sa poitrine et se mit à ronronner en passant alternativement son poids d'une patte sur l'autre.

Nick ouvrit les yeux et se trouva nez à nez avec le museau félin. Homme et chat se dévisagèrent quelques instants en silence. Puis Nick dégagea une main de sous les draps pour gratter Nijinski derrière l'oreille.

— Alors, *priyatel*, ça n'a pas l'air de te déranger beaucoup de me trouver dans le lit de ta maîtresse ?

Nijinski creusa le dos, s'étira en ronronnant de plus belle, puis s'installa de tout son long sur son torse. Tout en continuant à caresser le chat, Nick tourna la tête pour examiner sa maîtresse. Ruth dormait, toujours étroitement lovée contre lui. Il fallait dire qu'il avait un bras passé autour d'elle et qu'il la maintenait fermement calée contre sa poitrine.

Sa chevelure était étalée sur l'oreiller, abondante et soyeuse. Il se concentra sur le son de sa respiration, calme, légère, régulière. Elle dormait comme un ange, les lèvres légèrement entrouvertes, les joues rosies par le sommeil.

Elle avait l'air si incroyablement jeune et innocente encore qu'il semblait à peine croyable qu'elle ait manifesté un désir aussi sauvage quelques heures plus tôt. Mais si elle ressemblait à une délicate princesse endormie, il savait que l'impression était trompeuse. Ruth était plus proche de Carlotta que d'Aurore. Elle était flamme plus qu'elle n'était fleur.

Il se pencha sur son visage pour déposer le premier baiser du jour sur ses lèvres.

Ce fut sur une vague de désir que Ruth ouvrit les yeux. Elle soupira et resserra les bras autour de Nick. Aussitôt, elle sentit les mains de son amant s'animer. Elles caressaient, moulaient, glissaient jusqu'en bas de son dos. Pris en sandwich entre eux, Nijinski manifesta bruyamment sa désapprobation.

Ruth rit doucement lorsque Nick jura en russe.

— C'est l'heure de son repas, expliqua-t-elle.

Levant vers lui un regard encore embrumé par le sommeil, elle tendit la main pour lui effleurer la joue.

— Ç'a toujours été un de mes fantasmes. Caresser la joue râpeuse d'un homme en me réveillant le matin.

Du bout du doigt, avec une délicatesse d'artiste, Nick traça le contour d'un sein.

— Pour ma part, je préfère m'attarder sur des surfaces moins rugueuses... Comme tes lèvres, par exemple, précisa-t-il en les mordillant.

Mais Nijinski qui n'avait pas dit son dernier mot vint se glisser entre eux pour frotter le front contre son menton. Nick contempla le chat d'un œil torve.

— Je crains que mon affection pour cette créature ne résiste pas longtemps à ce type d'interférence. Il est toujours aussi collant le matin ?

— Nijinski est très à cheval sur les horaires, en fait. Il me réveille toujours quelques minutes avant l'heure de mon lever officiel.

Comme pour illustrer son propos, la sonnerie du réveil se fit entendre.

— Tu vois ?

Elle éclata de rire lorsque Nick écrasa d'autorité le bouton de la bruyante petite pendule.

— Tu veux commencer par quoi ? proposa-t-elle. Le café ou la douche ?

Toujours penché sur elle, il eut un sourire félin.

— J'avais une troisième possibilité en tête.

— Hé là, Maître, tu oublies que nous avons cours dans une heure.

Avec un sourire mutin, Ruth se glissa hors du lit. Nick la suivit des yeux alors qu'elle se dirigeait nue vers son armoire. Ruth avait une authentique morphologie de danseuse, longiligne et fluide, avec des hanches peu marquées, des seins petits et ronds. De dos, elle aurait pu paraître garçonne, n'était l'extraordinaire féminité de son allure. Ruth sortit un peignoir de soie blanche, l'enfila et le noua autour de la taille.

Puis elle se tourna vers lui en dégageant ses cheveux pour les rejeter en arrière.

— Alors ? Tu veux du café ?

— Tu es exquise, murmura-t-il.

Sous la caresse de sa voix, Ruth sentit une série de frissons légers courir sur sa peau. S'habituerait-elle jamais à voir Nick la regarder comme ça ? Si elle s'approchait de lui maintenant, ils feraient l'amour. Son corps se mit à vibrer et ses jambes se dérobèrent, comme si les mains de Nick couraient déjà sur ses reins.

Elle baissa les yeux vers Nijinski venu se frotter contre ses chevilles.

— Désolée, le chat mais comme je suis la première levée, je choisis la salle de bains en priorité… Je te laisse faire le café, Nick ? lança-t-elle par-dessus l'épaule. Et n'oublie pas de nourrir Nijinski, sinon il te fera une vie d'enfer.

Le visage éclairé par un discret sourire intérieur, Ruth releva ses cheveux à l'aide d'une pince et ouvrit les robinets de la douche. Comment expliquer que la présence de Nick ce matin dans son appartement lui parût si *naturelle* ? Elle n'avait ressenti aucune timidité malgré l'intimité de ce qu'ils venaient de vivre. Alors qu'elle avait toujours imaginé qu'elle serait terrassée par la gêne le lendemain de sa première nuit d'amour.

Orientant le pommeau de la douche sur elle, Ruth soupira de plaisir sous le jet d'eau tiède. « De fait, je savais que ce serait lui. Je l'ai toujours su, d'ailleurs. » Secouant la tête, elle tendit la main pour attraper le savon. Rien dans ses relations avec Nick jusqu'ici n'avait laissé présager ce dénouement, pourtant. Il leur était arrivé de déjeuner ensemble en vitesse entre deux cours. Ils se rendaient souvent aux mêmes fêtes, se croisaient chez des amis communs. Mais il ne l'avait jamais invitée à dîner en tête à tête. Il n'avait jamais paru rechercher sa compagnie plutôt que celle d'une autre.

Ce qui s'était passé la veille au soir n'était pas l'aboutissement logique d'une relation qui se serait construite petit à petit, selon l'évolution classique. Il n'y avait pas eu de dîner aux chandelles ; pas d'invitations au cinéma ou au théâtre. Nick l'avait vue suer, jurer, pleurer et piquer des crises de nerf. Ses mains avaient soulagé les crampes dans ses pieds et ses mollets. Mais de lui, elle ne connaissait que ce qu'il acceptait de montrer en public.

Ruth coupa le robinet de la douche et s'enveloppa dans un drap de bain. Il était trop tôt pour sonder son cœur en profondeur ; trop tôt pour réfléchir à l'avenir d'une relation qui n'en était qu'à ses premiers balbutiements. La souffrance ne lui était pas inconnue. Elle faisait partie de sa vie depuis qu'elle avait commencé la danse. Mais si elle avait appris à composer avec la douleur, elle ne l'avait jamais recherchée délibérément.

Or Nick était pour elle une source de souffrance potentielle. Cela aussi, elle le savait depuis toujours.

Avec un haussement d'épaules, Ruth remit son peignoir et sortit de la salle de bains. Elle entendit la voix de Nick dans la cuisine, tenant de grands discours à un Nijinski ostensiblement muet. Souriant toute seule dans la chambre, elle sortit une paire de collants et un justaucorps de sa commode. Elle savait que le chat était beaucoup trop occupé à faire un sort à ses croquettes pour s'intéresser à ce qu'on lui racontait. Mais il lui plaisait que Nick lui parle de la même façon qu'elle lui parlait elle. Comme si le chat formait un lien entre elle et lui.

Un vivant trait d'union.

Nick la rejoignit dans la chambre avec deux tasses de café fumant à la main. Il était entièrement nu — et entièrement magnifique. Le corps d'un danseur comme lui tenait de l'œuvre d'art. Elle songea qu'un autre homme, à sa place, aurait sans doute pris la peine d'enfiler un jean.

Mais pas Davidov.

— Attention, le café est brûlant, la mit-il en garde.

Il se débarrassa de son chargement pour la prendre dans ses bras.

— J'adore ton odeur… Tu sais que j'en suis imprégné de la tête aux pieds ? murmura-t-il en enfouissant les lèvres dans son cou. J'ai l'impression de te porter partout avec moi.

Son menton râpeux lui chatouillait la joue. Elle se dégagea en riant.

— Tu piques.

— Il faut que je me rase, c'est ça ?

Elle l'embrassa sur les lèvres.

— Obligé, oui. Davidov ne peut pas se permettre d'arriver en cours avec un début de barbe.

Ils échangèrent un long baiser au cours duquel Nick lui prit les hanches pour l'attirer plus étroitement contre lui.

— Tu as un rasoir ? s'enquit-il en amenant sa bouche contre son oreille.

— Mmm… Je ne sais pas… Peut-être dans l'armoire à pharmacie.

Elle poussa un cri étouffé lorsqu'il lui mordit le lobe.

— Bon, le rasage attendra.

Il l'écarta de lui, but son café d'un trait, puis disparut dans la salle de bains.

— Il faut que tu passes chez toi récupérer des vêtements propres, Nick ?

— J'ai des affaires de rechange dans mon bureau. Et tout ce qu'il faut pour me raser.

Il chanta en russe en prenant sa douche. La musique

faisait partie intégrante du quotidien de Nick. Ruth se surprit à fredonner avec lui lorsqu'elle le rejoignit pour se laver les dents.

— Qu'est-ce qu'elle raconte, ta chanson ? demanda-t-elle, la bouche pleine de dentifrice.

— C'est un vieil air tragique. Toutes les bonnes chansons russes sont vieilles et tragiques.

— Quand j'avais quinze ans, j'ai passé un mois à Moscou avec mes parents. Et je me souviens d'avoir été éblouie par la grandeur des monuments, l'impression d'espace... Ce n'est pas trop dur de vivre avec la nostalgie de ses territoires d'enfance ?

Ruth n'eut même pas le temps de crier lorsqu'il l'attrapa soudain par les épaules et la tira sous la douche avec lui.

— Nick !

Aveuglée par l'eau qui lui ruisselait sur le visage, elle porta la main à ses yeux.

— Mais qu'est-ce qui te prend ? Tu es fou ?

— J'avais besoin de toi pour me frotter le dos. Mais maintenant que tu es là, il me vient une bien meilleure idée.

— Te frotter le dos ! Au cas où tu ne l'aurais pas remarqué, je suis habillée pour partir !

Il la gratifia d'un sourire affable.

— Ah oui, c'est vrai. Tu as raison. Mais nous allons remédier à cela.

Il tira le justaucorps trempé sur ses épaules.

— J'ai déjà pris ma douche ! protesta-t-elle, pliée en deux de rire, en se débattant de plus belle.

— Mais je suis prêt à partager la mienne quand même. Nous autres, Russes, avons la générosité dans le sang.

Il scella sa bouche avec la sienne sous le jet brûlant.

— Nick… Nous avons un cours dans moins d'une demi-heure.

Ruth argumentait toujours mais elle avait soudain cessé de lui opposer la moindre résistance. Les mains de Nick étaient partout sur son corps, s'occupaient activement de la débarrasser de ses vêtements.

— Le temps est élastique, chuchota-t-il en cueillant la pointe d'un de ses seins entre ses lèvres. Si on en manque, il suffit d'en fabriquer, non ?

Les yeux clos, tête renversée, elle se rendit à sa logique. Et le temps tourna sur lui-même et créa de l'infini au cœur même de l'instant…

Arabesque. Pirouette. Arabesque. Pirouette. Ruth tournait, s'inclinait, levait la jambe. Comme toujours, la pratique était exigeante, rigoureuse. Et tous les danseurs étaient en nage. Sept jours sur sept, qu'il pleuve ou qu'il vente, ils revenaient inlassablement sur les figures de base. Le cours quotidien faisait partie intégrante de la vie d'un danseur professionnel, au même titre que les chaussons et les collants.

Dans un art comme le leur, chaque détail comptait. Et le sens de la perfection leur était inculqué dès leur plus jeune âge. Qui remarquait les deux petits pas qui précédaient un jeté ? Un danseur et rien qu'un danseur.

L'entretien musculaire propre à leur métier nécessitait un travail incessant. Perfectionner l'en dehors de la jambe, améliorer l'ouverture du bassin demandaient un entraînement quotidien. Tous les jours, il fallait aller à la barre, corriger la musculature, remettre le corps dans le mouvement.

Cinquième position. Plié.

Passer ne serait-ce qu'une journée sans barre, sans cours et sans étirements, c'était se condamner à des tiraillements, des souffrances et des raideurs insupportables.

Port de bras. Attitude.

— Tenez la position, s'il vous plaît... Une... Deux... trois... quatre... Et voilà, c'est terminé pour aujourd'hui. Merci à tous.

Le cours avait été intense. Ruth récupéra sa serviette pour s'essuyer le visage. « Vivement la douche », songea-t-elle en se séchant la nuque.

— Ruth ?

Levant les yeux vers Nick, elle constata qu'il avait transpiré autant qu'elle. Ses cheveux bouclaient plus que de coutume au-dessus de son bandana. Elle lui sourit timidement.

— Oui ?

— Retrouve-moi en bas dans cinq minutes.

Inquiète, elle jeta la serviette sur ses épaules.

— Dans cinq minutes ? Pourquoi ? Il y a un problème ?

— Un problème ?

Avec un large sourire, il se pencha pour l'embrasser. Les danseurs les plus proches les regardèrent avec des yeux ronds mais Nick semblait royalement indifférent à l'intérêt qu'ils suscitaient.

— Pourquoi veux-tu qu'il y ait un problème ?

— Eh bien, je ne sais pas, murmura-t-elle, vaguement déconcertée. Si tu me convoques...

— Qui a dit que je te convoquais ? Tu es libre le reste de la journée, non ?

— Eh bien, oui, mais...

— Il se trouve que moi aussi. On pourrait en profiter pour se distraire un peu.

— Se distraire ?

— New York est censée être une ville palpitante, non ?

— C'est ce qu'on dit, oui.

— O.K. Tu as cinq minutes pour te laver et t'habiller, lui rappela-t-il en se détournant pour sortir.

Ruth secoua la tête.

— Hé, Nick, attends ! Il me faut au minimum un quart d'heure.

— Dix minutes alors, trancha Nick sans même se retourner.

Attrapant son sac au vol, Ruth courut se jeter sous la douche.

Moins de dix minutes plus tard, vêtue d'un jean et d'un grand pull blanc en cachemire, elle retrouva Nick dans le hall. Ses cheveux dansaient dans son dos au rythme joyeux de ses pas. Elle était d'humeur à conquérir le monde.

Nick était déjà prêt et l'attendait de pied ferme. Dès qu'il la vit, il faussa compagnie au petit groupe qui s'était formé autour de lui.

— Tu es en retard, lança-t-il en l'entraînant vers la sortie.

— Erreur, Davidov. Je suis pile à l'heure.

Ils passèrent la porte de front, respirèrent l'air du dehors. New York, bruyante et affairée, exultait dans son chaos habituel. Quelque part sur leur gauche, des ouvriers défonçaient le trottoir à coups de marteau-piqueur. Deux taxis pilèrent à leur hauteur dans un crissement de pneus strident et se retrouvèrent nez à nez. Leurs chauffeurs respectifs baissèrent leur vitre d'un même mouvement et s'insultèrent avec enthousiasme. De l'autre côté de la rue, une musique de rock sortait à plein volume par une fenêtre ouverte. Indifférente à tout ce vacarme, la masse colorée des passants continuait à s'écouler avec la calme majesté d'un fleuve aux milles remous.

Nick sourit à Ruth qui se remplissait les yeux et les oreilles de ce spectacle quotidien.

— C'est une ville incroyable, non ?

Il lui entoura les épaules et plongea son regard rieur dans le sien.

— Aujourd'hui, New York est à nous.

Ruth demeura un instant les jambes coupées. Il y avait quelque chose de profondément troublant dans le regard, dans les paroles de Nick. Plus encore que lorsqu'ils avaient fait l'amour, elle eut le sentiment d'une vertigineuse intimité.

— Où… où veux-tu aller ? balbutia-t-elle en essayant de s'y retrouver dans le raz-de-marée émotionnel qui déferlait soudain sur elle.

— N'importe où.

Il la prit dans ses bras et lui dispensa le plus joyeux, le plus tonique des baisers.

— Choisis la direction, intima-t-il.

Ruth se surprit à rire.

— Par là, alors, improvisa-t-elle en entrelaçant ses doigts aux siens.

L'été finissant avait déclaré forfait au cours de la nuit, cédant la place à une agréable fraîcheur de début d'automne. La température était idéale pour marcher. Et marcher, d'ailleurs, constitua l'essentiel de leur activité ce jour-là. Ils déambulèrent sur des kilomètres et des kilomètres, ne s'arrêtant que pour explorer quelque galerie d'art, fouiller chez un antiquaire, traîner dans une librairie. Puis ils s'assirent sur le rebord d'une fontaine et s'amusèrent à regarder les gens passer.

A Central Park, ils s'intéressèrent aux pigeons et aux touristes, aux arbres et aux fleurs, s'émerveillant de tout et de n'importe quoi. Jamais la ville n'avait paru à Ruth aussi foisonnante, aussi fascinante, aussi riche en menus miracles.

Chez Saks, sur la Cinquième Avenue, elle essaya une dizaine de luxueux manteaux de cuir, défilant avec un sourire de star sous le regard attentif de Nick.

— Ça ne va pas du tout, commenta-t-il alors qu'elle posait, nonchalante, dans une longue gabardine en cuir noir.

Ruth fit la moue.

— Mmm… Tu trouves ? Elle est belle, pourtant.

— La gabardine, oui. Mais le problème, c'est toi.

Il rit doucement lorsqu'elle haussa les sourcils d'un air hautain.

— Ah vraiment ?

— Je n'ai encore jamais vu de mannequin qui se tenait en première position, avec les pieds tournés vers l'extérieur !

Ruth baissa les yeux sur les pointes de ses chaussures et éclata de rire.

— Effectivement… Il faut croire que je suis faite pour les justaucorps et les cache-cœurs plus que pour les manteaux de femme fatale.

Elle exécuta un tour fouetté sous le regard inquiet de la vendeuse, puis ôta la gabardine avec une pointe de regret.

— Tu veux que je te l'offre ?

Consciente que Nick parlait le plus sérieusement du monde, Ruth secoua la tête.

— Ne sois pas ridicule.

— Ridicule ?

Nick se leva au moment où elle restituait le manteau à la vendeuse.

— Pourquoi ridicule ? Tu n'aimes pas les cadeaux, petite fille ?

Plutôt que de s'offusquer du terme, elle s'amusa à le dévorer d'un regard brûlant.

— Au contraire. Me faire offrir des cadeaux est ma seule raison d'être, mon trésor, susurra-t-elle d'une voix langoureuse. Mais c'est un peu délicat d'accepter alors que nous ne couchons ensemble que depuis hier soir, tu ne crois pas ?

Sous le regard sidéré de la vendeuse, elle lui caressa la joue avec des minauderies de grande séductrice.

— D'ailleurs qu'en penserait ta femme, *mi amor ?*

— Les épouses n'ont pas besoin de tout savoir, grommela Nick en roulant les yeux et les r. Dans mon pays, en Russie une femme sait se tenir à sa place.

Ruth glissa le bras sous le sien.

— Mmm, c'est intéressant… Tu pourrais peut-être me montrer où est la mienne, alors ?

— C'est ce que tu vas voir, femme !

Le regard bleu étincelant, il la jeta sur son épaule sous le regard effaré de la vendeuse.

— Quelle comédienne, tu fais, murmura-t-il lorsqu'ils sortirent du grand magasin.

— J'adore quand tu affiches ta personnalité russe, Nikolai.

Il haussa un sourcil surpris.

— Mais j'ai *toujours* une personnalité russe, non ?

— Il y a des moments où elle est plus accentuée que

d'autres. Il t'arrive également d'être aussi américain qu'un paysan du fin fond du Nebraska.

Nick parut un instant fasciné par cette remarque.

— Ah oui ? Je n'avais jamais réalisé cela.

— C'est ce qui est attachant chez toi. Tu ne te composes pas une attitude. Tu te contentes d'être.

Elle prit sa main.

— Je me suis toujours demandé si tu pensais en russe et que tu traduisais ensuite ou si tu pensais en anglais directement ?

— Je pense en russe chaque fois que je suis… comment dire ? En proie à des émotions fortes ?

Ruth leva vers lui un regard souriant.

— Ce qui t'arrive quand même assez fréquemment.

— Je suis un artiste, rétorqua-t-il en haussant les épaules. L'artiste a le droit d'être dépassé par ses états internes. Et lorsque je suis énervé, ma langue natale permet un meilleur défoulement. Les jurons russes sont plus musclés que leurs équivalents américains.

— Je me suis souvent demandé ce que tu disais quand tu tempêtais dans ta langue ?

Elle attendit dans l'espoir d'en savoir plus, mais il secoua la tête.

— Je garde mes vilains gros mots russes pour moi, *milaya*.

— Cette nuit, tu m'as parlé dans ta langue.

— Ah oui ?

Le regard qu'il lui jeta fit battre le cœur de Ruth plus vite.

— On peut dire que j'étais dépassé par mes émotions, observa-t-il en l'attirant plus près.

— Cela ne ressemblait pas à des injures, murmura-t-elle.

Il lui caressa doucement la nuque.

— Tu veux une traduction ?

— Pas ici, non.

Ruth calcula mentalement la distance à parcourir entre la Cinquième Avenue et son appartement. Et conclut qu'à pied, ce serait beaucoup trop long. Elle rit, les yeux dans les siens.

— Et si on prenait un bus pour rentrer ?

Il se pencha sur ses lèvres et lui prodigua un baiser étourdissant.

— J'ai une solution encore plus rapide, annonça-t-il en hélant un taxi.

Le soleil de fin d'après-midi inondait la chambre. Ils n'avaient même pas pris le temps de tirer les persiennes avant de tomber enlacés sur le lit. Bras et jambes mêlés, ils reposaient nus dans les draps froissés, affalés après les orages de l'amour. Ruth flottait dans un état intermédiaire entre la veille et le sommeil. Sous sa joue, la poitrine de Nick se soulevait et retombait à un rythme régulier.

« Toujours… Je pourrais rester ainsi toujours », songea-t-elle rêveusement. Elle se serra plus fort contre lui et suivit doucement la ligne du mollet de Nick avec le bout d'un orteil.

— Mmm… je sens là un vrai pied de danseuse, commenta-t-il, réveillé par la subtile caresse. Laid et musclé.

— Charmant, protesta-t-elle en lui mordillant l'épaule.

— C'était un compliment.

Il se dressa sur un coude pour mieux l'examiner.

— Les danseurs les plus remarquables ont souvent de vilains pieds.

Sa logique la fit sourire.

— C'est la laideur de mes pieds qui t'a attiré chez moi ?

— Non. C'est ton creux poplité.

Le visage enfoui dans son cou, Ruth rit doucement.

— Mon creux poplité ? Qu'est-ce que c'est que ça, encore ?

— L'arrière du genou.

— Et qu'est-ce qu'il a de spécial, l'arrière de mes genoux ?

— Rien. Mais il me fascinait dans la mesure même où il était inaccessible. Quand je dansais avec toi, je pensais à toutes les parties de ton corps que je ne pouvais pas toucher parce qu'elles étaient barrées par tes vêtements. Je sentais la peau nue de tes bras sous mes mains et je faisais une fixation sur tes genoux inaccessibles. Un vrai martyre.

Nick s'assit pour tracer d'une main caressante la ligne fine de ses chevilles. Lentement, il remonta le long de ses mollets.

— Quand je te tenais dans mes bras sur scène, je devenais à moitié fou à force de me demander si oui ou non tu étais souple, douce et malléable de partout — si la peau que tu gardais cachée était d'un contact aussi envoûtant sous les doigts que celle de ton visage, de tes mains et de tes bras.

Il continua à parler d'une voix basse, caressante. Pour le plaisir de voir le regard de Ruth se voiler, d'entendre son souffle s'accélérer.

— Quand tu es Carlotta et que je te tiens par la taille, il y a toujours la barrière de ton costume, poursuivit-il en laissant ses paumes courir le long de ses flancs pour s'acheminer jusqu'à sa poitrine… Tes seins sont petits et fermes. Mille fois je les ai sentis contre mon torse, quand nos rôles voulaient que je te serre contre moi. Mais je ne pensais qu'à les prendre, les tenir, les soupeser. Je me torturais à essayer de deviner le goût de ta peau.

Il se pencha pour explorer son ventre de la pointe de la langue.

Ruth avait l'impression que son corps s'enfonçait profondément dans le matelas. Ses membres paraissaient lourds… incroyablement lourds, comme si elle avait avalé quelque potion aux étranges vertus paralysantes. Elle restait allongée dans une immobilité de statue pendant que Nick lui faisait l'amour à l'aide de sa langue, de ses mains, de ses lèvres et de sa voix.

Il procédait avec une exhaustivité presque douloureuse, suscitant en elle une lente liquéfaction.

— Même sur scène devant une salle comble, je ne pensais qu'à te découvrir, te dévoiler, t'explorer… te déguster comme une liqueur exquise.

Ses doigts glissèrent jusque dans le creux entre ses cuisses. Puis il laissa sa bouche prendre la relève. Ruth gémit et ondula contre lui. Elle n'avait jamais expérimenté une pareille qualité de plaisir. Son corps entier vibrait, bourdonnait, comme si un sang lourd, épais comme une lave chaude, coulait lentement dans ses veines.

— Il y a si longtemps — trop longtemps — que l'envie de toi me torture, *milaya*.

Ses mains, quoique douces encore, se firent plus insistantes. Et ses caresses, peu à peu, la tirèrent hors de la léthargie qui la tenait prisonnière. Sortant de son état de torpeur, Ruth se sentit soudain férocement en vie.

L'espace d'un instant, elle eut une conscience presque surréelle de ce qui l'entourait. Aucun détail, même le plus infime, ne lui échappait. Elle distinguait la texture des draps sous son dos, voyait danser un à un chaque petit grain de poussière.

Puis tout bascula. Le monde extérieur disparut et il n'y eut plus que les mains et les lèvres qui parcouraient son corps. Elle aurait pu se trouver n'importe où — sur scène, dans la rue ou au milieu du désert. Dans le monde qui était désormais le sien, seul Nick existait encore. Elle perçut le son haletant de son souffle et y mêla le sien.

Avec une ardeur que rien n'endiguait plus, il écrasa sa bouche sous la sienne. Ses dents touchèrent ses lèvres lorsqu'elle les ouvrit pour l'accueillir.

Le baiser fut d'emblée possessif, accaparant, purement sexuel. Tandis que de ses mains, Nick continuait à la maintenir à l'extrême limite de la jouissance, Ruth se raccrochait à lui de toutes ses forces, baignant dans un océan de plaisir. Et là seulement, il vint en elle, la catapultant au-delà du rationnel dans une plénitude infinie.

— *Lyubovnitsa.*

La voix de Nick était rauque, impérieuse. Et semblait monter des profondeurs les plus secrètes de son être.

— Regarde-moi, *milaya.*

Elle eut toutes les peines du monde à soulever ses paupières alourdies alors que les premiers spasmes de son plaisir l'emportaient déjà.

Nick plongea dans le sien un regard d'une intensité presque effrayante.

— Et maintenant je t'ai. Je connais chaque centimètre carré de ta peau. Et tu restes une obsession quand même.

Elle s'abandonna à l'orgasme qui la soulevait jusqu'à son pic ultime. Sur un cri de triomphe et de douleur, Nick retomba sur elle et enfouit le visage dans son cou.

Chapitre 10

Le lendemain matin, Maxine l'attrapa par le bras alors que la compagnie se pressait devant les portes de la salle de cours.

— Hé, Ruth, ça va ? Où avais-tu disparu hier ? Je t'ai cherchée partout.

— Hier ?

Ruth ne put s'empêcher de sourire.

— Ah oui, hier… Eh bien, je me suis baladée, j'ai fait du lèche-vitrines…

Maxine eut un sourire entendu.

— Espèce de cachottière, va ! Tu comptes attendre combien de temps avant de me le présenter, au juste ?

— C'est encore un peu frais pour l'instant. Comment va ton acteur ?

— L'affaire suit son cours, déclara Maxine sans grand enthousiasme. Tu as entendu la grande nouvelle, au fait ?

Prenant sa place à la barre, Ruth entama une série de demi pliés en attendant le début du cours. Son premier réflexe fut de chercher Nick des yeux. Elle le repéra, à l'autre bout de la salle, en compagnie de Leah et de quelques autres. Il était beau comme un dieu grec, avec le soleil jouant dans la couronne orgueilleuse de ses cheveux.

— Quelle grande nouvelle ? s'enquit-elle distraitement.

— Au sujet du documentaire télévisé.

Maxine adopta son rythme, si bien qu'elles montaient et descendaient dans un ensemble parfait.

— Quel documentaire télévisé ?

— Non, attends, je rêve ! Tu n'es même pas au courant ?

Le regard de Ruth glissa sur Leah.

— On m'avait parlé d'un projet artistique. Mais je croyais que rien n'avait encore été établi de façon définitive.

— A présent, c'est fait, ma vieille. Le contrat est signé. Et dans de super conditions pour nous !

Troublée, Ruth concentra son attention sur Maxine. Depuis que Nick avait fait irruption chez elle au milieu de la nuit, l'avant-veille, cette histoire de documentaire lui était complètement sortie de la tête.

Mais le projet suivait son cours, de toute évidence. Et voilà que, pour la seconde fois, les nouvelles lui arrivaient de l'extérieur. Alors que Nick lui-même n'avait pas daigné prononcer un *mot* sur la question devant elle.

— Nadine a négocié comme une lionne, poursuivit Maxine en se baissant pour remonter ses jambières. Il faut dire qu'elle disposait d'un argument de poids puisqu'elle avait notre star internationale à mettre dans la balance.

Davidov, autrement dit. Ruth ne put s'empêcher de chercher Nick des yeux. Il était en grande discussion avec Leah et leurs deux têtes étaient si proches l'une de l'autre qu'elles se touchaient presque. Avec son sourire hautain, les mouvements fluides de ses mains blanches, Leah lui parut plus belle et plus altière que jamais.

— Et qu'a-t-elle obtenu de particulier, Nadine, alors ?

— Deux heures entières à l'antenne pour nous. Et en prime time, ma vieille ! Avec ça, Nick a quasiment carte blanche, sur le plan artistique. Il faut dire que notre Davidov est une valeur sûre. Résultat : les producteurs sont prêts à faire des concessions. Même les gens qui sont incapables de faire la différence entre un saut de chat et un tour piqué savent qui est Nikolai Davidov. En échange, il s'engage à participer à deux autres émissions. C'est lui qu'ils veulent, à l'évidence. Nous, ils s'en fichent. Mais imagine un peu les retombées positives pour le reste de la compagnie !

Maxine monta sur pointes.

— En deux heures, nous toucherons un public gigantesque. Songe un peu au taux d'audience d'une émission qui passe en première partie de soirée ! Cela dépassera de loin la quantité de spectateurs que nous totalisons en une saison entière ! C'est génial, non ? Oh, j'ai tellement envie de danser devant les caméras ! Je prie pour que Nick m'accorde un rôle.

Elle descendit en plié.

— Je crois que je serais même prête à réintégrer le corps de ballet, pour l'occasion. Toi, tu danseras Carlotta, c'est sûr, conclut Maxine avec un petit soupir d'envie.

— Peut-être... Ça reste à voir.

Par chance, le cours commença et la conversation s'arrêta là. Mais Ruth eut de la peine à se concentrer sur ses figures ce matin-là. De façon purement mécanique, elle évoluait avec les autres, en suivant le rythme par automatisme. Mais ses pensées étaient ailleurs. Et le fait que Nick se tenait juste derrière elle n'était pas fait pour arranger les choses.

La veille, ils avaient passé toute la soirée chez elle. Et

s'étaient réveillés enlacés le matin même. Ensemble, ils avaient ri, mangé, fait l'amour, parlé pendant des heures. Mais Nick n'avait même pas mentionné le documentaire. Avait-il l'intention de lui attribuer son propre rôle dans *La Rose Rouge* ou comptait-il trouver une autre Carlotta ?

Profondément absorbée dans ses pensées, Ruth fit une arabesque penchée à la barre et tint la position sans bouger pendant les six temps comptés par la maîtresse de ballet.

Leur entente personnelle aurait-elle une incidence sur leurs rapports professionnels ? Comme elle quittait la barre, Ruth tenta d'examiner le problème avec toute l'objectivité possible.

Une semaine à peine s'était écoulée depuis que Nick l'avait entraînée dans son bureau et lui avait expliqué que le projet de documentaire était encore en cours de négociation. Ruth récapitula la soirée : Nick avait été contrarié et inquiet. Contrarié parce que sa prestation sur scène n'avait pas été très satisfaisante ; inquiet parce qu'il l'avait devinée perturbée. Il lui avait servi un remontant, puis s'était mis dans une rage folle lorsqu'elle avait refusé de trahir Leah.

Une fois de plus, il avait crié et tempêté. Mais il n'avait pas lâché un mot sur ses intentions. Nick tirait les ficelles et elle était la marionnette — une pâte docile que le chorégraphe qu'il était modelait à souhait. Il claquait des doigts et elle s'exécutait. Logique, pourrait-on dire, puisqu'il était à la fois le directeur artistique et le chorégraphe de la compagnie.

Mais les autres avaient bénéficié d'informations détaillées sur l'événement, de toute évidence. Alors pourquoi était-elle la seule dans toute la compagnie avec qui il avait jugé utile de tenir sa langue ?

D'un côté, il lui confiait qu'elle était sa meilleure ballerine. Mais de l'autre, il la maintenait à l'écart. Comment s'y retrouver dans les méandres et les circonvolutions d'un esprit pareil ? Ruth soupira.

On ne s'y retrouvait pas. Point final. Tournant la tête, elle regarda Nick droit dans les yeux. Davidov était Davidov. Autrement dit, une énigme.

Nick soutint son regard en manifestant un certain étonnement. Mais le rythme passa brusquement de l'*adagio* à *l'allegro* et leur attention fut entièrement requise par les enchaînements qu'ils exécutaient.

— Et voila. Le cours est terminé. Merci à tous, lança Mme Maximova, la maîtresse de ballet, lorsqu'ils s'effondrèrent tous en nage une demi-heure plus tard.

Ruth réalisa que l'accent russe de Mme Maximova était nettement plus prononcé que celui de Nick. Alors que la maîtresse de ballet, originaire comme lui de Moscou, vivait aux Etats-Unis depuis déjà quarante ans.

Derrière elle, Nick frappa dans ses mains pour réclamer l'attention.

— Dans un quart d'heure, je veux voir tout le monde dans la salle de spectacle. Soyez à l'heure car j'ai une annonce importante à vous faire.

Nikolai Davidov avait parlé. Un silence tomba, aussitôt suivi d'un bourdonnement de voix surexcitées. Les spéculations allaient bon train, apparemment. Pressés d'en savoir plus, les danseurs se précipitèrent vers les vestiaires. Ruth suivit le mouvement.

— Attends-moi une seconde, Ruth.

Au son de la voix impérieuse, elle s'immobilisa net. Le conditionnement était trop fort. Il y avait des années qu'elle était habituée à s'incliner devant la volonté implacable de Davidov.

Alors que la salle de cours se vidait, elle patienta pendant que Nick s'entretenait en russe avec la maîtresse de ballet. Il fit une remarque qui provoqua un éclat de rire chez la sévère Mme Maximova.

Un exploit et pas des moindres.

L'imposante enseignante quitta la pièce d'un pas souple, comme si elle avait soudain retrouvé toute la grâce et l'allégresse de ses vingt ans. Ruth, les bras croisés, continuait à faire le pied de grue près de la porte. Nick se dirigea vers elle en jouant avec la serviette qu'il tenait à la main.

— Tu avais l'esprit ailleurs pendant le cours, Ruth.

— Ah oui ?

De nouveau, Nick perçut une interrogation muette dans le regard que la jeune femme tenait rivé sur lui. Déconcerté, il précisa sa question :

— Tous tes mouvements étaient justes. Mais tu n'étais pas dans ton corps. On dirait que quelque chose te préoccupe, tout à coup ?

Ruth le fixa quelques instants en silence en se demandant comment aborder le sujet. Elle finit par opter pour l'approche directe.

— Pourquoi ne m'as-tu pas dit que le contrat avec la chaîne de télévision était signé ?

Nick haussa les sourcils. Avec un air hautain que Ruth ne lui connaissait que trop bien.

— Parce que je suis censé te faire un rapport sur toutes mes activités ?

— Je suis première danseuse dans cette compagnie, Nick.

— C'est exact... Mais ça ne répond pas à ma question.

— Tous les autres danseurs en parlent comme si c'était une affaire entendue ! lâcha-t-elle, exaspérée. Je suis sûre que, même dans le corps de ballet, toutes les conversations roulent sur ce documentaire.

D'un geste nonchalant, Nick balança sa serviette sur une épaule.

— C'est bien possible, oui. Ce projet n'a rien d'un secret. Et les secrets sont toujours abondamment commentés dans le corps de ballet.

Irritée par son attitude condescendante, Ruth ne put s'empêcher d'exprimer son indignation.

— Tu dis que ce n'est pas un secret mais je t'ai demandé des précisions au sujet de ce documentaire pas plus tard que la semaine dernière. Et tu as refusé de m'en donner.

— La semaine dernière, rien n'était encore arrêté.

— Mais ce n'est plus le cas, maintenant. Hier tu savais déjà que le contrat était signé. Mais tu ne m'en as pas touché un mot pour autant.

Elle le vit plisser les paupières — ce qui, chez Davidov, était signe de danger. Lorsqu'il prit la parole, sa voix était douce, calme et froide.

— Hier, nous étions un homme et une femme ensemble, Ruth. Tu estimes que parce que nous sommes amants, je devrais t'accorder un traitement de faveur en tant que ballerine ?

Choquée, Ruth écarquilla les yeux. L'idée ne lui avait même jamais traversé l'esprit.

— Bien sûr que non ! Quelle horreur ! Comment peux-tu penser une chose pareille de moi ?

Nick hocha la tête.

— Je vois. Ton intégrité est censée aller de soi. Alors que tu doutes de la mienne.

— Je n'ai jamais dit que…

Mais il l'interrompit d'un mouvement sec du poignet.

— Va prendre ta douche. Il ne te reste plus que dix minutes.

Sur cet ordre abrupt, il se détourna et quitta la pièce, laissant Ruth bouche bée.

Lorsqu'elle arriva au pas de course dans la salle de spectacle, tous les autres danseurs étaient déjà installés. Elle se glissa entre les gradins et s'assit à côté de Maxine. Nick l'effleura d'un regard rapide.

— Bon. Je crois qu'il ne manque plus personne, cette fois ?

Debout au milieu de la scène, il était d'une ravageuse élégance, malgré son vieux pantalon de jogging gris. A côté de lui, Nadine, vêtue d'un ensemble raffiné, avait pris place dans un fauteuil. Mais tous les regards étaient rivés sur Davidov.

— La plupart d'entre vous savent déjà apparemment que nous avons passé un contrat avec WNT TV.

Il marqua une pause et son regard glissa brièvement sur son auditoire. Puis il poursuivit avec l'ombre d'un sourire.

— Aujourd'hui, Nadine et moi, allons vous fournir tous les détails que vous attendez, semble-t-il, avec impatience…

Il se tourna vers Nadine qui croisa les mains sur les genoux et prit la parole à son tour :

— Bonjour à tous. La compagnie sera chargée de présenter, en deux heures, une sorte de pot-pourri du ballet classique, sous forme de vignettes. Le documentaire sera tourné ici même, dans nos studios, sur une période de deux semaines, laquelle débutera dans un mois. Naturellement, nous avons l'intention d'inclure des extraits des ballets qui figurent déjà à notre répertoire. Nick et moi, ainsi que Mark et Marianne, nos deux autres chorégraphes, avons déjà élaboré les grandes lignes d'un programme qu'il nous faudra soumettre aux gens de télévision, afin que nous puissions tenir compte des contraintes propres à ce type particulier de support.

Nadine marqua une pause pour souligner ses effets, avant de conclure avec une pointe d'emphase :

— Il va sans dire que ce documentaire représente une chance inouïe pour notre compagnie. C'est une occasion inespérée de familiariser le public avec notre art, à une heure de grande écoute. Et nous avons la ferme intention de tirer le meilleur parti de cette opportunité. Nous comptons sur vous pour donner le meilleur de vous-mêmes.

Nadine ayant terminé son intervention, Nick récupéra un tableau posé contre un faux tronc d'arbre qui servait d'élément de décor dans une scène de forêt de *La Belle au Bois Dormant*.

— Comme nous n'avons qu'un mois pour nous préparer, les répétitions démarreront aujourd'hui même. Voici comment vous serez répartis.

Tandis que la troupe retenait son souffle, il énuméra les ballets retenus et annonça les rôles de chacun ainsi que le studio de répétition correspondant.

Le programme était diversifié, constata Ruth, tout en faisant des efforts héroïques pour ne rien trahir de sa nervosité. La liste des ballets représentés allait des grands classiques, du type *Casse-noisette*, à des œuvres contemporaines comme *Rodéo* d'Agnes de Mille. Nick semblait décidé à montrer au grand public que le ballet était un art vivant, aux multiples facettes.

Le visage de Maxine s'éclaira lorsqu'elle apprit qu'elle tiendrait le rôle d'une fée dans *Casse-noisette*. Leah, quant à elle, se voyait attribuer deux de ses rôles fétiches : Aurore, pour commencer, et Giselle dans laquelle elle avait déjà eu l'occasion d'exceller à deux reprises. Ruth s'humecta les lèvres. Son nom n'avait toujours pas été prononcé. Keil Lowell serait le partenaire de Leah et incarnerait à la fois le prince Albrecht dans *Giselle* et le prince Désiré dans *La Belle au Bois Dormant*. Une jeune fille du corps de ballet fondit en larmes en apprenant qu'elle danserait son premier solo.

Nick continua à lire d'une voix monocorde, sans lever les yeux de ses papiers.

— Ruth, tu auras le grand pas de deux de *La Rose Rouge*. Ainsi qu'un extrait du second acte du *Corsaire*. Et je serai ton partenaire sur les deux rôles.

Ruth poussa un long soupir. Et sentit la tension accumulée dans ses épaules se relâcher petit à petit.

— Si le temps nous le permet, nous essayerons de danser également une scène du *Carnaval*.

Il poursuivit son énumération de sa voix basse et mélodieuse mais Ruth n'écoutait plus que d'une oreille. Si elle s'était laissé aller, elle aurait pleuré comme la jeune recrue du corps de ballet. Elle vivait cet instant comme une consécration — une récompense après les longues années passées à travailler sans relâche, une compensation à toutes les privations endurées.

Mais à travers sa joie, elle ressentait la mauvaise humeur de Nick — invisible et néanmoins écrasante.

« Il n'a rien compris à ma réaction, songea-t-elle, irritée par le caractère emporté de Nick. Il est tellement susceptible ! » Ce serait la croix et la bannière pour qu'ils parviennent à une explication. Ramenant les genoux contre la poitrine, elle médita sur la scène qui venait de se dérouler.

Quel homme étrange, au fond. Malgré son incontestable générosité d'esprit, Nick n'accordait pas sa confiance facilement. « Et moi non plus, d'ailleurs », admit-elle dans un sursaut de lucidité. Inutile de préciser qu'ils allaient au-devant d'un certain nombre de complications... Le menton posé sur les genoux, Ruth se demanda si Nick et elle seraient capables de les surmonter.

C'était une période difficile qui les attendait. Sur le plan personnel, ils auraient à définir ce qu'ils étaient prêts à vivre ensemble... ou non. Et sur le plan professionnel, ils se préparaient à traverser un enfer. Nick était déjà compliqué et exigeant en tant que directeur et chorégraphe. Mais comme partenaire, il était d'une maniaquerie sans égale. Des ballerines avec qui il partageait la vedette, il n'acceptait que la perfection. Et il n'hésitait pas à exprimer sa désapprobation en termes musclés chaque fois qu'il estimait qu'elles ne donnaient pas le meilleur d'elles-mêmes.

Malgré tout, Ruth aurait marché sur des charbons ardents pour le privilège de danser avec lui.

Les répétitions promettaient d'être épuisantes pour tout le monde. Les délais étaient courts et le gros de la troupe se produirait dans *La Belle au Bois Dormant* tous les soirs pendant deux semaines. Les nerfs seraient tendus ; les muscles sollicités au maximum. La nuit venue, les danseurs rentreraient chez eux en boitant et délasseraient leurs pieds en sang dans des alternances de bains glacés ou brûlants. Ils se soulageraient mutuellement en tirant sur des orteils tordus par des crampes ou en massant des mollets tétanisés. Ils ne tiendraient qu'à coups de caféine et de nerfs. Mais ils iraient jusqu'au bout car ils étaient des danseurs.

A la fin de la réunion, Ruth se leva en même temps que les autres. Laissant Nick en conversation avec Nadine, elle se dirigea seule vers la salle de répétition qui leur avait été assignée. Par la porte restée ouverte, elle vit les membres de la compagnie déferler par petits groupes dans le couloir. Les voix étaient joyeuses, l'ambiance surexcitée. Déjà, la musique d'un ballet de Stravinsky s'élevait dans un studio voisin.

Ruth se dirigea vers un banc pour lacer ses pointes. Elle les examina, sourcils froncés, et estima qu'elles devraient tenir encore un jour ou deux. Trois au maximum. Même si elles n'avaient été inaugurées qu'une semaine auparavant à peine. Combien de paires avait-elle déjà passées cette année-là ? Ruth secoua la tête. Le compte en était perdu depuis longtemps. Même chose pour les mètres de satin qu'elle avait usés par la même occasion.

Croisant les rubans sur une cheville, elle leva la tête à l'entrée de Nick. Il referma la porte derrière lui, les coupant du bruit, du mouvement et de la musique qui régnaient encore dans les couloirs.

— On commence par le *Corsaire*, annonça-t-il en se laissant choir sur le banc avec le mélange habituel de souplesse et d'élégance qui caractérisait son allure. Pour le moment, on se passera d'accompagnateur. Ils fonctionnent avec un système de primes et je n'ai pas encore fait débloquer les crédits correspondants.

Il retira son pantalon de survêtement et ne garda que ses collants sous son T-shirt.

— Nick, j'aimerais te parler.

— Tu as une plainte à formuler ?

— Non, Nick. Mais…

— J'en conclus que tu es satisfaite des rôles qui t'ont été assignés ? Parfait. Alors on attaque, trancha-t-il en se levant.

Avec un soupir exaspéré, Ruth se planta face à lui.

— Arrête de faire ton numéro de premier danseur avec moi, Nick.

— Je *suis* premier danseur.

Ainsi, il avait l'intention de se montrer imbuvable d'emblée ? Stoïque, Ruth réprima la remarque acerbe qu'elle avait sur le bout de langue. Elle s'était juré de rester calme, quoi qu'il arrive.

— Tu es également un être humain mais là n'est pas la question.

— Et où est-elle, la question ? s'enquit Nick d'une voix dangereusement suave.

Les mains sur les hanches, Ruth prit une profonde inspiration. En se demandant si elle aurait assez d'outils à sa disposition pour abattre le mur d'hostilité qu'il avait érigé entre eux.

— J'aimerais en revenir à notre conversation de tout à l'heure, Nick. Ce n'est pas le casting qui me pose problème.

— Ah non ? Alors expose-moi tes petits soucis une fois pour toutes, qu'on en finisse. J'ai un programme chargé, aujourd'hui et j'ai mieux à faire de mon temps que d'écouter les jérémiades des uns et des autres.

Ruth craqua.

— Je ne voudrais surtout pas te faire perdre ton précieux temps, Nick. Va donc vaquer à tes tâches supérieurement prioritaires. Je peux très bien répéter toute seule.

Elle se détourna pour se diriger vers le lecteur de CD. Mais Nick la retint par le poignet et la fit pivoter vers lui. Son regard étincelait de colère.

— C'est moi qui décide quand et avec qui tu répètes, Ruth. Et maintenant dis-moi ce que tu as à dire, et en termes succincts de préférence.

— Très bien.

Ruth se dégagea d'un mouvement brusque et soutint son regard.

— Je n'ai pas apprécié que tu ne me tiennes pas au courant des négociations avec WNT TV. Non que je me sente des droits particuliers sous prétexte qu'il se passe quelque chose entre nous. Mais simplement, en tant qu'une de tes danseuses et partenaire. Si tu trouves normal d'en parler à la moitié de la compagnie, je ne vois pas pourquoi je ferais exception. Ce que j'ai trouvé pénible, en l'occurrence, c'était que l'information me parvienne chaque fois par un tiers. D'abord par l'intermédiaire de Leah, et ensuite par…

— Ainsi, c'était Leah.

Ruth pesta avec force. Sous le coup de l'énervement, elle lui avait révélé ce qu'elle s'était juré de garder secret.

— Cela n'a aucune importance, Nick.

Mais il l'arrêta d'un mouvement excédé de la main.

— Comment cela, aucune importance ? Qu'il y ait des rivalités entre ballerines, c'est une chose. Mais il existe des règles éthiques strictes dans notre métier : on ne cherche pas à casser le moral d'un danseur juste avant une performance. Irais-tu jusqu'à prétendre que ce n'était pas délibéré de sa part ?

Il se tut, les yeux rivés sur ses traits, guettant sa réaction. Ruth ouvrit la bouche puis la referma sans avoir pu prononcer un mot. Mentir n'avait jamais été une de ses grandes spécialités.

— C'est bien ce qu'il me semblait, conclut Nick. Alors ne me dis pas que c'est « sans importance ». Pour autant que je me souvienne, tu étais passablement secouée ce soir-là.

— J'ai eu un petit passage à vide, oui. Mais c'est de l'histoire ancienne, Nick. Il est inutile de revenir dessus maintenant.

Nick laissa passer quelques secondes de silence tendu. Son regard était dur et distant. Mal à l'aise, Ruth attendit la sentence. Par bien des aspects, le fonctionnement d'une compagnie rappelait celui d'un couvent. Et elle savait que Nick pouvait se montrer sans pitié avec les danseurs qui enfreignaient les sacro-saintes « règles ».

— Bon. Je vais laisser courir pour le moment, trancha-t-il enfin. Leah est la meilleure Aurore de la compagnie. Mais elle ne perd rien pour attendre.

Ruth savait que Nick trouverait un moyen de sanctionner la danseuse tout en gardant son Aurore sur scène. Une main de fer dans un gant de velours. Tel était Davidov.

— Ce n'est pas de Leah que je voulais te parler ce matin, lui rappela-t-elle, bien décidée à aller jusqu'au bout de leurs explications.

Nick hocha la tête.

— C'est vrai. Tu étais en train de me dire ce qui t'avait dérangé.

Ruth nota qu'il n'y avait plus trace d'agressivité dans sa voix. Elle s'apaisa à son tour.

— Ça m'a fait mal, ce matin, d'apprendre par la bande que le projet de documentaire avait été finalisé sans que je n'en sache rien. Je me suis sentie exclue, en fait — coupée du reste de la compagnie. Toi et moi, nous n'avons plus parlé une seule fois de danse depuis le soir où nous avons répété *La Rose Rouge* ensemble. Et j'étais en colère, ce jour-là.

— J'avais envie de toi, déclara-t-il avec une désarmante simplicité. Il y avait beaucoup de tension entre nous.

Ruth s'accorda le temps d'une respiration profonde.

— Je n'ai jamais imaginé une seconde que tu pourrais m'accorder un traitement de faveur parce que nous sommes devenus amants. Et je trouverais d'ailleurs intolérable que ce soit le cas. Mais j'étais inquiète au sujet du casting. Je suis toujours très angoissée, dans ces cas-là.

— Je n'ai peut-être pas été très diplomate, admit Nick.

De la part de Davidov, c'était presque un *mea culpa* en bonne et due forme.

— Peut-être pas, non, rétorqua-t-elle avec un sourire en coin.

Il haussa les sourcils.

— Attention, petite fille. Tu as toujours autant de mal à témoigner à tes aînés le respect qu'ils méritent, on dirait.

— Et que penses-tu de ça ? s'enquit-elle en lui tirant la langue.

— J'en pense que c'est très tentant.

Nick l'attira dans ses bras et lui dispensa un baiser à la fois tendre, échevelé et brûlant. Lorsqu'il l'écarta de lui, il garda les mains posées sur ses épaules.

— Et maintenant, laisse-moi te préciser mes positions

une fois pour toutes afin que la situation soit parfaitement claire entre nous : je t'ai prise comme partenaire parce que je ne danse, par principe, qu'avec mes ballerines les plus douées. Si tu n'avais pas été la meilleure, j'aurais choisi quelqu'un d'autre. Mais c'est toujours toi que je désirerais la nuit.

Un poids tomba des épaules de Ruth. Elle était soulagée que Nick fasse aussi nettement la part entre la femme et la ballerine.

— La nuit seulement ? murmura-t-elle, féline, en s'avançant d'un pas.

Nick lui caressa les épaules.

— Dans les semaines qui viennent, il ne nous restera guère que les nuits pour être ensemble, Ruth. Je crains fort de ne pas avoir une seconde à moi dans la journée.

Il l'embrassa de nouveau. Brièvement, cette fois. Avec une sorte de rudesse possessive qui n'appartenait qu'à lui.

— Et maintenant, plus de discours, *milaya*. On danse !

Ils se placèrent face au miroir dans le centre du studio et exécutèrent les premières figures.

Chapitre 11

Les jours passèrent. Des journées longues, épuisantes dont chacune apportait son lot de joies et de déconvenues. Ruth répétait quotidiennement avec Nick afin d'adapter leur pas de deux du *Corsaire* pour les besoins de la télévision. Il était hors de question de danser devant les caméras comme ils dansaient pour un public en salle, lui avait expliqué Nick d'emblée.

Dès leur première répétition improvisée, Ruth s'aperçut que Nick avait déjà accompli tout un travail d'approche. Plus pointilleux et perfectionniste que jamais, il fonctionnait en étroite collaboration avec le réalisateur du documentaire. Et passait désormais son temps à méditer sur des questions d'angles de prises de vue.

Entre les répétitions et les cours, les journées de Ruth étaient bien remplies. Mais elle disposait de toutes ses soirées, en revanche. A la différence de Nick qui, lui, était constamment sollicité par ses fonctions de directeur et de chorégraphe. Il avait d'autres répétitions à diriger, d'autres enchaînements dont il voulait revoir la chorégraphie. Sans parler des réunions budgétaires et des séances de mise au point avec l'équipe de tournage.

Lorsqu'ils répétaient ensemble, Nick et elle n'avaient que très peu de temps à consacrer à leur relation privée. Ils travaillaient d'arrache-pied et leurs rapports étaient ceux de danseur à danseur. Ou de chorégraphe à danseuse. Ils s'opposaient parfois, se disputaient âprement, puis finissaient par tomber d'accord sur une solution de compromis. Danser le pas de deux de *La Rose Rouge* ne leur posait quasiment pas de problème. C'était la préparation du *Corsaire* qui absorbait l'essentiel de leur temps. Le rôle était parfait pour Nick. Il faisait appel à sa créativité et lui permettait d'exprimer son extraordinaire vitalité. Son enthousiasme, son élan poussaient Ruth à se dépasser de son côté.

Nick, comme d'habitude, s'attachait au moindre détail, même le plus ténu. Il critiquait la position d'une main, la complimentait sur son port de tête, l'incitait à faire toujours mieux, toujours plus. L'énergie de Nick paraissait inépuisable. Ruth se demandait parfois comment il tenait avec si peu d'heures de sommeil. Non seulement il dansait sans relâche mais il continuait imperturbablement à assurer toutes ses innombrables fonctions.

Nick lui avait assuré qu'ils disposeraient au moins de leurs nuits ensemble. Mais jusqu'à présent, il n'en avait pas eu une seule à lui consacrer. Pour la première fois depuis qu'elle avait pris son appartement, Ruth se sentait seule le soir en rentrant chez elle. La solitude pourtant lui avait toujours été familière. Et elle ne se souvenait pas d'en avoir jamais souffert auparavant.

Se dirigeant à pas lents vers la fenêtre, elle ouvrit les persiennes et contempla la ville automnale plongée dans la nuit. Avec un léger frisson, elle referma la croisée.

Un coup frappé à la porte la fit tressaillir. *Nick ?* Mais

à peine formée, la lueur d'espoir s'éteignit. Nick avait deux réunions ce soir-là. Aucune chance de le voir surgir à l'improviste. Ruth alla ouvrir sans se presser et jeta un coup d'œil par le judas. Lorsqu'elle vit qui se tenait sur le palier, elle demeura un instant figée, la main sur la poignée. Puis, rassemblant son courage, elle se résigna à détacher la chaîne de sécurité.

— Bonsoir Donald.

Il lui sourit.

— Je peux te parler un instant ?

— Bien sûr.

Elle s'effaça pour le laisser entrer. Donald était vêtu avec le mélange habituel de décontraction et de raffinement qui constituait son image de marque. Ruth admira la subtile élégance qui émanait de matériaux a priori peu sophistiqués comme le jean et le cuir. Et réalisa avec stupéfaction que plusieurs semaines, déjà, s'étaient écoulées depuis leur dernier et mémorable rendez-vous.

— Comment vas-tu, Donald ? s'enquit-elle, consciente qu'elle n'avait pas grand-chose d'autre à lui demander.

— Bien, je te remercie.

Sous le vernis mondain, elle discerna une touche de malaise. Ainsi il n'était pas tout à fait aussi sûr de lui qu'il n'y paraissait ? Rassérénée, elle réussit à lui sourire.

— Assieds-toi. Je t'offre quelque chose à boire ?

— Volontiers, oui. Un fond de whisky si tu en as sous la main.

Donald choisit un fauteuil et la regarda verser le scotch.

— Tu ne me tiens pas compagnie, Ruth ?

Secouant la tête, elle lui remit son verre et prit place sur le canapé.

— Non, je viens de prendre un thé.

Elle passa une main distraite dans la fourrure de Nijinski. Avec une pointe de nervosité, Donald fit tourner le whisky dans son verre.

— J'ai appris que vous alliez faire un documentaire avec WNT TV ? lança-t-il, clairement désireux de rompre le silence.

— Tu es déjà au courant ? C'est incroyable comme les nouvelles circulent vite. Rien n'est encore officiel, pourtant.

— La compagnie a passé commande pour de nouveaux costumes. Et je travaille dans un milieu où n'importe quel potin se répand comme une traînée de poudre.

Ruth replia les jambes sous elle sur le canapé.

— Ah, d'accord ! Je n'avais pas pensé à cet aspect… Et ta nouvelle collection ? s'enquit-elle poliment. Ça avance ?

Donald leva les yeux de son verre pour plonger le regard dans le sien.

— Non seulement ça « avance », mais elle marche du tonnerre. J'ai un défilé à Paris le mois prochain.

Ruth lui adressa un sourire amical.

— C'est une grande nouvelle. Tu comptes rester en Europe quelque temps ?

— Deux semaines, a priori. Mais je ne suis pas venu ici pour te parler de voyages, de mode et de défilés.

Donald s'interrompit, toussota, reposa son verre.

— Je tiens à te présenter mes excuses pour ce que je t'ai dit l'autre fois. C'était totalement injustifié de ma part.

Ruth soutint le regard grave, interrogateur qui fouillait le sien. Et comprit que ses remords étaient sincères.

— C'est O.K., Donald. On n'en parle plus.

Le soulagement du couturier fut manifeste.

— Tu sais que ta présence m'a manqué ces dernières semaines ? Je pensais qu'on pourrait peut-être dîner ensemble un de ces soirs ?

La réponse de Ruth fut immédiate et sans appel.

— Non, Donald. C'est hors de question.

Manifestement déconcerté, il revint à la charge.

— Ecoute, Ruth, j'étais énervé et en colère. Je sais que j'ai eu des paroles très dures, mais…

— Tu ne m'as pas épargnée, c'est vrai. Mais le problème n'est pas là.

Il scruta ses traits avec une attention presque soupçonneuse.

— Ah, je vois, conclut-il avec une soudaine froideur. J'aurais dû m'en douter, d'ailleurs. Tu as quelqu'un d'autre, n'est-ce pas ?

Ruth le regarda gravement. Elle ne ressentait ni culpabilité ni colère.

— Il n'y a jamais eu autre chose qu'une relation amicale entre nous, Donald. Donc cela ne change rien de fondamental à nos rapports, tu ne crois pas ?

— C'est Davidov ?

Il émit un léger rire en la voyant bouche bée.

— Davidov, oui. Comment as-tu deviné ?

— Je suis peut-être crédule mais pas aveugle. J'ai vu la façon dont il te dévore des yeux.

Donald prit une rasade de scotch, reposa son verre et se leva.

— Je pense que vous êtes bien assortis, tous les deux.

Cette idée la fit sourire.

— C'est un compliment ou une insulte ?

— Je ne sais pas.

Le regard intense qu'il fixa sur elle était sans doute

destiné à la faire sombrer dans les affres de la culpabilité. Mais Ruth se sentait suffisamment sereine pour le soutenir sans broncher.

— Au revoir, Ruth.

Elle demeura assise sans bouger.

— Au revoir, Donald.

Il traversa la pièce à grands pas et sortit sans un regard en arrière. Ruth resta plongée dans ses pensées quelques instants avant de se lever pour prendre le verre encore à moitié plein de Donald et jeter le fond de whisky dans l'évier. Elle songea aux soirées que Donald et elle avaient passées ensemble. Ils avaient connu des moments agréables. Mais il n'y avait jamais eu la moindre palpitation, pas le moindre début de tension amoureuse.

Etait-il exact que certaines femmes n'étaient faites que pour aimer un seul homme ? Et se pouvait-il qu'elle soit du nombre ?

Elle tressaillit lorsqu'on frappa de nouveau à sa porte. *Oh non…* Donald aurait-il décidé de revenir à la charge ? La dernière chose dont elle avait envie, c'était de s'entendre dire encore une fois « ses quatre vérités » par le couturier ulcéré.

Peignant un sourire de commande sur ses lèvres, elle tira le battant.

— Nick !

Il arrivait avec les mains pleines : une grande boîte plate en carton, une autre, plus volumineuse et une bouteille de vin.

— *Privet milenkaya.*

Passant le seuil, il réussit l'exploit de l'embrasser par-dessus son chargement.

— Mais je croyais que tu avais deux réunions, ce soir. Dont une, hyper importante, avec…

Il eut un grand geste désinvolte de la main.

— Ce soir, j'ai tout envoyé promener. J'avais d'autres priorités.

Ruth ferma la porte derrière lui pendant qu'il déposait son chargement sur la table. Avec un grand rire insouciant, Nick l'attira dans ses bras.

— Un artiste peut se permettre de se montrer caractériel, de temps en temps. L'imprévisibilité fait partie de son image de marque.

— Ainsi l'artiste dispose d'une soirée libre ?

— Tu avais des projets de ton côté ? lui demanda-t-il à l'oreille.

— Mmm… J'en avais formé un certain nombre, oui.

Ruth fit semblant d'hésiter.

— Je pourrais à la rigueur les modifier. A condition que tu trouves les bons arguments pour me convaincre, bien sûr.

C'était si bon d'être dans ses bras, de sentir ses lèvres courir sur sa peau.

— Qu'apportes-tu dans ces cartons, Nick ?

— Mmm… Des choses et d'autres. Le grand, c'est pour tout à l'heure. Quant à celui-ci, il ne faut surtout pas le faire attendre.

D'un geste royal, il souleva le couvercle. Ruth poussa une exclamation enthousiaste.

— Merveille, une pizza ! C'est exactement le repas dont je rêvais pour ce soir.

Les yeux clos, Nick se pencha pour en humer les arômes.

— Sens-moi ça, c'est divin. Va vite chercher des assiettes avant qu'elle ne refroidisse.

— Tout de suite, mon cher Maître.

— Je veillerai à te faire éliminer les calories supplémentaires en forçant sur le rythme des répètes. Tiens, pendant que tu y es, apporte-moi aussi un ouvre-bouteilles.

— Et qu'y a-t-il dans l'autre carton ? cria Ruth par-dessus l'épaule en sortant ses couverts.

— On verra ça plus tard. Pour l'instant, on s'occupe de la pizza.

Lorsqu'elle revint, les bras chargés de verres et de vaisselle, elle trouva Nick, sa bouteille toujours à la main, occupé à caresser Nijinski.

— Toi, le chat, tu auras ta part de pizza aussi, promit-il en frottant le matou ronronnant sous le menton.

Le cœur de Ruth se dilata de tendresse en les observant.

— Je suis contente que tu sois venu, admit-elle spontanément.

Nick se redressa en souriant et lui prit l'ouvre-bouteilles des mains.

— Ah oui ? Et pourquoi cela ?

— J'adore la pizza, répondit-elle avec un sourire innocent.

— Alors pour toucher ton cœur, il faut que je passe par ton estomac ? Ça tombe bien, c'est une vieille tradition russe.

— Absolument. Mon estomac réclame une attention de tous les instants.

Pendant qu'il débouchait son vin, Ruth s'employa à transférer les parts de pizza du carton à l'assiette.

— Le problème, c'est que tu pourrais finir par rebondir sur scène comme un ballon si je m'occupais de ton estomac aussi bien qu'il le mérite.

Se laissant tomber dans un fauteuil en face d'elle, Nick leur servit à chacun un verre de vin.

— Apparemment, nous aurons le temps d'inclure aussi un extrait du *Carnaval.* Et c'est à toi qu'il reviendra d'immortaliser Colombine devant les caméras. Ça te va ?

— Oh Nick !

La bouche pleine de pizza, Ruth ne put en dire plus.

— Comme nous aurons plus de répétitions dorénavant, tu n'auras pas l'occasion de devenir trop rondouillarde.

— *Rondouillarde* ?

— Je n'ai pas envie de me détruire le dos chaque fois que je ferai un porté, précisa-t-il avec un sourire qui était pure provocation.

— Toi aussi, tu es en train de faire un sort à cette pizza, Nick, observa-t-elle d'un ton affable. Et crois-tu que les spectateurs apprécieront de voir un Arlequin bedonnant ?

— Rien à craindre de ce côté-là. J'ai un métabolisme en or.

Il termina sa pizza avec un appétit de lion, puis attrapa son verre de vin.

— J'ai regardé de vieux films américains, ces derniers temps. Et j'ai observé Fred Astaire. Gene Kelly. Quels danseurs ! Ils sont extraordinaires, non ? Ce qui m'a intéressé, surtout, c'est d'étudier la façon dont ils sont filmés.

— Tu as vu *Un Américain à Paris* ? s'enquit Ruth après avoir fini sa pizza à son tour. J'adorerais danser comme Gene Kelly et Leslie Caron.

— C'est vrai que ces vieilles comédies musicales sont formidables, acquiesça Nick, les yeux perdus dans le vague. Ce serait intéressant à adapter à la scène.

— Tu penses à quelque chose de précis ?

Il concentra de nouveau son attention sur elle.

— C'est une nouvelle idée de ballet qui me vient. Très

américain. Avec des numéros qui rappelleraient la comédie musicale. Mais ça, ce sera pour plus tard.

Il prit le reste de pizza dans le carton.

— Tiens, sers-toi encore, Ruth. Tant qu'à enfreindre les sacro-saintes règles de la diététique, autant y aller carrément.

— C'est encore un principe russe ?

— Bien sûr.

Pendant qu'ils finissaient de dîner, Nick la mit au courant de l'avancement des répétitions et pimenta son récit de potins divers et d'anecdotes drôles. Il se passait toujours quantité de choses dans une grande compagnie comme la leur. Puis il la questionna sur les vieilles comédies musicales qu'elle avait vues et Ruth fit de son mieux pour lui décrire les numéros de danse.

— Tu songes à écrire ce nouveau ballet directement pour la télévision ? demanda-t-elle alors qu'ils débarrassaient la table. Cela pourrait constituer la trame d'un des deux projets supplémentaires que tu as accepté de réaliser avec eux, non ?

— Ce serait une possibilité, en effet, répondit-il sans s'étendre sur le sujet. Nadine, elle, aimerait que nous réalisions un documentaire sur le quotidien de la compagnie. J'ai déjà quelques idées de scénario. Mais je me rends compte que c'est tout à fait autre chose que d'écrire un ballet. J'ai déjà acquis quelques notions à l'occasion des images qui ont été tournées d'*Ariel*. Mais les caméras étaient toujours à distance.

Ruth hocha la tête.

— Ce sera différent cette fois-ci ?

— Les caméras seront partout, oui. Et le réalisateur du documentaire connaît mieux le ballet que les gens de télévision avec qui j'ai collaboré jusqu'ici. Cela fait une différence.

Il sourit à Ruth lorsqu'elle lui tendit une assiette à essuyer.

— Tu sais que tu m'as manqué, ces deux dernières semaines ?

Elle leva les yeux vers lui. Même si, tous les jours, ils passaient des heures ensemble à répéter, ils n'avaient pas encore eu un seul moment d'intimité paisible comme celui-ci.

— Je me suis sentie privée de toi aussi, Nick.

— Quand nous aurons fini le tournage, nous aurons quelques journées de libres avant d'attaquer un nouveau projet. Cela te dirait de venir les passer avec moi en Californie ?

Dans sa maison de Malibu, autrement dit. Oubliant sa vaisselle, Ruth lui glissa les bras autour de la taille.

— Non seulement ça me dirait, mais j'en meurs d'envie, admit-elle en riant. Des journées entières rien que pour nous. Oh, Nick, ce serait tellement merveilleux !

Pendant quelques instants, ils restèrent enlacés en silence. Puis Nick posa un baiser dans ses cheveux.

— Tu as envie de savoir ce qu'il y a dans l'autre carton ?

Ruth poussa un soupir.

— Honnêtement, je ne pourrais plus rien avaler, Nick.

— Tu veux encore un verre de vin alors ? demanda-t-il en lui effleurant la tempe d'un baiser.

— Non. Plus rien... Que toi, admit-elle dans un souffle.

Il lui prit la main.

— Viens, alors. Cela fait si longtemps, déjà... Trop longtemps.

Comme ils passaient dans le séjour, le regard de Ruth tomba sur la grande boîte restée fermée.

— Que contient-elle, au fait ?

— Je croyais que ça ne t'intéressait pas de le savoir.

Incapable de refréner sa curiosité, malgré tout, Ruth souleva le couvercle. Et fixa le contenu sans rien dire.

Là, où elle s'était attendue à trouver un assortiment de pâtisseries ou un immense gâteau, reposait, soigneusement plié, le long manteau en cuir noir qu'elle avait essayé chez Saks.

Elle l'effleura du bout du doigt avant de tourner un regard désemparé vers Nick.

— Pourquoi cet air consterné, *milaya ?* Ça ne fait pas grossir.

— Mais Nick…

Avec un geste effaré de la main, elle secoua la tête.

— C'est trop.

— C'est celui qui t'allait le mieux. Tu as une classe folle là-dedans. Tu seras la fille la plus sexy de tout New York.

— Je ne peux pas accepter, Nick.

Il haussa les sourcils.

— Pourquoi ? Je n'ai pas le droit de te faire de cadeaux ? demanda-t-il gravement.

— Eh bien… je ne sais pas. Je n'avais jamais réfléchi à la question, admit-elle après réflexion. Mais pas des cadeaux comme celui-ci, en tout cas.

— Je t'ai acheté une pizza, objecta-t-il en lui prenant la main pour la porter à ses lèvres. Et tu as accepté sans te poser de questions.

— Ce n'est pas la même chose. Et puis, tu en as mangé la moitié.

Elle émit un son ténu lorsque les lèvres de Nick effleurèrent le creux de son poignet.

— Cela m'a fait plaisir. Tout comme j'aurai plaisir à te voir dans ce manteau.

— Il était hors de prix, Nick.

— Donc, j'ai le droit de t'offrir des cadeaux à condition qu'ils soient bon marché ?

Il lui releva la manche pour lui embrasser l'intérieur du coude.

— Arrête de te moquer de moi, Nick.

— J'essaye simplement de m'y retrouver dans ta logique.

Sans lui laisser le temps de riposter, il l'attira dans ses bras et lui imposa silence d'un baiser.

— Tu le trouves laid, ce manteau ?

— Tu veux rire ? Il est superbe.

Avec un léger soupir, Ruth abandonna la tête contre son épaule.

— Mais tu n'es pas obligé de m'offrir des choses.

Il caressa la courbe de sa hanche.

— Obligé ? Non, c'est vrai. Mes devoirs, je les connais. Et les cadeaux n'en font pas partie. Là, il ne s'agit pas d'une obligation mais d'un choix.

Avec un léger sourire, il l'écarta de lui.

— Allez, essaye-le pour moi.

Ruth le regarda un instant en silence. C'était un présent généreux, impulsif et caractéristique de Nick. Comment pourrait-elle refuser ?

— Merci, Nick.

Elle avait un air si grave qu'il éclata de rire et la prit dans ses bras.

— J'aime bien quand tu me regardes avec ces grands yeux sérieux et sages. Et maintenant, s'il te plaît, enfile-le.

Le « s'il te plaît » vint à bout des derniers scrupules de

Ruth. Elle était certaine de pouvoir compter sur les doigts de la main le nombre de fois où il avait prononcé ce mot en s'adressant à elle. Sans la moindre hésitation, elle sortit la gabardine de son emballage.

— Il est magnifique, Nick. Absolument magnifique.

Il secoua la tête lorsqu'elle commença à le passer.

— Pas sur ton peignoir, *milaya.* Le cuir se marie mal avec le velours éponge.

Ruth lui jeta un regard, hésita, puis dénoua la ceinture de sa sortie de bain. Elle ôta son peignoir et se hâta de mettre le manteau. Le cuir était souple et doux sur sa peau nue.

— Il faut que j'aille voir à quoi je ressemble ! s'exclama-t-elle, surexcitée.

Elle se détourna, prête à s'élancer jusqu'à sa chambre pour examiner son reflet dans le miroir de l'armoire. Mais la voix de Nick derrière elle la foudroya net sur place.

— Je t'aime, Ruth.

Elle avait le souffle coupé comme lorsqu'elle faisait une mauvaise chute sur scène. L'air refusait purement et simplement de pénétrer dans ses poumons. Immobile, le dos toujours tourné, elle ferma les yeux. Ses doigts crispés sur le cuir de sa manche étaient tétanisés.

Lentement, elle se retourna pour lui faire face. Sa gorge s'était serrée, si bien que les mots eurent du mal à franchir la barrière de ses lèvres.

— Qu'est-ce que tu as dit ?

— Je t'aime. En anglais. Ce n'est pas la première fois que je prononce les mêmes mots en russe. *Ya tebya lyublyu.*

Ruth se souvenait des paroles qu'il lui avait murmurées à l'oreille lorsqu'ils faisaient l'amour. Des mots qu'il lui chuchotait lorsqu'il la prenait dans ses bras, juste avant de s'endormir.

Ses jambes se mirent à trembler.

— J'ignorais ce qu'ils signifiaient.

— Tu le sais, maintenant.

Elle fixa sur lui un regard éperdu. Le tremblement qui avait gagné ses genoux se propageait à présent dans tout son corps.

— J'ai peur, admit-elle dans un murmure. Il y a si longtemps que j'attends ce moment. Et à présent que tu me parles d'amour, je suis terrifiée.

Elle déglutit mais trop tard. Ses yeux se remplissaient déjà de larmes.

— Mes jambes refusent de bouger, ajouta-t-elle à voix basse.

— De bouger pour te rapprocher de moi ? Ou de bouger pour partir en courant ?

La question l'aida à refaire surface. Et si Nick aussi avait peur ? Ruth fit un pas vers lui. Puis un autre. Et un autre encore. Elle voulut parler mais dut attendre de retrouver sa voix.

— Comment le dit-on en russe ? Je veux d'abord prononcer les mots de ta langue, chuchota-t-elle.

— *Ya tebya lyublyu.*

— *Ya tebya lyublyu,* Nikolai.

Sa prononciation en russe était hésitante, mais il ne parut pas en prendre ombrage. Elle vit comme une incandescence dans son regard juste avant qu'il la serre à l'étouffer dans ses bras.

— *Ya tebya lyublyu,* répéta-t-elle encore. Je t'aime, Nick… Si tu savais comme je t'aime.

Il lui embrassa les cheveux, les joues, les paupières. Puis il lui prit les lèvres. Comme jamais encore il ne les avait prises.

— *Ona maya,* chuchota-t-il, presque avec sauvagerie. Elle est mienne.

Le manteau en cuir glissa au sol.

Chapitre 12

Ruth ne se souvenait pas d'avoir jamais autant souffert pour réussir une simple suite de figures. Danser un ballet entier sur scène n'était jamais chose aisée. Mais tourner de courtes séquences devant quatre caméras tenait du cauchemar. De courts enchaînements devaient être exécutés cinq fois, six fois, parfois dix fois d'affilée. Si bien qu'il lui était quasiment impossible d'entrer vraiment dans son rôle. Elle était habituée aux projecteurs mais pas aux câbles, aux cameramen et aux preneurs de son. Où qu'elle se tourne, un obstacle semblait se présenter devant ses pieds.

Ses muscles se tétanisaient à force d'arrêts brusques et de coupures de rythme. Et elle devait repasser entre les mains de la maquilleuse chaque fois qu'elle était filmée en gros plan. Les téléspectateurs, lui avait-on expliqué, seraient choqués de voir des gouttes de transpiration perler au front d'une pâle et délicate ballerine. A distance du public, sur une scène, il était possible de donner l'illusion de la fluidité et du mouvement exécuté sans effort. Mais il en allait tout autrement sous l'œil implacable de la caméra.

Inlassablement, jusqu'au vertige, Nick et elle venaient de reprendre la même suite de sauts et de pirouettes. Nick semblait inépuisable. Il s'agissait d'une de ces variations athlétiques dans lesquelles il excellait. Danser devant les caméras le galvanisait, de toute évidence. Chaque fois qu'un petit problème technique les forçait à s'interrompre, il s'arrêtait sans manifester la moindre contrariété et discutait avec le réalisateur jusqu'à ce que l'équipe de tournage ait remédié à l'incident.

Depuis plus de deux heures, ils filmaient une séquence qui, au final, ne durerait pas plus de trois malheureuses minutes. Pour la vingtième fois au moins, lui sembla-t-il, Ruth dut exécuter une triple pirouette. A bout de forces, elle s'élança. Un éclair de souffrance lui traversa la jambe et elle s'effondra au sol. Aussitôt, Nick tomba accroupi à côté d'elle.

— Ce n'est rien. Juste une crampe, réussit-elle à murmurer, tout en luttant pour reprendre son souffle.

— Ici ?

Il lui prit le mollet pour le poser sur ses genoux et repéra le muscle noué.

— Ça y est… je le sens.

Ruth se mordit la lèvre. La douleur était aiguë, tétanisante. Elle posa le front sur les genoux et ferma les yeux.

— Accordez-nous dix minutes, s'il vous plaît, lança Nick à l'équipe… Tu ne t'es pas fait mal en tombant, au moins ? lui demanda-t-il à voix basse tout en s'efforçant de faire passer la crampe par des mouvements d'étirement du muscle contracté.

Muselée par la souffrance, elle ne put faire plus que secouer la tête en signe de dénégation.

— C'est plus difficile de danser sans jambières, commenta-t-il, compatissant.

— Je n'y arriverai jamais, Nick !

Ce cri de détresse lui échappa malgré elle. Tout aussi incontrôlé que le coup qu'elle frappa au sol avant de relever la tête.

— Ce n'est même plus la peine d'insister. C'est fichu, tu m'entends ? Fichu !

Le regard de Nick se durcit.

— C'est quoi, ces bêtises ?

A bout de nerfs, elle secoua la tête.

— Ce ne sont pas des bêtises. J'en suis incapable, c'est tout. Je sais danser, mais pas dans ces conditions ! Il faut toujours refaire, toujours reprendre ! Comment veux-tu que je mette un minimum de conviction dans mon rôle alors qu'il n'y a jamais aucune continuité ? Et puis, il y a du monde partout, sur ce plateau ! Même lorsque je suis censée me préparer pour un saut.

— Ignore-les et danse. C'est inévitable et nécessaire.

Ruth vit rouge.

— Je vais te dire, moi, ce qui est inévitable et nécessaire ! La transpiration, pour commencer ! Et je n'ai même pas le droit d'être en nage. Ça te paraît normal, à toi ? Si je dois retourner me faire tartiner cette espèce de poudre de riz sur la figure une fois de plus, je vais hurler.

Elle poussa un léger cri lorsque la crampe vagabonde gagna soudain l'autre mollet. Ses pieds, eux, avaient passé le stade de la souffrance. Ils ne sentaient plus rien.

De nouveau sa tête retomba sans force.

— Oh, Nick… je suis tellement fatiguée.

— Fatiguée, oui. Alors qu'est-ce que tu proposes ? De tout arrêter ?

— Ce n'est pas ça, mais…

Nick s'attaqua à son second mollet. Ses doigts étaient nerveux, énergiques ; sa voix dure comme l'acier.

— C'est d'une partenaire que j'ai besoin. Pas d'une petite fille geignarde.

Ruth releva la tête en sursaut.

— Je ne suis plus une gamine ! Mais on peut être adulte sans fonctionner pour autant comme une machine.

— Tu es une danseuse, Ruth, lui assena Nick en finissant de dénouer le muscle rebelle. Alors danse !

Elle lui jeta un regard noir, se dégagea et se remit sur pieds. Ses jambes menacèrent de se dérober de nouveau. Mais elle réussit à se récupérer, par un effort de volonté.

— Merci de ta compréhension, Nick, ironisa-t-elle. C'est bon de se sentir soutenue par ceux que l'on aime.

— Il y a des lieux pour la compréhension. Celui-ci n'en est pas un. Tu es là pour réaliser ton art en visant la perfection, Ruth. Et maintenant, va voir l'homme à la poudre de riz pour qu'il te refasse une beauté.

Ruth le regarda fixement quelques instants. Puis elle se détourna et quitta la scène sans un mot. Nick la suivit des yeux puis, il jura vigoureusement et s'assit pour tenter de soulager ses propres crampes.

— Tu es dur, Davidov. Avec les autres et avec toi-même.

Levant les yeux, Nick vit Nadine se lever du fauteuil qu'elle occupait juste en dessous de lui, dans la salle quasi déserte.

— Ce n'est pas la première fois que tu me fais la remarque, rétorqua Nick en se concentrant de nouveau sur ses contractures musculaires.

Nadine gravit les marches d'escalier qui donnaient accès à la scène. Elle s'approcha de lui sur ses talons hauts.

— Ton intransigeance est un aspect de toi que j'apprécie, commenta-t-elle en s'agenouillant à côté de lui. Mais Ruth est encore jeune.

Elle lui prit la jambe et entreprit de le masser avec des gestes précis et compétents.

— Ruth a de vrais pieds de danseuse, des jambes qui la mèneront loin et une grande musicalité… Mais elle n'est pas encore aussi endurcie que nous le sommes, Nick.

— Tant mieux pour elle.

— La situation est d'autant plus compliquée pour toi que tu es amoureux d'elle.

Nick fronça les sourcils.

— Qu'est-ce qui te fait dire cela ?

— Je sais tout de mes danseurs, Nick. Il m'arrive de voir les choses arriver avant que les intéressés s'en soient rendu compte eux-mêmes. Tu la couves des yeux depuis qu'elle est arrivée ici, il y a cinq ans.

— Et alors ?

— Il n'est pas rare que des couples se forment entre danseurs. Nous appartenons à un univers compliqué, fermé, qui s'apparente par bien des aspects à une communauté religieuse. Entre pratiquants d'un même art, on se comprend. On fonctionne de la même manière et on obéit aux mêmes règles.

Nadine se redressa sur ses talons.

— Mais je ne te cache pas que lorsque je vois mon premier danseur s'éprendre de ma meilleure ballerine, j'ai des sueurs froides.

— Tu n'as pas à t'inquiéter de ce qui se passe entre Ruth et moi, Nadine, rétorqua Nick sèchement, sans chercher à dissimuler sa contrariété.

— Les belles amours du début finissent toujours par évoluer. Quand tout va bien, elles se transforment en relation durable. Mais elles peuvent aussi tourner au drame. Et crois-moi, je te parle d'expérience, précisa-t-elle avec un sourire mi-nostalgique mi-amer. Nous formons une race de passionnés, nous autres danseurs. Or je n'ai aucune envie de perdre l'un d'entre vous, suite à une rupture. Ruth ira loin, Nick. Nous en ferons une étoile accomplie. A condition qu'une histoire d'amour malheureuse ne vienne pas tout fiche en l'air...

Nick se leva lentement, le regard rivé sur Nadine.

— Quel message cherches-tu à me faire passer, au juste ? Tu suggères que je cesse de voir Ruth en privé, c'est ça ?

Elle le dévisagea un instant en silence.

— Depuis combien d'années travaillons-nous ensemble, Nick ?

L'ombre d'un sourire glissa sur ses traits.

— Tu tiens vraiment à ce que je réponde à ta question ? Cela ne nous rajeunirait ni l'un ni l'autre.

Nadine lui tendit la main et Nick la releva sans effort. Elle le regarda droit dans les yeux.

— Oublions le nombre exact d'années si tu préfères. Mais je te connais depuis longtemps, en tout cas. Suffisamment pour savoir que je pourrais toujours « suggérer » tout ce que je voudrais et que tu n'en feras de toute façon qu'à ta tête... J'ai eu tout le loisir d'observer le défilé de femmes qui ont traversé ta vie, ajouta-t-elle avec un sourire caustique.

— *Spasibo.*

— Ne me remercie pas. Je ne l'entendais pas comme un compliment... Et je constate qu'avec Ruth Bannion, ça ne se passe pas comme avec les autres.

— Exact. Avec Ruth, ça n'a rien à voir, en effet.

— Tâche d'être vigilant quand même, Davidov. C'est toujours risqué pour un danseur de tomber dans une autre passion que celle de son art.

Petit à petit, les techniciens revenus de leur courte pause regagnaient la scène. Cédant la place à l'équipe de télévision, Nadine redescendit dans la salle.

— Ruth va te détester quelque temps après ce qui s'est passé, lança-t-elle par-dessus son épaule.

— C'est plus que probable, oui. Mais l'essentiel, pour le moment, c'est qu'elle continue de danser.

— Pour cela, je te fais confiance, Nick. Et j'imagine même que tu réussiras à te faire pardonner.

Très droite, le visage indifférent, Ruth émergea des coulisses. Pendant que le maquilleur s'acquittait de sa tâche, elle s'était appliquée à faire le vide en elle, pour ne plus garder en tête que la danse. Elle ne voulait plus rien ressentir du tout, hormis les émotions liées à son rôle.

Elle se dirigea vers Nick d'un pas ferme.

— Je suis prête.

Nick abaissa son regard sur elle. Il aurait voulu lui demander si elle souffrait toujours. La prendre dans ses bras et lui murmurer qu'il l'aimait. Mais il se contenta de hocher la tête.

— Parfait. Alors on y va.

Deux heures plus tard, Ruth les yeux clos, offrait son corps harassé au jet brûlant de la douche. L'excès de fatigue l'avait anesthésiée. Elle ne ressentait même plus la douleur. Dans son esprit confus ne surnageaient plus que deux pensées. Un, elle détestait danser devant les caméras. Deux, Nick s'était désolidarisé d'elle au moment où elle aurait eu besoin de son aide. Il s'était adressé à elle comme s'il avait affaire à une gamine dépourvue de volonté qui s'effondrait à la première difficulté. Qu'elle ait craqué en public était déjà bien assez humiliant comme cela. Mais au lieu de lui tendre la main, Nick s'était employé activement à l'enfoncer.

Elle avait toujours été si fière de sa force, pourtant ! C'était grâce à son énergie infatigable qu'elle avait tenu bon toutes ces années. Le fait d'être tombée pendant un tournage constituait un véritable camouflet pour elle. Se retrouver par terre en train de se tordre de douleur n'était pas une position très valorisante pour une ballerine. De Nick, elle avait espéré un soutien, un réconfort. Et il ne lui avait donné que dédain et dureté.

Ruth venait tout juste de s'envelopper dans un drap de bain lorsque Leah entra dans le vestiaire. Encore en tenue de ville, la jolie ballerine blonde cala une hanche fine contre un lavabo.

— Tiens, salut, Ruth… Tu es un peu pâlichonne, dis donc. Tu as une sale journée dans les pattes ?

Ruth se baissa pour sortir un haut de survêtement de son sac de danse.

— C'était fatigant, mais j'ai vu pire, marmonna-t-elle.

— J'ai appris que ta séance de tournage cet après-midi ne s'était pas très bien déroulée ?

Passant le sweat-shirt sur sa tête, Ruth prit le temps de se donner une contenance.

— Juste un petit incident sans importance. L'enregistrement du *Corsaire* est terminé, au fait.

— Je meurs d'impatience de le visionner, commenta Leah d'une voix suave.

Se plaçant face au miroir, elle entreprit de brosser ses longs cheveux blonds, fins comme de la soie.

— Sérieusement, je te trouve une petite mine, poursuivit-elle pendant que Ruth enfilait son jean. Heureusement que tu as quelques jours pour te reposer avant d'attaquer *La Rose Rouge*.

Ruth remonta sa fermeture Eclair d'un geste sec.

— On dirait que tu connais mon emploi du temps comme ta poche, Leah ?

— Je mets un point d'honneur à toujours me tenir au courant de ce qui se passe dans cette compagnie.

Se laissant tomber sur un banc, Ruth regarda Leah droit dans les yeux.

— O.K. Parlons clairement ! Qu'est-ce que tu veux, au juste ?

— Ce que je veux ? Oh c'est très simple : Nick.

Leah s'interrompit et éclata de rire en la voyant bondir.

— Mais non, mon ange, inutile de me regarder de cet air indigné. Ce n'est pas ton amant que je cherche à te piquer. Même si la situation présente des avantages indéniables. Ça rapporte, apparemment, de coucher avec son directeur et chorégraphe.

Ruth résista à la tentation de lui envoyer une de ses chaussures à la figure. Les mâchoires crispées, elle enfila ses baskets.

— Ce qui se passe entre Nick et moi est personnel et

n'a aucune incidence sur la façon dont nous travaillons ensemble, lui et moi.

Ruth allait sortir en claquant la porte mais Leah la retint par le bras.

— Tu crois vraiment que c'est pour tes mérites en tant que ballerine que Nick t'a choisie pour partenaire ?

Les nerfs à vif, à demi aveuglée par la colère, Ruth posa bruyamment son sac de danse par terre.

— Non seulement je le crois, mais je le *sais*, O.K. ? Qu'est-ce que tu me veux encore ?

Leah s'assit sur le rebord du lavabo et croisa les jambes au niveau des chevilles.

— J'ai l'intention de devenir première étoile figure-toi.

— Ah oui ? Grande nouvelle. C'est censé être le scoop de l'année ? rétorqua Ruth avec un petit rire.

Mais Leah ne se laissa pas démonter.

— Je sais aussi que pour progresser dans ma carrière, il faut que je me produise sur scène avec Nick.

Ruth lui fit face sans broncher.

— Désolée pour toi, mais il faudra que tu trouves une autre stratégie pour réussir. Nick a déjà une partenaire attitrée : moi.

— Pour le moment, oui, acquiesça Leah avec un sourire angélique. Mais crois-tu vraiment qu'il continuera à danser avec toi lorsqu'il t'aura virée de son lit ?

— Ça, c'est mon problème, Leah.

— Je ne voudrais pas te déprimer, mais tu aurais tout intérêt à redescendre sur terre et à regarder la réalité en face, ma chérie : les amours de Nick ont toujours été passagères. Tu te souviens de l'avocate avec qui il sortait il y a quelques mois ? Une femme superbe. Blonde, raffinée, intelligente. Avant elle, il y avait eu un mannequin, je crois. Nick semblait s'être fait une règle jusqu'ici de choisir ses femmes en dehors de la compagnie. C'est un homme difficile à contenter, notre Nikolai.

— *Mon* Nikolai, rectifia Ruth, les mâchoires crispées en se baissant pour récupérer son sac. Et je te conseille de te satisfaire des partenaires qui t'ont été attribués.

— Nick ne continuera pas à danser éternellement. Déjà, il consacre l'essentiel de son temps à la chorégraphie. Etre deux ans sa partenaire. C'est tout ce dont j'ai besoin.

— Deux ans ?

Avec un rire vibrant d'insolence, Ruth hissa son sac sur une épaule.

— Je serai danseuse étoile dans six mois. Et si le fait d'être en rivalité avec moi te gêne, rien ne t'empêche d'essayer de trouver ton bonheur dans une autre compagnie.

Leah lui adressa un de ces sourires artificiels dont elle avait le secret.

— En rivalité avec toi ? Mais ma pauvre fille, tu as à peine réussi à terminer l'enregistrement télévisé de ton premier pas de deux. Nick pourrait être amené à raccourcir les deux autres séquences où tu figures. A moins qu'il ne te les retire purement et simplement pour les confier à une ballerine pourvue de plus de tonus et d'endurance.

— Comme toi, par exemple ?

— Par exemple, oui.

— Si j'étais toi, j'arrêterais de me bercer d'illusions, Leah. Et maintenant, laisse-moi passer. Je suis pressée.

Poussant résolument la ballerine blonde sur le côté, Ruth quitta le vestiaire. Même si le fait d'avoir extériorisé sa colère l'avait soulagée, ses nerfs n'en restaient pas moins tendus à craquer. Son altercation avec Leah avait au moins eu le mérite de lui faire oublier son corps. Indifférente à l'état de ses mollets, elle dévala l'escalier, traversa le hall et sortit dans la rue en fulminant de rage.

— Hé, Ruth ! Attends-moi ! s'éleva la voix de Nick dans son dos.

Comme elle continuait à avancer à grands pas sans se retourner, il finit par lui attraper le bras.

— Où vas-tu comme ça ?

— Chez moi.

Sourcils froncés, il examina ses joues empourprées.

— Très bien. Je t'accompagne.

— Je connais le chemin, merci.

Elle voulut se dégager mais il continua à lui tenir le poignet.

— J'ai dit que je te raccompagnai.

Ruth haussa les épaules.

— Si ça t'amuse.

— « Amuser » me paraît être le mot, oui, rétorqua-t-il, le visage impassible, en hélant un taxi.

Son sac à main posé sur les genoux, Ruth resta assise toute droite de son côté de la banquette. Nick se renversa contre son dossier et s'installa confortablement, sans chercher à engager la conversation. Il était plongé dans ses pensées, apparemment. Et elle était trop furieuse contre le monde en général et contre lui en particulier pour accepter de sortir de son silence obstiné.

Des bribes de la scène avec Nick tournaient en boucle dans ses pensées. Quant à la confrontation avec Leah, elle lui laissait un goût amer dans la bouche. Elle était révoltée, indignée, écœurée. Et son ressentiment se transformait en silence de plomb.

Lorsque le taxi s'immobilisa devant son immeuble, elle se prépara à prendre froidement congé de Nick. Mais il descendit sans un mot, la rejoignit sur le trottoir et l'attrapa de nouveau par le bras. Sans faire le moindre commentaire, Ruth pénétra dans l'immeuble à son côté.

Elle était parfaitement consciente qu'elle ne cherchait qu'une chose : le conflit. La plus petite provocation suffirait à le faire éclater. Elle était comme une cocotte-minute — pleine de vapeur brûlante qui ne demandait qu'à s'échapper.

Parvenue sur son palier, elle sortit ses clés, ouvrit et entra sans se préoccuper de ce que devenait Nick. S'il voulait s'en aller, libre à lui. De toute façon, elle n'était pas d'humeur à faire des civilités.

Nijinski descendit de sa place consacrée sur le canapé et atterrit d'un bond souple sur le tapis. Loyal jusqu'au bout des griffes, il vint d'abord se frotter à ses chevilles avant de consacrer son attention à Nick.

Ruth entendit ce dernier murmurer des mots d'affection en russe tandis qu'il se baissait pour caresser le chat. Toujours murée dans son silence, elle passa dans sa chambre et déballa son sac de danse.

Elle prit son temps à dessein — par pure provocation. Aucun son ne lui parvint du séjour pendant qu'elle jetait ses collants et son T-shirt dans la corbeille à linge. Avec un soin méticuleux, elle rangea ses chaussons. Puis elle retira ses épingles à cheveux une à une. Une partie de son mal de tête se trouva soulagée par le relâchement de la tension sur ses tempes. Elle se brossa les cheveux mèche après mèche, jusqu'à ce qu'ils soient lisses et soyeux sous les doigts.

Et, toujours, l'appartement restait plongé dans le silence.

Pendant dix bonnes minutes, Ruth continua à s'activer dans sa chambre, enchaînant les tâches insignifiantes. Et Nick ne se manifestait toujours pas. Les nerfs à vif, elle décida qu'il ne lui restait plus qu'un moyen pour décharger la tension qui ne cessait de monter : manger. Après avoir noué ses cheveux dans la nuque à l'aide d'un ruban, elle sortit de la chambre.

Et trouva Nick dormant du sommeil du juste sur le canapé. Estomaquée, elle s'immobilisa net. Il était allongé sur le dos avec Nijinski ronronnant, roulé en boule sur la poitrine. Sa respiration était profonde, régulière.

Tout le ressentiment qu'elle avait accumulé ce jour-là s'évanouit en fumée.

« Il est épuisé », comprit Ruth, le cœur serré. Il suffisait de le regarder pour que les signes de fatigue sautent aux yeux. Alors pourquoi n'avait-elle rien remarqué jusqu'à présent ?

Parce qu'elle avait été trop centrée sur elle-même. Trop occupée à se lamenter sur son propre sort pour se rendre compte de ce que Nick traversait.

Dans la détente du sommeil, ses joues paraissaient creusées et ses yeux étaient cernés de mauve. Envahie par la culpabilité, Ruth soupira. Des larmes lui montèrent aux yeux, mais elle s'interdit de les verser.

« Assez pleuré comme ça », décréta-t-elle fermement en se levant pour prendre un plaid en mohair qu'elle drapa sur lui avec soin. Nick gémit dans son sommeil mais ne broncha pas. Seul Nijinski, délogé, darda sur elle un regard lourd de reproche. Mais sitôt réinstallé sur la couverture, le chat ferma les yeux et recommença à ronronner.

Quant à Ruth, elle se pelotonna dans un fauteuil, les

jambes repliées sous elle. Et, le cœur apaisé, elle regarda son amant dormir.

Il faisait nuit noire dans l'appartement lorsque Nick ouvrit les yeux. Désorienté, il pressa les doigts sur ses paupières. Un poids pesait sur sa poitrine. Portant une main à son torse, il perçut la douceur d'une fourrure. Nijinski ronronna de plus belle et se mit à enfoncer puis à sortir ses griffes à un rythme régulier. Les ongles félins traversaient le tissu de sa chemise, venaient s'incruster jusque dans sa peau.

— Aïe, protesta Nick en repoussant le chat. Tu as une drôle de façon de manifester ton affection, *priyatel.*

De la porte ouverte de la cuisine, tombait une flaque de lumière. Nick demeura un instant assis, le temps de se réveiller complètement, puis il se leva et s'étira longuement.

Ruth se tenait devant la cuisinière. Elle avait noué ses longs cheveux dans son dos, dégageant ainsi la finesse de son profil. Elle avait un visage d'une extraordinaire délicatesse avec un nez menu, des yeux en amande. Ses lèvres étaient légèrement entrouvertes — des lèvres douces et généreuses, dont il pouvait retrouver le goût et la texture rien qu'en les observant à distance. Elle avait le cou long et élégant, typique des ballerines. Il connaissait l'endroit précis de sa nuque où la peau était la plus fine, la plus sensible.

Dans la lumière crue du néon, Ruth avait l'air très jeune, très fragile. A vingt-deux ans, elle n'était guère différente de la jeune fille qu'il avait vue pour la première fois sur un parking enneigé, sous un soleil éclatant, devant le studio de danse de Lindsay.

Percevant soudain sa présence, Ruth tourna la tête. Leurs regards se trouvèrent, restèrent rivés l'un à l'autre.

Elle s'humecta les lèvres.

— Tu commençais à bouger dans ton sommeil. Je pensais que tu aurais faim en te réveillant. Une omelette, ça te va ?

— Très bien, oui.

Il s'adossa au montant de la porte pendant que Ruth se concentrait sur sa cuisine. Un coup d'œil à sa montre lui apprit qu'il était à peine 9 heures du soir. Il avait dormi un peu moins de deux heures. Et il se sentait régénéré, comme s'il avait une nuit entière de sommeil derrière lui.

— Je peux t'aider ?

Ruth garda les yeux rivés sur les œufs qui s'opacifiaient dans la poêle.

— Sors les assiettes, si tu veux. J'ai presque fini la première omelette.

Du coin de l'œil, elle vit Nick préparer le couvert. Elle se sentait curieusement intimidée, comme si elle avait affaire à un étranger.

— Tu aimerais manger autre chose, peut-être ?

— Mais non, pourquoi ? C'est bien comme ça.

Elle fit glisser les œufs sur une assiette et la lui tendit.

— Tiens, prends celle-ci et commence à manger. J'arrive dans une minute avec le café.

Nick s'exécuta docilement et disparut dans le séjour. Elle finit de préparer sa propre omelette, puis débrancha la cafetière et alla s'installer en face de Nick après les avoir servis en café l'un et l'autre.

— C'est bon, commenta Nick entre deux bouchées.

Evitant son regard, Ruth commença à manger à son tour.

— Je te remercie de m'avoir laissé dormir, déclara Nick,

après un temps de silence en notant qu'elle touchait à peine au contenu de son assiette. J'en avais besoin. Besoin de sommeil et besoin de nourriture.

— Tu as l'air tellement fatigué, murmura-t-elle. Je n'imaginais même pas que pour toi, cela pouvait être difficile aussi.

Une lueur amusée passa dans le regard de Nick.

— Je vois... Davidov l'Indestructible.

Ruth se risqua à lever les yeux de son assiette.

— Je crois que c'est la vision que j'ai toujours eue de toi. La vision que chacun de nous a de toi, d'ailleurs.

— Mais tu n'es plus « chacun de nous », Ruth.

Lorsqu'il vit les larmes briller dans ses yeux noirs, Nick sentit sa poitrine se nouer.

— Mange ! ordonna-t-il d'un ton rogue. La journée n'a pas été facile.

Luttant pour se redonner une contenance, Ruth prit sa tasse de café. Elle avait eu sa dose de scènes pour la journée.

— Je n'ai pas vraiment faim.

Nick haussa les épaules et continua à avaler sa propre omelette à grandes bouchées.

— Ça sent le brûlé, commenta-t-il au bout de quelques minutes de silence tendu.

Ruth poussa un cri, se leva d'un bond et se précipita dans la cuisine.

Une colonne de fumée grise montait de la poêle à frire dont la surface commençait à se fendiller. Jurant avec force, elle tourna le bouton du gaz qu'elle avait laissé allumé et gratifia la cuisinière d'un coup de pied hargneux.

— Hé là, doucement, s'éleva la voix de Nick en provenance de la porte. Je ne veux pas d'une partenaire avec un orteil cassé.

Exaspérée, Ruth se tourna vers lui avec une riposte fleurie aux lèvres, prête à laisser sa colère se déchaîner. Mais il lui sourit et ce fut comme si le petit garçon de la légende avait retiré le doigt qui retenait l'eau derrière la digue. Elle fondit en larmes.

— Oh Nick, sanglota-t-elle en se jetant à son cou. J'ai été tellement nulle aujourd'hui. J'ai dansé comme un pied.

Il enfouit les lèvres dans ses cheveux.

— Pas du tout. Tu as dansé magnifiquement. Surtout une fois que tu t'es mise en colère contre moi.

Ruth renversa la tête en arrière pour le regarder. Elle savait que Nick ne lui mentirait jamais au sujet de ses prestations sur scène. Pas même pour la consoler.

— Je n'avais pas le droit de défouler ma colère contre toi comme je l'ai fait. J'étais tellement obnubilée par mes petits bobos que je ne me suis même pas rendu compte que tu étais encore plus éreinté que moi. Tu as toujours su donner l'illusion de la facilité. Je sais que c'est un leurre qui nous est propre, à nous danseurs. Et pourtant je m'y suis laissé prendre quand même.

— Tu n'aimes pas les caméras.

— Je les déteste. C'est affreux de danser dans ces conditions.

— Mais c'est utile. Pour toi, pour moi, pour la compagnie.

— Je sais, Nick.

Elle se dégagea de ses bras, se donnant un peu de distance pour admettre à voix basse.

— Je hais la façon dont j'ai exhibé mes faiblesses, aujourd'hui. Jamais, je n'aurais pensé que j'en arriverais là : pleurer devant l'équipe de télévision, me déchaîner contre toi en public.

— Tu es une artiste, Ruth. Je t'ai déjà dit que l'on acceptait de nous ce que l'on n'admet pas toujours chez le commun des mortels. Nous avons droit à nos caprices, nos revirements, nos crises et nos coups d'éclat.

Ruth secoua la tête.

— Un danseur ne devrait jamais s'effondrer en public. Mais ce qui me chagrine par-dessus tout, c'est de me rendre compte que je peux être centrée sur moi-même au point d'en oublier autrui.

— Tu ne devrais pas porter des jugements aussi durs sur ta personne, Ruth. La femme que j'aime n'est ni indifférente ni égoïste.

— Je l'ai été aujourd'hui, en tout cas. Toute la journée je n'ai pensé qu'à moi, à mes maux, à mon exaspération, aux exigences dont on m'accablait. Il a fallu que je te voie endormi, terrassé par la fatigue, pour revenir enfin à une vision un peu plus équilibrée de la réalité. Je le *savais* pourtant que tu travaillais quasiment jour et nuit depuis le début des répétitions pour le documentaire ! Moi, je n'ai rien d'autre à faire qu'à danser, alors que tu as tes fonctions de chorégraphe, les autres répétitions à superviser, les réunions et tout le reste. Mais je ne me préoccupais que de ces horribles caméras et de la douleur dans mes mollets.

Elle s'interrompit sur un léger frisson de dégoût.

— Cela me fait penser aux accusations de Donald. J'ai l'impression de ne pas être si éloignée, au fond, du portrait qu'il a brossé de moi.

— Arrête.

Nick fit un pas en avant et la saisit fermement par les épaules.

— Nous sommes des danseurs, Ruth. Nos corps sont nos plus précieux instruments — nos Stradivarius à nous. Et nous ne pouvons faire autrement que d'en prendre un soin jaloux. Comment survivrions-nous autrement ? Cela n'enlève rien à notre valeur en tant que personne. Nous sommes différents des autres, voilà tout. C'est notre façon d'être.

— Nous sommes égoïstes par vocation, tu veux dire ?

— Faut-il absolument mettre une étiquette ? Porter un jugement moral ?

Les mains toujours posées sur ses épaules, il lui imprima une légère secousse avant de l'attirer dans ses bras.

— Egoïstes, si tu veux. Ou obsédés, si tu préfères. Passionnés ou engagés me paraît convenir aussi. Et quelle importance, au fond ? Est-ce que cela change quelque chose à ce que tu es ? A ce que je suis ?

Ruth ferma les yeux lorsque la bouche de Nick vint cueillir la sienne. Dès les premières secondes, le baiser fit monter en elle un gémissement sourd venu des profondeurs intimes de son être. Les lèvres de Nick étaient possessives et tendres, suscitant en elle des milliers de petites flammes de joie. Il la serra avec force contre lui.

— Voilà comment j'aurais voulu t'embrasser lorsque tu étais assise par terre sur scène, ce matin, avec tes jambes qui te faisaient souffrir le martyre et les larmes d'humiliation qui roulaient sur tes joues, chuchota-t-il contre ses lèvres. Est-ce que tu me détestes de ne pas l'avoir fait ?

Elle se pressa encore plus étroitement contre lui.

— Non, je ne te déteste pas, Nick. Mais j'avais tellement envie que tu sois tendre.

— Tu n'aurais pas pu recommencer à danser si je t'avais réconfortée. Je le savais parce que je te connais, Ruth.

Il lui souleva le menton pour plonger son regard dans le sien.

— Cela fait-il pour autant de moi un égoïste et un indifférent ?

— Cela fait de toi que tu es Davidov.

Ruth soupira avant de conclure sur un sourire :

— Et c'est tout ce que je désire, en fait.

— Et toi, tu es toi, chuchota-t-il en se penchant sur ses lèvres. Et je n'en demande pas plus.

— A t'entendre, ce serait une évidence… La vie est-elle réellement si simple, Nick ?

— Ce soir, oui, elle est simple, trancha-t-il en la soulevant dans ses bras pour l'emporter jusque dans la chambre.

Chapitre 13

Discrètement assise dans un coin de la salle, Ruth assistait au tournage d'une scène de groupe de *Rodéo.* Les trois séquences où elle dansait avec Nick étaient déjà enregistrées et en cours de montage. Au final, ses apparitions dans le documentaire représenteraient huit à neuf minutes tout au plus. Mais il avait fallu trois journées entières de travail harassant pour parvenir à ce modeste résultat.

Peu à peu, malgré ses réticences, elle avait appris à adapter son jeu et à apprivoiser les caméras. Mais elle savait qu'elle ne partagerait jamais l'enthousiasme de Nick pour les charmes de l'enregistrement audio-visuel.

Il l'avait mise au défi de le dépasser dans leur pas de deux extrait du *Carnaval.* Derrière son masque d'Arlequin, il avait montré une incroyable agilité, une exubérance inégalable. Et par ses bouffonneries et ses cabrioles, il avait su susciter en elle une Colombine au charme piquant, animée par une singulière joie de vivre.

Fascinée, Ruth regardait Nick aller et venir sur scène alors que la troupe faisait un dernier filage avant le tournage définitif de *Rodéo.* Même lorsqu'il ne dansait pas lui-même, Nick rayonnait d'une formidable énergie.

Tandis que le corps de ballet évoluait dans des tenues du Far West, Nick, vêtu de son éternel survêtement gris informe, guidait ses danseurs avec son habituelle maestria. Non seulement il ne se fondait pas dans le décor, malgré sa tenue passe-partout, mais on ne voyait que lui sur scène.

Ruth était bien placée pour savoir qu'il vivait à un rythme quasiment infernal depuis plusieurs semaines. Et c'était lui, pourtant, qui portait la compagnie à bout de bras avec sa vitalité inépuisable. « Comment fait-il pour tenir ? Où puise-t-il sa force, sa capacité d'action, son élan créateur ? » se demanda-t-elle, impressionnée. Les paroles de Leah lui revinrent à la mémoire. Nick n'avait-il réellement plus que deux maigres années devant lui en tant que danseur ? Penser que son âge pourrait le forcer à s'arrêter lui était presque intolérable. Il avait l'air si jeune, encore ! En tant que chorégraphe, compositeur et directeur artistique, il était encore considéré comme un jeune homme. Mais pour le danseur noble, le temps était compté.

Nick en avait forcément conscience. Appréhendait-il cette échéance qui se profilait quelque part devant lui ? Ruth n'en avait aucune idée. Il ne parlait jamais de son avenir en tant que danseur. Pas plus d'ailleurs qu'il n'évoquait son passé. Il y avait tant de choses qu'elle ignorait encore de lui et qu'elle aurait pourtant eu à cœur de savoir.

Chaque fois qu'elle essayait de l'orienter sur des sujets personnels — comme son enfance moscovite, par exemple — Nick s'arrangeait pour éluder. Ce n'était pas par simple curiosité pourtant qu'elle le questionnait sur son passé. Il n'y avait aucune indiscrétion dans son désir de revisiter avec lui quelques pages de son enfance.

Elle n'avait jamais été d'un naturel inquisiteur. Discrète

et réservée de son côté, elle pouvait comprendre mieux que personne que l'on ressente le besoin de préserver une part secrète de soi-même. Mais dans la mesure où elle aimait Nick de toute son âme, il lui paraissait naturel de partager.

Lui-même n'était pas de cet avis, de toute évidence. Même s'il se montrait très amoureux, il ne s'exprimait jamais qu'avec la plus extrême réticence sur ses craintes et sur ses projets. Peut-être parce qu'il la voyait encore comme une petite fille qu'il fallait préserver des « vrais » problèmes de l'existence ?

Ruth soupira. Parviendrait-elle un jour à le convaincre qu'elle avait la maturité nécessaire pour l'entendre et le soutenir lorsqu'il traversait des moments de doute ? Qu'elle ne l'aimait pas seulement pour partager ses joies mais également ses coups de blues et ses difficultés ?

Les hymnes américains, les mélodies folkloriques et les rythmes jazzy de *Rodéo* emplissaient la salle. C'était une musique vivante, joyeuse qui vibrait de l'énergie de la danse. Debout derrière le caméraman, les poings sur les hanches, Nick observait le corps de ballet qui incarnait la rude existence des pionniers du Far West.

Les yeux rivés sur Nick, Ruth sentit une vague de chaleur lui monter aux joues. Mille questions se pressaient dans son esprit fiévreux. Porterait-elle toujours sur lui ce même regard amoureux ? Garderait-il à jamais le pouvoir de la toucher et de l'éblouir ?

Etre amoureuse d'une légende vivante avait quelque chose de terrifiant par moment.

Ils n'étaient ensemble que depuis quelques semaines. Et déjà les exigences liées à leurs carrières respectives avaient pesé sur leur relation. La danse constituait à la fois un lien et un obstacle entre eux. Tant qu'ils étaient ensemble dans son appartement, le monde extérieur n'avait aucune prise sur eux. Ils étaient amants et rien d'autre qu'amants.

Mais chaque jour, ils retrouvaient les feux des projecteurs. Et dans l'univers de la danse qui consumait l'essentiel de leurs deux existences, Davidov était un maître — une idole.

— J'ai l'impression que Nick s'en sort magistralement, comme d'habitude, commenta Nadine en se glissant dans un siège à côté d'elle.

Arrachée en sursaut à ses réflexions, Ruth revint au moment présent et concentra son attention sur la scène. Les musiciens s'étaient interrompus. Nick s'adressait à ses danseurs avec force gesticulations tandis que le réalisateur s'entretenait avec l'ingénieur du son.

Ruth hocha la tête.

— C'est vrai que Davidov s'y entend pour galvaniser ses troupes, répondit-elle avec une neutralité délibérée.

— Ce qui ne l'empêche pas d'être comme un petit garçon qui vient de recevoir un train électrique.

Elle tourna un regard interrogateur vers Nadine.

— Un train électrique ?

— La télévision, les caméras... Ce tournage a l'air d'avoir renouvelé ses perspectives. Il déborde de nouveaux projets.

Le cœur battant, Ruth fixa de nouveau son attention sur Nick.

— C'est un vrai créateur, en effet. Il est toujours à l'affût de ce qui pourrait nourrir son inspiration.

Nadine hocha la tête.

— Les séquences que tu as tournées se sont bien passées, en tout cas.

— Bien passé ? répéta Ruth avec un rire de dérision. C'est une façon de parler.

— Tu as eu quelques petits problèmes pour t'adapter. Mais ce n'est pas gênant. Ce qui compte, c'est le résultat.

— Vous avez assisté au tournage ?

— Tu sais bien que j'ai toujours un œil qui traîne un peu partout.

Ruth lui jeta un regard en coin. Nadine avait forcément eu vent de sa chute ainsi que de la scène qui avait suivi. Alors pourquoi lui faisait-elle des compliments ?

— Vous êtes rarement aussi charitable avec vos danseurs, d'habitude, ne put-elle s'empêcher d'observer.

Un sourire effleura les lèvres de Nadine.

— La charité est un luxe au-dessus de mes moyens, Ruth. On ne peut être que férocement honnête quand on occupe une position comme la mienne.

La musique reprit. Tout en surveillant d'un œil d'aigle ce qui se passait sur scène, Nadine poursuivit ses commentaires :

— Si je te dis que tu as bien dansé, c'est parce que j'ai vu l'enregistrement. Il est magnifique. Même si le tournage a été laborieux, le résultat est enthousiasmant.

— Ça y est ? Vous avez visionné les premières séquences ? s'écria Ruth, le cœur battant.

Nadine hocha la tête.

— A priori, le documentaire devrait être une réussite. Je peux te dire en toute franchise que vous êtes parvenus, Nick et toi, à un degré rarement atteint d'expressivité et de perfection technique. Je ne pensais pas que Nick retrouverait un jour une partenaire qui égalerait Lindsay. Et pourtant, c'est chose faite. Même si vos styles diffèrent du tout au tout, bien sûr. Lindsay était la légèreté même.

Lorsqu'elle s'élevait dans un saut, on aurait dit qu'elle se fondait dans l'air. Elle était si aérienne que l'impression créée était quasiment mystique. Alors que toi, tu combats l'air, tu défies la gravité.

Ruth réfléchit à la comparaison et la trouva pertinente.

— Voir danser Lindsay a été une des expériences les plus déterminantes de mon existence. C'était une ballerine prodigieuse.

Le visage de Nadine se durcit.

— Je ne te le fais pas dire. Qu'une danseuse de la valeur de Lindsay disparaisse de la scène avant d'être allée au bout de ses potentialités est un gâchis regrettable. C'est bien dommage qu'elle ait laissé des considérations d'ordre privé primer sur ses impératifs de carrière.

Choquée, Ruth vola au secours de son amie.

— Lindsay n'a pas eu le choix, après l'accident de voiture qui a coûté la vie à son père ! Elle ne pouvait pas abandonner sa mère dans l'état où elle était.

Détournant son attention de la scène, Nadine la regarda droit dans les yeux.

— Je ne crois pas à la fatalité, Ruth. La vie est faite d'une succession de choix. Et notre destin s'organise en fonction.

— Lindsay n'a fait que son devoir !

— Lindsay a *choisi* de renoncer à la danse professionnelle, rectifia Nadine. Et c'est son droit. En ce qui me concerne, je n'ai jamais eu qu'une seule priorité ma vie durant. Et j'aimerais pouvoir penser qu'il en va de même pour tous mes danseurs. Mais le croire serait un leurre. Tu as le feu intérieur, le talent et la jeunesse, Ruth. Autrement dit, tous les atouts pour réussir sont réunis entre tes mains. Lindsay avait juste commencé à imprimer sa marque dans le monde de la danse classique lorsqu'elle s'est retirée définitivement. Cela m'ennuierait beaucoup s'il devait t'arriver la même chose. Je n'ai pas envie de te perdre, ma fille.

Surprise par la mise en garde à peine déguisée de Nadine, Ruth en oublia de suivre le spectacle sur scène.

— Et qu'est-ce qui vous fait penser que vous pourriez me perdre ? s'enquit-elle, sur la défensive.

— Les danseurs sont des êtres de passion.

— C'est ce qu'on raconte, oui, répondit Ruth sèchement. Mais cela ne répond pas à ma question.

Nadine poussa un léger soupir.

— Pour dire les choses brutalement : vous représentez deux atouts majeurs pour la compagnie, Nick et toi. Mais si je me retrouve en position de choisir entre toi et lui, je serai obligée de donner la priorité à Nick.

La directrice de la compagnie marqua un temps de pause pour lui laisser le temps de digérer ses paroles.

— Il se pourrait qu'entre vous les choses… tournent mal, disons. Et que vous en arriviez à un stade où il vous deviendra impossible de travailler encore ensemble. Or la compagnie ne peut pas se permettre de perdre Davidov.

— Je vois.

Détournant les yeux, Ruth contempla fixement la scène.

— Cela fait un moment que je vous observe, tous les deux, Ruth. Et j'ai pensé que le meilleur service que je pouvais te rendre, c'était de te donner clairement mon avis.

— Vous avez tenu le même discours à Nick ?

Le regard de Nadine se posa sur l'intéressé qui conversait à bâtons rompus avec l'un des techniciens.

— Non. Ou en tout cas, pas en termes aussi clairs. Je

le ferai, naturellement, si cela devient nécessaire. J'espère que ce ne sera jamais le cas.

— De nombreux couples se font et se défont au sein de la compagnie, riposta Ruth, les mâchoires crispées. Certaines histoires se terminent même par des mariages. Vous vous autorisez chaque fois à vous mêler de la vie privée de vos danseurs ?

Nadine haussa les sourcils.

— J'ai toujours pensé que tu cachais un tempérament de feu sous ton air réservé et tes manières impeccables. Je suis ravie de constater que j'avais raison… Il va sans dire que tant que ce qui se passe au dehors ne rejaillit pas sur votre façon de danser, je n'ai aucune raison d'intervenir.

Elle se tut un instant et la regarda de nouveau droit dans les yeux.

— Mais tu sais aussi bien que moi que Nick n'est pas qu'un simple danseur. Il a toujours été l'âme de cette compagnie.

Ruth croisa nerveusement les mains sur les genoux.

— Je n'en doute pas. Mais si j'en juge d'après les compliments que vous venez de faire, ma relation avec Nick n'a pas eu d'incidence négative sur nos prestations jusqu'ici.

— Pas encore, non… Et avec un peu de chance, il continuera à en aller de même. J'ai beaucoup d'affection pour toi, Ruth. Contrairement à ce que tu pourrais penser, je ne t'ai pas dit tout cela pour le simple plaisir de te persécuter. Je veux simplement que tu saches à quels risques tu t'exposes.

Nadine s'interrompit pour consulter sa montre.

— Il faut que je file. J'ai rendez-vous avec un banquier dans une demi-heure. Un nouveau mécène pour nous, avec un peu de chance. Porte-toi bien, Ruth.

*
* *

Sur scène, Nick observait ses danseurs. Il les voyait à la fois individuellement et dans leur ensemble. Rien n'échappait à son attention vigilante : ni la posture ni la technique ; ni la musicalité ni l'expression. Le corps de ballet était le vivier toujours en mouvement dans lequel il puisait ses futurs nouveaux solistes. Et pour cela, il devait suivre de près les progrès de chacun. Parmi les membres actuels de la troupe, il en avait déjà repéré deux dont il comptait bientôt faire des solistes.

Il y avait également une toute jeune fille, de moins de dix-huit ans encore, à laquelle il s'intéressait de très près. Elle avait à la fois un côté très éthéré, une beauté fragile et lunaire et une rapidité remarquable. Par certains aspects, la jeune Astrid lui rappelait Lindsay. Déjà, il la voyait dans le rôle de Carla dans leur prochain *Casse-noisette*. Il faudrait qu'il pense à persuader Mme Maximova de lui donner des cours particuliers.

Le réalisateur cria quelque chose et interrompit le tournage. Nick s'avança pour prodiguer quelques encouragements à ses danseurs. Ils travaillaient sur la même scène depuis plus de deux heures et la fatigue commençait à se faire sentir.

Du coin de l'œil, il vit Nadine sortir du théâtre par l'arrière. Lorsqu'elle faisait passer des auditions pour le corps de ballet, elle lui rappelait un faucon prêt à fondre sur ses jeunes proies innocentes. Pauvres gamins. Avaient-ils conscience, au moins, que pour la plupart d'entre eux, ils jouaient un jeu de dupes ? Seule une infime proportion d'entre eux pousserait leur carrière au-delà du corps de ballet. De nouveau, son regard glissa sur Astrid qui exécutait une pirouette entre les bras de son partenaire.

Celle-ci, en tout cas, avait toutes ses chances. Dans deux ans, si elle continuait ainsi, elle talonnerait Ruth de près. Nick sourit en se remémorant l'entrée de Ruth dans le corps de ballet. Elle était encore discrète, timide et repliée sur elle-même, à l'époque. Et si jeune…

Mais déjà, en ce temps-là, son tempérament de feu s'était exprimé dans la danse. Et il l'avait désirée. Dès le premier instant, en fait. Chaque fois qu'elle avait dansé devant lui, il avait ressenti le même élan, le même ébranlement intérieur.

Surpris par sa propre réaction, il s'était tenu à distance et l'avait vue s'ouvrir, s'épanouir, gagner en assurance.

Cinq ans. Il l'avait attendue pendant cinq ans et à présent, elle était sienne. Enfin sienne. Mais au lieu de s'en réjouir, il en voulait plus encore. De temps en temps, ses obligations le retenaient jusqu'à tard le soir et il rentrait seul dans son appartement vide. Et plus le temps passait, plus il trouvait la séparation intolérable.

Etait-ce en réaction à cette attente interminable de cinq ans qu'il était torturé aujourd'hui par une pareille impatience ? Il devait lutter contre lui-même en permanence pour ne pas exiger d'elle un engagement total.

Il avait la ferme intention de lui laisser du temps, pourtant. Ruth était beaucoup trop jeune, trop inexpérimentée encore. De quel droit lui mettrait-il la pression alors que sa vie de femme et d'adulte commençait à peine ? Le « je t'aime » qu'il lui avait lancé inconsidérément lui avait échappé par mégarde. Inutile de préciser que lorsqu'il l'avait vue se pétrifier, le dos tourné, il avait vécu un véritable enfer.

Jusqu'au moment où elle était venue à lui et qu'elle lui avait déclaré son amour à son tour.

Pendant les quelques secondes interminables qui avaient précédé la réponse de Ruth, il avait connu une peur panique. Une peur qui avait toujours été absente jusqu'à présent de ses relations avec les femmes.

Cette emprise qu'elle exerçait sur lui suscitait parfois chez lui une colère qui confinait à la rébellion. Par moments, il se révoltait, tempêtait, aspirait à retrouver son indépendance. A redevenir *lui-même*. Aucune femme, jamais, n'avait investi ses pensées de façon aussi lancinante. Mais au lieu de se donner à lui entièrement, Ruth gardait une certaine réserve. Ce qui avait le don de le rendre à moitié fou.

Il la voulait à lui. De façon absolue et radicale. Sans retenue et sans secrets. Et plus le temps passait, plus il avait du mal à contenir son impatience. Même maintenant, alors qu'il avait l'esprit entièrement occupé par la danse, il savait qu'elle était là, quelque part dans la salle. Comme s'il avait développé une sorte de sixième sens pour repérer sa présence.

De nouveau, la colère flamba en lui. *Personne* ne devrait avoir le pouvoir de l'obséder ainsi. Il était furieux de la savoir là mais il n'aurait pas supporté non plus qu'elle soit ailleurs.

C'était à devenir fou.

Les mots qu'il avait prononcés lorsqu'il avait débarqué chez elle en pleine nuit devenaient de plus en plus vrais à mesure que le temps passait. Il avait *besoin* d'elle.

Enfin, le tournage de la scène extraite de *Rodéo* touchait à sa fin. Nick échangea ses impressions avec le réalisateur pendant que les danseurs épuisés quittaient la scène.

Direction : les vestiaires où les jets bienfaisants des douches apaiseraient leurs membres douloureux et brûlants.

Les musiciens s'étirèrent et commencèrent à bavarder entre eux en rangeant leurs instruments.

— Soyez de retour dans une heure, s'il vous plaît ! cria Nick.

Il ne reçut pour toute réponse que quelques grognements. Les projecteurs s'éteignirent et la température sur le plateau chuta sensiblement. Les techniciens évoquèrent le restaurant italien du coin et se proposèrent d'aller manger une pizza tous ensemble. Nick déclina leur offre en riant lorsqu'ils lui demandèrent de se joindre à eux.

— Mais si vous voulez manger un yaourt et une barre de céréales à la cantine avec nous, c'est de bon cœur, proposa-t-il à la ronde.

Son offre fut refusée à l'unanimité par l'équipe de télévision horrifiée. Toujours souriant, Nick glissa le bras autour de la taille de Ruth lorsqu'elle monta le rejoindre sur scène.

— Alors ? Tes impressions ?

— C'était superbe, répondit Ruth en toute sincérité.

Nick se pencha pour l'embrasser. Elle ferma les yeux et chassa résolument les propos de Nadine de ses pensées.

— Pour un Russe, tu as des affinités étonnantes avec l'héritage culturel américain, commenta-t-elle en riant.

— J'ai toujours pensé que je ferais un cow-boy très crédible.

Avec un large sourire, il prit un Stetson sur la pile abandonnée par les danseurs. D'un geste théâtral, il le plaça sur sa tête.

— Et voilà. Il ne me manque plus que les revolvers. Deux six coups devraient faire l'affaire, *baby doll*.

Ruth l'examina en riant.

— Ça te va bien, en fait, décida-t-elle en rabattant le chapeau sur son front. Vous avez des cow-boys, en Russie ?

— Non, des cosaques. Ce n'est pas tout à fait la même chose.

Il sourit en lui caressant le bras.

— Tu as faim ? J'ai une heure pour me restaurer avant la reprise du tournage.

— Je mangerais bien quelque chose, oui.

Il lui passa le bras autour des épaules et l'entraîna avec lui, en jetant le chapeau au passage.

— On va prendre un plateau et on le montera dans mon bureau, lui glissa-t-il à l'oreille. J'ai envie d'être seul avec toi.

Dix minutes plus tard, Nick refermait la porte de son cabinet de travail derrière eux.

— Un peu de musique pour accompagner ce repas gastronomique ?

Pendant que Ruth posait leurs salades de fruits sur le bureau, il se dirigea vers la chaîne et mit un CD de Rimsky Korsakov. Il baissa le volume du son et la rejoignit près du piano.

— Avant tout : ceci, chuchota-t-il en l'entourant de ses bras.

Ruth leva le visage vers lui, prête à recevoir son baiser. Sa sensualité spontanée attisa le feu contenu qui faisait continuellement rage en lui. Avec un grognement possessif, il glissa les doigts dans ses cheveux et l'embrassa. Elle répondit à son baiser avec avidité et glissa les mains sous son sweat-shirt, dans son dos. Il laissa courir presque sauvagement les lèvres sur son visage, comme s'il pouvait la dévorer tout entière.

— Embrasse-moi encore, exigea-t-elle en immobilisant sa bouche errante avec la sienne.

Le baiser fut orageux, dévastateur. Comme si, dans la simple rencontre de leurs lèvres, Nick laissait parler la source même de son désir, exprimait ses besoins les plus profonds et les plus secrets. Ruth, le souffle coupé, attendit, le cœur battant. Il lui mordilla la lèvre jusqu'à ce qu'elle gémisse d'excitation. Puis il plongea la langue dans sa bouche, l'embrassant plus éperdument encore.

Les yeux clos, Ruth émit une suite de petits sons discontinus. Il ne l'avait même pas caressée et déjà son corps était en feu. Elle poussa un soupir de satisfaction lorsqu'il glissa les mains sous son pull et pétrit doucement ses seins.

Juste à ce moment, le téléphone sonna sur le bureau. Nick jura avec force. Il se retourna d'un mouvement furieux, arracha l'écouteur du combiné et aboya :

— Qu'est-ce qu'il y a ?

Les jambes coupées par l'intensité de leurs étreintes, Ruth se laissa tomber dans un fauteuil.

— Non, je ne peux pas le recevoir maintenant ! criait Nick au téléphone. Je suis occupé, c'est tout.

Ce n'était pas la première fois que Ruth entendait Nick se déchaîner ainsi sans raison. Elle eut une pensée compatissante pour son malheureux interlocuteur.

— Tant pis pour lui, vociféra-t-il dans le combiné. Il attendra. Je n'ai pas que ça à faire, Nadine.

Ruth tressaillit. *Nadine* ? Personne au monde ne se permettait de lui parler sur ce ton. Du moins… personne, sauf Davidov, de toute évidence.

— Oui, oui, je sais… Nous avons besoin d'argent, oui. La compagnie a *toujours* besoin d'argent. Bon, très bien. Je le verrai dans vingt minutes… Non, non, pas une seconde avant, trancha-t-il en raccrochant.

Il se tourna vers elle, le regard encore brillant d'exaspération.

— Un mécène potentiel veut me voir, apparemment. Et c'est à moi de faire en sorte qu'il ouvre les cordons de sa bourse.

Jurant tout bas, Nick enfonça les mains dans ses poches.

— Il y a des moments où ces histoires d'argent me sortent carrément par les yeux. Il faut passer son temps à en extorquer aux uns et aux autres. S'abaisser à plaider, à convaincre, à faire du charme. Pendant des années, j'ai pu me contenter de danser. Mais aujourd'hui, les contraintes et les responsabilités se sont accumulées. Le monde extérieur ne nous laisse pas beaucoup de temps, Ruth.

Elle tenta de l'apaiser.

— Viens manger, Nick. Vingt minutes suffisent amplement pour avaler une salade de fruits et une barre énergétique.

— Je ne parle pas seulement de maintenant !

Consciente qu'il était sur le point d'entrer dans une de ces colères homériques, Ruth se prépara mentalement aux déchaînements qui allaient suivre.

— Cette nuit, j'avais envie de la passer avec toi ! Même chose pour la précédente. Et pour toutes celles où je me suis retrouvé à dormir seul. J'ai besoin d'autre chose que d'une relation en pointillés ! Dans la journée, on se croise ; le soir je suis pris pratiquement toute la semaine. Et les week-ends, on ne sait même pas ce que c'est, dans ce métier !

— Nick, toi et moi, nous…

Mais il était trop remonté pour lui laisser terminer sa phrase.

— Je veux que tu viennes t'installer chez moi. Qu'on vive ensemble, un point c'est tout. Ça commence à bien faire, bon sang !

Ruth en oublia ce qu'elle avait voulu lui dire. Elle regarda Nick, abasourdie. Dressé devant elle, il était l'image même de la fureur revendicatrice.

— Tu… tu aimerais que j'emménage chez toi ? balbutia-t-elle.

— Oui. Aujourd'hui. Ce soir.

Ruth avait de plus en plus de mal à rassembler ses pensées.

— Dans ton appartement ?

— Dans mon appartement, oui, bien sûr ! Il y a largement de la place pour deux.

D'un geste impatient, il la tira vers lui.

— Je refuse de continuer à rentrer le soir pour trouver un lit vide. Je veux que chez moi ce soit chez toi, désormais.

Ruth porta une main indécise à son front.

— Un chez-nous, tu veux dire ? Mais mes affaires…

— Et alors, tes affaires ? Où est le problème ? On fera venir un camion de déménagement ! tonna Nick en la secouant par les épaules.

Perturbée par la violence de sa réaction, Ruth se dégagea en secouant la tête.

— Laisse-moi au moins un délai de réflexion, Nick. Tu ne peux pas me demander de prendre une décision pareille en l'espace de cinq minutes.

— Pourquoi un délai de réflexion ? C'est quand même simple, non ?

Le fait qu'il jurait en anglais et non en russe trahissait

chez lui un degré d'agitation extrême. Mais Ruth était trop déroutée pour se livrer à une analyse lexicale. Il lui était arrivé de fantasmer que Nick lui proposerait de tenter l'aventure de la vie commune. Mais jamais elle n'avait imaginé qu'il lui intimerait en hurlant de rassembler ses affaires et de venir s'installer chez lui sur-le-champ !

— Mais j'ai *besoin* de réfléchir, Nick ! riposta-t-elle en élevant la voix à son tour. C'est quand même la moindre des choses, non ? Tu me demandes de changer radicalement de mode de vie, de renoncer à un lieu que j'aime et que j'ai investi à fond !

Nick l'attrapa de nouveau par les épaules.

— Je veux que tu investisses désormais un endroit qui nous sera commun. Je refuse de continuer à grappiller quelques minutes ici et là pour te voir entre deux portes.

— Tu veux, tu refuses ! Il n'y a pas que toi au monde, Nikolai Davidov ! De quel droit déciderais-tu à ma place, tout à coup ? C'est de *ma* vie qu'il s'agit, à la fin ! Alors arrête d'essayer de me forcer la main, O.K. ?

— Te forcer la main, tu dis ?

Le visage contracté par la fureur, Nick la lâcha pour se diriger vers la fenêtre.

— Tu considères que je te force la main alors que je ronge mon frein à t'attendre depuis *cinq* ans ? Tu crois que c'est facile, pour un homme, de désirer une gamine et d'avoir à prendre son mal en patience pendant le temps nécessaire à une enfant pour devenir une femme ? Je vais te dire une chose, Ruth : de la patience, j'en ai eu à revendre ! Alors, *s'il te plaît*, ne m'accuse pas d'être pressé maintenant !

Ruth demeura un instant interdite.

— Qu'essaies-tu de me dire là, Nick ? Que tu étais amoureux de moi depuis le début ? Que je n'étais pas qu'une enfant insignifiante pour toi il y a cinq ans, comme tu t'appliquais à me le laisser croire ?

— Tu m'étais tout sauf indifférente, O.K. ?

— Et tu ne m'en as rien dit ? s'écria-t-elle, profondément choquée. Tu as gardé ce secret pour toi en me laissant dans l'ignorance tout ce temps ?

Les yeux bleus de Nick étincelèrent.

— Qu'aurais-tu voulu que je fasse à part me taire et te regarder grandir ? Tu étais mineure, au cas où tu l'aurais oublié.

Furieuse, Ruth rejeta ses longs cheveux dans son dos.

— C'était mon *droit* de savoir. A dix-sept ans, j'étais assez grande pour savoir si je voulais de toi ou pas ! Ce n'était pas à toi de choisir pour moi !

— Le choix, je te l'ai donné dès que tu as eu la maturité nécessaire.

— Tu me l'as *donné !*

Ruth crut qu'elle allait s'étrangler d'indignation.

— Tu es le directeur artistique de cette compagnie, Nick. Pas mon directeur de conscience ! Comment as-tu osé organiser ma vie affective pour moi, comme si tu pouvais disposer de ma personne à ton gré ?

— Mais qu'est-ce que tu crois, bon sang ? Que j'allais te sauter dessus comme une brute alors que tu étais encore mineure ? Abuser de ta confiance ? De la visible fascination que j'exerçais sur toi ? Tu me prends pour qui, au juste, là, Ruth ?

Elle était trop remontée pour percevoir que les arguments de Nick n'étaient pas entièrement dénués de fondement.

— Tu m'as toujours traitée comme si j'avais quinze ans ! s'écria-t-elle. Si tu avais pris la peine de t'intéresser à moi, tu te serais rendu compte qu'entre mon enfance itinérante, le décès prématuré de mes parents et mon expérience de la danse, j'étais devenue adulte avant même de croiser ton chemin. Et maintenant, tu es là, tranquille, à réglementer ma vie. Et tu décrètes que tu as tous les droits sur moi sous prétexte que tu m'aurais attendu pendant cinq ans. Il ne me resterait plus qu'à filer chez moi boucler mes valises pour obéir docilement aux ordres de mon Maître, c'est ça ?

Le visage de Nick se ferma.

— Tu m'avais dit que tu m'aimais, Ruth. Je pouvais difficilement me douter que tu considérerais ma proposition de vie commune comme une offense.

— Parce que tu appelles ça une *proposition* ? Ce que j'ai entendu n'était pas une suggestion mais un ordre. Et je refuse de vivre avec toi sur commande.

— Très bien. Comme tu voudras.

Il darda sur elle un regard glacial.

— Maintenant, si tu veux bien m'excuser, mon banquier m'attend. Et on évite de faire patienter un mécène, dans notre métier.

Ruth crut qu'elle allait l'assassiner lorsqu'elle le vit se diriger vers la porte, avec cette morgue confondante qui caractérisait le personnage.

— Je prends quelques jours de congé, annonça-t-elle, sur une impulsion.

La main sur la poignée, Nick s'immobilisa pour lui jeter un regard par-dessus l'épaule.

— Les répétitions reprennent dans une semaine, déclara-t-il froidement. Si tu n'es pas de retour dans sept jours, considère que tu es virée. Je te laisse le choix.

Il sortit sans prendre la peine de refermer la porte derrière lui.

Chapitre 14

Lindsay se baissa pour prendre Amanda dans ses bras et cala la petite fille sur une hanche pendant que Justin faisait rouler bruyamment un camion rouge sur les lattes du parquet.

— Plus que dix minutes avant le dîner, Justin, annonça-t-elle en se frayant un passage entre les véhicules accidentés, les voitures en stationnement et les figurines en plastique disséminées dans la pièce. Va vite te laver les mains.

— Pas la peine, maman, elles sont propres.

Se désintéressant ostensiblement de ces questions insignifiantes d'alimentation et d'hygiène, Justin pencha sa tête blonde sur le moteur d'un de ses bolides et fit mine de le réparer.

Lindsay jeta un regard sévère à son fils tout en s'efforçant de retenir Amanda qui se tortillait pour se dégager de ses bras.

— Je ne suis pas sûre que Worth serait satisfait de l'état de tes mains, Justin, lança-t-elle, usant sans vergogne de l'arme suprême.

Avec un soupir résigné, son fils glissa sa Ferrari miniature dans sa poche et sortit de la pièce en courant. Lindsay le suivit des yeux avec un sourire attendri. S'il y avait une autorité avec laquelle Justin ne plaisantait jamais, c'était bien celle du méticuleux majordome britannique.

Elle entendit le craquement des marches d'escalier sous les chaussures enfantines. Lindsay leva les yeux au ciel. Justin aurait pu se laver les mains dans les toilettes du rez-de-chaussée. Mais en bon enfant martyr qu'il était, il en rajoutait un peu et s'infligeait une grimpette jusqu'au premier étage.

Les rares fois où elle trouvait le temps de prendre du recul pour réfléchir, Lindsay cédait à l'effarement en songeant que son fils avait déjà quatre ans. Il ne restait plus rien chez Justin de la rondeur un peu pataude de la toute petite enfance. Mince comme un fil, c'était déjà un vrai garçon. Il avait hérité des yeux et des cheveux de sa mère, songea-t-elle non sans fierté. Examinant les dégâts autour d'elle, Lindsay fit la grimace. D'elle, Justin tenait également quelques défauts mineurs : comme sa tendance à mettre du bazar partout, par exemple.

— Ce n'est pas comme toi, n'est-ce pas ? s'exclama-t-elle gaiement en enfouissant le visage dans le cou de sa fille.

Brune aux yeux verts, Amanda était le portrait au féminin de son père. Et tout comme Seth, elle était méthodique et organisée. Ses poupées étaient toujours soigneusement alignées le long du mur de sa chambre. Et lorsqu'elle jouait avec ses cubes, elle avait déjà tendance à construire des piles bien nettes et régulières.

Son caractère emporté, Amanda le tenait sans doute de ses deux parents à la fois, en revanche. Si son frère avait le malheur d'empiéter sur son territoire, elle lui jetait ses jouets à la figure sans hésiter.

Lindsay embrassa une dernière fois sa fille avant de la poser par terre dans le petit salon.

— Cela ne plaira pas à ton père si je range à la place de Justin, observa-t-elle en commençant à rassembler les petites voitures renversées, victimes d'un de ces vastes carambolages que son fils aimait à mettre en scène.

— Justin, il sait pas ranger, commenta gravement Amanda.

A deux ans et demi, la petite fille était déjà entrée dans une phase où elle répétait d'un air sentencieux tout ce qui se disait autour d'elle.

— Je suis d'accord avec toi, acquiesça Lindsay en passant un petit camion d'une main à l'autre. Et je reconnais aussi qu'il faut que Justin apprenne. D'un autre côté, si Worth entre ici et qu'il voit ce désastre…

Lindsay hésita. Etait-il préférable d'encourir la désapprobation de Seth ? Ou celle du majordome ? La crainte de contrarier Worth l'emporta. En toute hâte, elle fit disparaître les traces les plus visibles du pugilat.

— Je verrai ça avec Justin tout à l'heure, confia-t-elle à Amanda tout en se déplaçant à genoux dans la pièce. Et rien ne nous oblige à en parler à ton papa.

— De parler de quoi à son papa ? dit la voix de Seth en provenance de la porte.

— Oups !

Avec un sourire mi-amusé mi-contrit, Lindsay leva les yeux vers son mari.

— Je croyais que tu étais bouclé dans ton atelier en train de peaufiner un projet d'auditorium révolutionnaire ?

— J'y étais. Mais mon estomac m'a rappelé à l'ordre.

Seth pénétra plus avant dans la pièce et constata les dégâts au premier regard.

— Je vois que notre affreux jojo a encore fait des siennes. Et que tu t'appliques une fois de plus à le couvrir.

— J'ai envoyé Justin se laver les mains, expliqua-t-elle. Je lui donne juste un petit coup de main.

Toujours à quatre pattes sur le sol, Lindsay repoussa les cheveux qui lui tombaient sur les yeux. Amanda était allée s'accrocher aux jambes de Seth. Et le père et la fille la regardaient procéder avec un même air de calme réprobation.

Sur un éclat de rire, Lindsay se redressa en position accroupie.

— Pitié ! J'implore le pardon du tribunal !

Seth se pencha pour soulever sa fille dans ses bras.

— A ton avis, Amanda ? Quelle punition allons-nous lui infliger ?

— Pas donner la fessée à maman, déclara gravement la petite fille.

— Mmm...

Avec un sourire malicieux, Seth lui tendit la main et l'aida à se relever.

— Au nom de la justice, je pourrais être amené à sévir quand même, déclara-t-il en l'embrassant tendrement sur les lèvres.

Elle glissa les bras autour de son cou.

— Y a-t-il moyen de te corrompre ?

— Toujours, murmura-t-il en accentuant la pression de sa bouche sur la sienne.

Justin entra au pas de course en exhibant ses mains lavées. Il fit la grimace en découvrant ses parents enlacés.

— Berk ! Je croyais qu'on allait manger !

*
* *

Une heure plus tard, Lindsay dévalait l'escalier au pas de course pour aller donner ses cours de danse du soir. Repérant une petite voiture de Justin abandonnée au pied des marches, elle se pencha pour la ramasser et fit glisser subrepticement cette nouvelle pièce à conviction dans la poche de son manteau.

— Mon cas va finir par relever de la complicité aggravée, marmonna-t-elle en ouvrant la porte d'entrée à la volée… Hé, je rêve ! Ruth !

Sidérée, Lindsay demeura clouée sur place à regarder cette apparition inattendue que constituait sa nièce par alliance, surgie à l'improviste sur leur perron.

— Salut ! Vous auriez de la place pour héberger une danseuse en fugue et un matou un peu trop enveloppé ?

— Quelle question !

Avec un grand rire de joie, Lindsay tira Ruth à l'intérieur et l'embrassa avec effusion. Nijinski se dégagea de leur étreinte et fila se réfugier dans quelque coin obscur de la vaste maison. Il n'avait jamais été grand amateur des longs trajets en voiture.

— Seth et les enfants vont être surpris ! Il y a une éternité que tu n'étais pas venue !

A travers son premier élan de joie, Lindsay sentit la crispation des épaules de Ruth, les muscles inhabituellement tendus de son dos. Elle l'écarta doucement pour examiner ses traits et décela son désarroi au premier regard.

— Ça va, Ruth ?

— Oui, oui… Enfin, non. Ça ne va pas fort, en fait.

J'ai besoin de me réfugier ici deux ou trois jours si ça ne te dérange pas.

— Tu sais que cette maison sera toujours la tienne, Ruth. Et le lit dans ta chambre reste fait en permanence. Monte poser tes affaires et va surprendre Seth et les enfants. Je serai de retour dans deux heures.

— Merci.

Lindsay l'embrassa sur la joue et sortit au pas de course. Ruth posa son sac dans le vaste vestibule, contempla la beauté familière des lieux et, pour la première fois depuis qu'elle avait quitté New York quelques heures plus tôt, elle se sentit un peu moins égarée, un peu moins seule.

Deux jours plus tard, Ruth était installée sur le canapé du petit salon, avec un enfant blotti contre chacun de ses flancs. Elle lisait une histoire à voix haute pendant que Justin et Amanda regardaient les images. Nijinski, rassuré sur son sort, était royalement étalé au soleil sur le tapis persan.

Elle se sentait presque calme. A la limite de la sérénité.

Les Hauts de la Falaise lui avaient apporté exactement ce dont elle avait besoin. Il n'y avait eu ni questions ni câlinages excessifs ni manifestations d'inquiétude. Lindsay s'était contenté de lui ouvrir sa porte en grand. Et de la laisser prendre tout naturellement sa place dans le joyeux traintrain de la vie familiale.

En quittant le bureau de Nick après leur scène effroyable, elle avait regagné son appartement et jeté quelques affaires dans une valise. Puis elle était montée dans sa voiture et avait pris la direction du Connecticut.

Sans même obéir à une décision consciente, d'ailleurs.

Choquée, l'esprit vide de toute pensée après sa dispute avec Nick, elle avait agi à l'instinct. Avec le recul, elle ne pouvait que se féliciter de s'être précipitée à Cliffside pour une dose d'immersion familiale totale. Il y avait des moments dans la vie où seuls les proches pouvaient apporter soutien et réconfort.

— Ah, vous êtes là ! Je commençais à te soupçonner de les avoir ficelés et bâillonnés, commenta Seth en pénétrant dans la pièce. Même lorsqu'ils dorment, ils ne sont pas tout à fait aussi calmes que tels que je les vois là.

Dès l'instant où Seth s'assit à côté d'elle, les deux enfants se précipitèrent pour se percher sur ses genoux. Ruth les regarda faire en riant.

— Ce sont des anges, Seth, commenta-t-elle alors qu'il entourait sa progéniture de ses bras. Tu devrais avoir honte de noircir ainsi leur réputation.

Seth joua avec une boucle brune d'Amanda.

— Ils n'ont pas besoin de moi pour être affligés d'une mauvaise renommée. Worth vient juste de m'annoncer que quelqu'un avait laissé une sucette entamée dans son lit ce matin.

— Je voulais la finir ce soir, précisa gravement Justin en levant les yeux vers son père. Il ne l'a pas jetée, au moins ?

— Je crains fort que si.

— Oh, non ! C'est pas bien, le gaspillage, hein, papa ? Il n'aurait jamais dû faire ça, Worth.

Seth luttait visiblement pour réprimer un sourire.

— Tu sais bien qu'il est interdit de manger des bonbons dans son lit, Justin. Worth était très mécontent de l'état des draps. Et il venait de les changer, en plus.

Justin avança les lèvres en une moue boudeuse.

— Faut que je m'excuse, alors ?

— Cela me paraît inévitable.

— Veux voir Justin s'cuser ! déclara Amanda, hilare, en dégringolant des genoux de son père.

— Faut toujours que je lui présente mes excuses, commenta Justin d'un air de lassitude résignée.

Amusée, Ruth suivit le frère et la sœur des yeux tandis qu'ils se dirigeaient bravement vers la cuisine pour affronter le majordome.

— Worth n'arrête pas de grogner mais, au fond, il les adore, non ? observa-t-elle en riant.

— Absolument. Mais motus et bouche cousue, ma nièce. Il serait horrifié que ça se sache.

Ruth ferma son livre de lecture et le posa sur la table basse.

— J'ai toujours eu un peu peur de Worth, admit-elle à voix basse. Pendant les quelques mois où j'ai vécu ici avec lui, je n'ai jamais réussi à m'habituer tout à fait à sa personne.

Les traits détendus, Seth s'adossa confortablement.

— Lindsay est de loin celle qui sait le mieux s'y prendre avec lui. Worth ne s'est même pas encore rendu compte jusqu'ici qu'il était complètement manipulé.

— Lindsay est un être à part, commenta Ruth. Il n'y en a pas d'autres comme elle.

Seth acquiesça avec la calme conviction qui lui était propre.

— Elle est unique, en effet.

— Ça t'a effrayé de sentir que tu tombais amoureux de quelqu'un d'aussi… rare ?

Seth lut la question muette dans ses yeux.

— Aimer fait toujours peur. Surtout lorsqu'on se voit

sombrer pieds et poings liés dans un état qui ressemble de près à la dépendance. Le fait que Lindsay ne soit pas quelqu'un de tout à fait ordinaire n'a fait que corser l'affaire. Lindsay ne m'effrayait pas, elle me terrifiait.

Frappée par la violence du terme, Ruth tourna un regard surpris vers son oncle.

— C'est étrange. J'ai toujours cru que tu n'avais peur de rien.

— Aimer est un risque et une épreuve, Ruth. Qui nous transforme tous en trouillards infâmes.

Seth songea aux premiers mois de sa rencontre avec Lindsay. A leurs disputes et leurs hésitations — leurs élans et leurs retraits.

— C'est au moment où j'ai failli perdre Lindsay que je me suis rendu à l'évidence : elle me faisait peur, d'accord. Mais le pire danger serait d'avoir à vivre sans elle.

Un pli de concentration barra le front de Ruth.

— Cela fait cinq ans que je vous observe, Lindsay et toi. Et vous vous aimez toujours comme au premier instant.

Seth secoua la tête.

— Non, Ruth. Pas comme au premier instant. J'aime toujours Lindsay, oui. Mais *plus* — infiniment plus encore — qu'avant. Et j'ai d'autant plus à perdre.

Au même moment, ils entendirent l'intéressée déboucher dans le hall central en fulminant.

— Marre, marre, marre des mères d'élèves qui prennent leurs gamines pour des danseuses étoiles avant même qu'elles aient enfilé leur premier chausson !

— Mon cher amour est de retour, apparemment, commenta Seth, impavide.

Lindsay s'engouffra dans la pièce en râlant.

— Vous connaissez la dernière ? Mme Fitzwalter exige que sa Mitzie suive le même cours que Janet Connor. Et tant pis si Janet a déjà deux années de danse derrière elle alors que Mitzie débute à peine.

Le regard luisant d'indignation, Lindsay se laissa tomber dans un fauteuil.

— Janet a du talent alors que Mitzie a des pieds en plomb. Mais Mme Fitzwalter s'en fiche : Mitzie a envie d'être dans la même classe que sa meilleure amie. Et Mme Fitzwalter trouve plus pratique d'alterner les trajets en voiture avec Mme Connor plutôt que de tous les assurer elle-même. Logique, non ?

Seth posa la main sur l'épaule de sa femme.

— Ma pauvre chérie. Mais tu as su te dépêtrer de la situation avec diplomatie, je suppose ?

— Bien sûr. J'ai été un *modèle* de diplomatie même. A force de fréquenter Worth, je commence à avoir deux ou trois notions.

Elle se tourna vers Ruth pour les précisions techniques.

— Mitzie pèse cinq kilos de trop et est incapable de placer les jambes en première position. Alors que Janet danse sur les pointes depuis le début du trimestre.

— Tu pourrais peut-être trouver d'autres parents d'élève pour assurer les trajets, non ? suggéra Ruth.

Lindsay sourit, satisfaite d'elle-même.

— C'est exactement ce que j'ai fait… Mais, au fait, que signifie cet étrange silence ? Qu'avez-vous fait des enfants ?

— Ils présentent leurs excuses à Worth, précisa Seth.

— Oh mon Dieu… *Encore* ?

Lindsay soupira puis se leva pour embrasser Seth.

— Et si on descendait tous se balader sur la plage ? Il fait un temps superbe.

Seth parut sur le point d'accepter mais il se ravisa.

— Allez-y toutes les deux, Ruth et toi. C'est bientôt l'heure de la sieste pour les enfants. Et je crois que je vais suivre leur exemple. Je suis cuit.

Lindsay lui jeta un rapide regard interrogateur. Une sieste — solitaire — était bien la dernière chose au monde susceptible de tenter Seth par un beau samedi après-midi ensoleillé. D'un seul coup d'œil, cependant, il lui communiqua son message.

Sans laisser de blanc dans la conversation, Lindsay se tourna vers Ruth avec le plus grand naturel.

— Entendu. On va laisser Seth se reposer. Ça te tente d'aller marcher, toi, Ruth ? J'ai besoin d'air frais après ma conversation avec Mme Fitzwalter.

— Bonne idée. Je prends un manteau ?

— Un blouson léger suffira.

Lindsay baissa les yeux sur Seth dès que Ruth eut quitté la pièce pour récupérer un coupe-vent dans sa chambre.

— T'ai-je déjà dit aujourd'hui que tu étais un homme merveilleux et que je t'aimais plus que ma vie ?

Il lui effleura les cheveux.

— Pas que je me souvienne, non. Donc, tu peux me le dire maintenant.

Elle se pencha sur ses lèvres.

— Je t'adore, Seth… Mais je me sens tenue de te prévenir : Justin m'a annoncé hier qu'il avait largement passé l'âge de la sieste.

— Mmm… J'aborderai le sujet tout à l'heure.

— Avec *diplomatie,* je suppose ? lança-t-elle, en souriant par-dessus son épaule avant de quitter la pièce.

Le vent avait le goût de la mer. Ruth avait presque oublié la calme splendeur de l'océan, l'incroyable pureté de l'air. La plage était longue et rocheuse, le ressac bruyant. Ici et là, des feuilles mortes que le vent arrachait du verger, descendaient en tourbillonnant jusque sur le sable.

— J'ai toujours aimé vivre ici, commenta Lindsay, tandis qu'elles marchaient d'un bon pas, les mains enfoncées dans les poches et les cheveux au vent.

Ruth scruta la bande étroite de sable qui s'étirait devant elles.

— Au début, je détestais les Hauts de la Falaise. Je ne supportais rien à Cliffside, en fait : ni cette grande maison, ni l'océan hargneux, ni la population locale.

— Oui, je sais.

Ruth lui jeta un rapide regard en coin. Mais quoi d'étonnant à ce que Lindsay ait deviné son mal-être ? Dès le début, il y avait eu entre elles une connivence très forte.

— Je ne sais même pas, au juste, quand ça a fini par passer. Un matin, je me suis réveillée avec le sentiment d'être chez moi. Seth a été d'une patience admirable avec moi.

— Pour être patient, il est patient oui, acquiesça Lindsay en riant. Et même tellement patient qu'il me met parfois hors de moi. A chacune de nos disputes, je rage, je tempête, je hurle. Et au bout du compte, c'est toujours lui qui remporte la bataille, sans même avoir à élever la voix. C'est exaspérant d'avoir affaire à quelqu'un qui ne se démonte jamais.

Elle s'interrompit pour tourner les yeux vers Ruth.

— Tu sais que tu lui ressembles beaucoup, entre parenthèses ?

— Tu trouves ?

— Cela saute aux yeux.

Ruth médita la question quelques instants et finit par secouer la tête.

— On ne peut pourtant pas dire que j'ai un contrôle d'acier sur mes nerfs en ce moment.

— Seth aussi sort parfois violemment de ses gonds.

Lindsay se baissa pour ramasser un petit caillou plat qu'elle glissa dans sa poche. C'était une habitude dont elle ne s'était jamais défaite. Ruth lui jeta un regard en coin. Elle avait l'air si sereine, si heureuse.

— Lindsay, tu ne m'as même pas demandé pourquoi j'avais débarqué chez vous sans crier gare. Tu ne t'inquiètes pas non plus de savoir combien de temps je compte vous envahir.

— Tu es ici chez toi, Ruth. Tu viens quand tu veux et tu restes aussi longtemps que tu en as envie.

— J'ai dit à Seth que tu étais quelqu'un de rare.

Lindsay repoussa une mèche de cheveux que le vent avait ramené sur son visage.

— Merci. J'adore qu'on dise ça de moi !

— C'est à cause de Nick, révéla Ruth brusquement.

— Je sais, oui.

L'air accumulé dans les poumons de Ruth s'échappa sous la forme d'un long soupir tremblant.

— Je l'aime, Lindsay. Et je crève de peur.

— Je crois savoir quel effet ça fait. Vous vous êtes disputés, je suppose ?

Ruth se mordit la lèvre.

— Oui. C'était affreux… Je pensais que tout allait bien et, d'un coup, ça a été la débâcle. J'ai essayé d'analyser la situation ces deux derniers jours mais je ne comprends plus rien à rien.

— En amour, il n'y a jamais rien de clair ni de logique. C'est la règle numéro un.

Lindsay s'assit sur un rocher. C'était là, à cet endroit précis, qu'elle avait découvert qu'elle était amoureuse de Seth, cinq ans plus tôt. Elle s'était sentie perdue et vulnérable. Ruth était descendue de la maison en courant avec Nijinski, encore bébé, caché dans son manteau. A dix-sept ans, Ruth était une jeune fille peu expansive — pas timide, à proprement parler, mais distante.

Peut-être n'avait-elle pas complètement perdu cette réserve, cette prudence ?

— Tu as envie de me parler de ce qui s'est passé avec Nick ?

Ruth n'hésita qu'une fraction de seconde.

— Oui. Je crois que ça me ferait du bien.

— Alors, assieds-toi. Et commence par le début.

Une fois surmontées les premières hésitations, ce fut simple — infiniment simple — de déballer son histoire. Ruth raconta la montée de la tension entre eux, la fulgurance du désir, la rapidité avec laquelle ils étaient tombés dans les bras l'un de l'autre, après des années passées à travailler ensemble.

Une fois partie, Ruth n'omit aucun détail : ni les scènes avec Leah, ni les sautes d'humeur de Nick, ni ses propres incertitudes.

— Puis, le jour même où je suis partie de New York pour venir ici, Nadine est venue me parler. Elle voulait me mettre en garde. Elle m'a dit que si jamais nous rompions, Nick et moi, et que nous refusions de continuer à collaborer, c'est moi qu'elle mettrait à la porte. J'étais furieuse que le monde extérieur vienne interférer ainsi dans notre histoire. On avait déjà à peine le temps de se voir parce que Nick était pris sans arrêt. Pourquoi ne pouvait-on pas nous laisser en paix ?

Ruth se tut et soupira, le regard rivé sur les hautes vagues qui venaient se briser bruyamment contre la roche.

— J'étais encore sous le choc de ma conversation avec Nadine lorsque Nick m'a prise à part dans son bureau. Et il s'est mis à *exiger*, tout à coup, que je renonce à mon appartement et que je vienne vivre chez lui. Comme ça. Le soir même. Sans même m'accorder un temps de réflexion. Il était là à vociférer et à s'énerver comme d'habitude, en râlant parce qu'il n'avait pas exactement ce *qu'il* voulait, *quand* il le voulait et *comme* il le voulait. Et lorsque j'ai osé lui faire remarquer que c'était un peu précipité comme décision, il s'est mis à hurler qu'il avait déjà été suffisamment patient avec moi comme cela, dans la mesure où il m'attendait depuis cinq ans… Tu te rends compte ? Le culot !

Elle marqua une pause, le temps de ravaler son indignation.

— Et pendant ces cinq ans, il n'avait pas jugé utile de me communiquer quoi que ce soit, au sujet de ses sentiments. Il s'était octroyé le droit de décider de ma vie, comme si j'étais une gamine de dix ans ! Et plus ça allait, plus il devenait russe et impérieux. Pire que lorsqu'il crée un de ses ballets.

— Pire, vraiment, tu crois ? coupa doucement Lindsay.

Incapable de rester assise, Ruth se leva.

— Je te jure qu'il se montre plus humain lorsqu'il tyrannise ses danseurs sur scène. Il ne m'a pas demandé une seule fois ce que je désirais moi. Il s'est contenté de lancer son brûlot alors que je venais juste de subir les menaces de Nadine et qu'on avait passé une semaine atroce à enregistrer des séquences de ballet pour un documentaire télévisé.

A bout de souffle, soudain, Ruth se rassit lourdement. Ayant vidé toute sa colère, il ne lui restait plus soudain que le désarroi en échange.

— De ma vie, je ne me suis jamais sentie aussi perdue, Lindsay, admit-elle dans un murmure.

Lindsay jouait distraitement avec le minuscule galet dans sa poche. Elle avait laissé Ruth vider son sac sans l'interrompre.

— Bien, conclut-elle. J'ai un principe, dans la vie : ne jamais donner de conseils. Mais les principes sont faits pour être contournés, n'est-ce pas ? Que sais-tu exactement de Nick ?

— Je ne le connais pas aussi bien que toi, répondit Ruth sans réfléchir. Il a été amoureux de toi, tu sais.

La réflexion lui avait échappé sans qu'elle l'ait vue venir. Gênée, elle porta la main à sa bouche.

— Oh, Lindsay, je suis désolée.

Lindsay la regarda droit en face.

— Lorsque je suis entrée dans la compagnie, Nadine avait un mal fou à équilibrer les comptes. C'était un combat permanent pour que nous puissions continuer à tourner. L'arrivée de Nick a été une immense aubaine. Et c'est sans doute ce qui nous a permis de décoller. Mais il y avait des problèmes internes, des pressions financières dont les personnes extérieures à la compagnie n'avaient pas forcément conscience. Je comprends que la réaction de Nadine t'ait parue dure. Elle l'était sans doute. Mais la danse est toute sa vie. Et c'est toujours du point de vue de la compagnie qu'elle se place pour juger de toute chose. C'est plus facile pour moi de le comprendre maintenant parce que j'ai pris mes distances. Mais ça n'a pas toujours été évident, crois-moi.

Lindsay laissa passer quelques secondes de silence pensif avant de poursuivre.

— Quoi qu'il en soit, l'arrivée de Nick a marqué un tournant. En tant que transfuge, il s'est retrouvé brusquement avec tous les projecteurs de l'actualité braqués sur lui. Il était très jeune encore et c'était à peine s'il parlait quelques mots d'anglais. Il s'exprimait sans difficulté en français et en italien et maîtrisait même un peu d'allemand. Mais pour notre langue, il a dû tout apprendre sur place. Tu es bien placée pour comprendre ce que l'on ressent dans un pays inconnu dont on ne connaît ni la langue ni la culture.

— Oui, murmura Ruth. Je sais ce que c'est.

Lindsay noua les bras autour de ses genoux.

— Essaye de te représenter ce que Nick a traversé à vingt ans, après avoir pris une des décisions les plus cruciales de son existence. Il avait tout laissé derrière lui : son pays, ses amis, sa famille… Oui, il a de la famille en Russie, confirma Lindsay en voyant la réaction étonnée de Ruth. Ça n'a pas été facile pour lui de les quitter. Ce sont les expériences douloureuses de ces premières années d'exil qui l'ont rendu si prudent, si secret. Quantité de gens avaient profité de sa naïveté et de sa jeunesse pour se servir de lui. Des journalistes indiscrets ont brodé sur le récit de sa vie. C'est comme ça qu'il a appris à donner ses informations au compte-gouttes. Lorsque je l'ai rencontré, il était déjà Davidov, un nom écrit en lettres capitales.

Lindsay se tut un instant et contempla l'océan qui se jetait à l'assaut de la roche.

— Oui, j'ai été très attirée par Nick, admit-elle après un temps de silence. Et même à moitié amoureuse, pendant quelque temps. Il se peut qu'il ait éprouvé la même chose de son côté. Nous partagions la même passion, la même ambition, les mêmes rêves. Si j'étais restée dans la compagnie, nous aurions peut-être fini par tomber dans les bras l'un de l'autre. Honnêtement, je ne sais pas. La vie en a décidé autrement, en tout cas : je suis retournée dans le Connecticut et j'ai rencontré Seth.

Lindsay sourit en levant les yeux vers les Hauts de la Falaise.

— Ce que je peux t'affirmer avec certitude, en revanche, c'est qu'une éventuelle histoire entre Nick et moi se serait forcément soldée par un échec. Nous nous ressemblons trop. Il n'y a et il n'y aura jamais qu'un seul homme pour moi et c'est ton oncle.

— Lindsay, je suis confuse… je ne voulais pas être indiscrète.

— Tu n'es pas indiscrète. Les liens sont très forts entre nous tous et je comprends que tu aies besoin de clarté dans ton histoire avec Nick. C'est pour ça que je renonce à ma politique de non-intervention.

De nouveau, Lindsay laissa passer quelques secondes de silence méditatif.

— Nick me parlait beaucoup de lui car, à cette époque, j'étais une des rares personnes à qui il estimait pouvoir se confier. S'il ne t'a toujours pas raconté grand-chose au sujet de son passé, c'est simplement parce qu'il a pris l'habitude de se concentrer sur le présent. Dans la mesure où il a décidé de laisser son ancienne vie derrière lui, il regarde obstinément vers l'avant. Ce qui ne l'empêche pas, par moments, d'être déchiré par la nostalgie.

— Je sais, acquiesça Ruth. Et c'est justement ce que j'aimerais partager avec lui.

— Dès que la situation entre vous sera stabilisée, il te parlera, Ruth. Je n'ai jamais connu Nick qu'avec une seule passion : la danse. Je ne sais pas si c'est un choix ou une nécessité, mais il a toujours fait passer le ballet avant le reste. Or, d'après ce que tu me dis, une tout autre priorité est en train de s'imposer à lui. J'imagine qu'il doit être en proie à une angoisse monstre.

Songeant à la conversation qu'elle venait d'avoir avec son oncle, Ruth hocha la tête.

— C'est possible qu'il ait peur, lui aussi. Jusqu'à présent, je ne voyais que mes craintes à moi. J'ai du mal à imaginer Nick autrement que sûr de lui et dominateur, admit-elle avec un léger rire.

— Lorsqu'un homme — et tout particulièrement un artiste avec un talent certain pour l'expression et pour la mise en scène — s'y prend aussi maladroitement pour proposer à la femme qu'il aime de vivre avec lui, c'est qu'à mon avis, il a une trouille monumentale !

Lindsay lui prit la main en souriant.

— Quant à cette Leah, honnêtement, elle ne devrait pas t'empêcher de dormir la nuit. Cela fait cinq ans, maintenant, que tu danses dans cette compagnie, Ruth. Tu as déjà suffisamment d'expérience pour repérer une manifestation de jalousie au moment où tu la prends dans la figure.

Ruth laissa échapper un long soupir.

— Jusqu'ici, je n'avais aucun mal à faire la part des choses.

— Mais les enjeux étaient plus importants, en l'occurrence. Et la passion, comme chacun sait, obscurcit la raison.

Lindsay se tut pour la dévisager un instant en silence.

— Et toi ? Qu'as-tu livré de toi-même à Nick ?

Ruth ouvrit la bouche, puis la referma.

— Peut-être pas grand-chose, au fond, admit-elle, dans un sursaut de lucidité. Nick n'est pas quelqu'un de facile, Lindsay. C'est une personnalité forte, parfois même écrasante. J'ai eu peur de me perdre, de ne pas parvenir à rester moi-même… Tu crois que j'ai eu tort de garder un minimum de distance ?

Lindsay secoua la tête.

— Non. Il ne serait pas tombé amoureux de toi si tu t'étais laissé dominer. C'est d'une vraie compagne que Nick a besoin, Ruth. Des groupies, il en a déjà à revendre.

— Il peut être tellement arrogant, par moments. Tellement insupportable, aussi.

— Exact. C'est ce qui fait tout son charme, non ?

Ruth éclata de rire et serra Lindsay dans ses bras.

— Cela m'a fait un bien fou de passer quelques jours ici, à la maison, avec vous quatre.

— Nous serons toujours là lorsque tu auras besoin de te ressourcer en famille, Ruth. Mais pour en revenir à Nick : tu l'aimes vraiment, si je comprends bien ?

— Je ne me suis jamais intéressée à un autre homme que lui.

— Alors monte boucler ton sac et file le rejoindre. Le

temps est trop précieux pour le perdre en disputes. Nick est allé passer quelques jours dans sa maison de Malibu.

Lindsay sourit devant l'expression stupéfaite de Ruth.

— Tu te demandes comment je le sais, n'est-ce pas ? J'ai passé un coup de fil à Nadine, ce matin, pour évaluer la situation. J'avais déjà décidé de faire une grosse, grosse entorse à mon principe de non-intervention. Alors tant qu'à faire…

Chapitre 15

Les pieds de Nick martelaient le sable au rythme rapide de sa course. Il en était déjà à son sixième kilomètre et le soleil se levait à peine, jetant des reflets d'or rose sur la surface immobile de l'océan. Il avait démarré par une aube pâle et grise qui ressemblait encore à la nuit. Déserte d'une extrémité à l'autre, la plage était entièrement à lui. A cette heure, les joggers même les plus enthousiastes, dormaient encore sous leur couette.

Il aimait les calmes étendues de sable solitaire, le cri rauque des mouettes, le chuchotement mouillé des vagues qui se déroulaient à côté de lui.

Les seules pressions ici, à Malibu, étaient celles qu'il infligeait à son propre corps. Tout comme la danse, la course à pied pouvait être un challenge solitaire. Et un moyen d'échapper à la souffrance, avec un peu de chance. Aujourd'hui, s'il atteignait l'épuisement, il parviendrait peut-être à se vider la tête et le cœur, à cesser de penser à Ruth, au moins l'espace de quelques minutes.

Comment avait-il pu se montrer aussi stupide ? Jurant avec force, Nick accéléra le rythme. Dire qu'il lui avait *intimé l'ordre* de venir s'installer chez lui. « Quelle classe, mon vieux. Quelle finesse ! Tu aurais pu la traîner par les cheveux au fond de ta grotte, pendant que tu y étais ! »

Il avait eu l'intention de faire preuve d'une patience angélique, pourtant. D'amener les choses en douceur. De choisir le lieu et le moment. Mais rien ne s'était passé comme il l'avait voulu.

Lui avait-il réellement *ordonné* de faire ses bagages pour emménager chez lui illico presto ? Quel démon l'avait possédé, bon sang ? Celui de la colère ? De la frustration ? Du désir ? Ou celui de la peur, tout simplement ?

Alors qu'il avait programmé une chorégraphie subtile pour leur histoire d'amour, il avait raté ses figures une à une, manqué tous ses enchaînements.

Il avait voulu procéder par étapes, la rassurer petit à petit en lui faisant goûter les plaisirs de la vie commune. Une fois qu'elle se serait habituée, au fil des mois, à ce premier engagement, il aurait commencé à introduire, petit à petit, l'idée du mariage.

Ils auraient *pu* être heureux ensemble… Ruth l'aimait. Elle lui avait donné sa chance. Mais il s'était arrangé pour tout gâcher à cause de son caractère exécrable.

Une fois lancé, il avait été incapable de s'arrêter. Au lieu de s'excuser, il s'était réfugié derrière une arrogance de façade. Nick jura avec force. De sa vie, il n'oublierait jamais la façon dont Ruth l'avait regardé. Avec stupéfaction, d'abord. Puis avec indignation et colère. Et qui n'aurait pas réagi ainsi à sa place ? Sidéré, Nick secoua la tête. Il n'en revenait pas d'avoir été gauche et maladroit à ce point. S'il avait été jeune et inexpérimenté, passe encore. Mais, des femmes, il en avait connu par dizaines ! Il avait fait l'amour en italien, en français, en russe et en allemand ! Et il ne se souvenait pas d'avoir jamais eu la moindre difficulté à exprimer ses sentiments.

Alors pourquoi avait-il été incapable de se faire comprendre de Ruth ? Pourquoi s'était-il transformé en une espèce de bouledogue infichu de se faire entendre autrement qu'en aboyant ? Depuis le début de sa relation avec Ruth, d'ailleurs, il n'avait cessé d'accumuler les bourdes.

« Honnêtement, Davidov, tu t'y es pris comme un crétin depuis le début ! » se dit-il en continuant à courir sous le soleil qui montait lentement dans le ciel. Quel genre de cour lui avait-il faite, bon sang ? Le premier soir, il était entré chez elle comme un fou furieux au beau milieu de la nuit et l'avait prise à la hussarde alors qu'elle était encore vierge. Pour un exploit, c'était un exploit ! Puis il lui avait déclaré son amour sans même le vouloir, avec tout le raffinement et la délicatesse d'un gamin de quinze ans, débordé par ses sentiments.

Au large, un banc de dauphins dansa dans un maelström d'écume un ballet parfaitement chorégraphié. Mais Nick, le regard rivé droit devant lui, continua à courir sans rien voir.

« Elle ne reviendra pas », comprit-il, accablé. Une vague de désespoir l'envahit. Qu'allait-il faire de lui-même, à présent ? S'investir dans la compagnie à cent pour cent et ne vivre que pour elle, comme la pauvre Nadine ? Etait-ce là le destin qui l'attendait ? Et chaque fois qu'il danserait, elle serait là, tout près et néanmoins inaccessible. A moins qu'elle ne décide de les quitter après ce qu'il lui avait fait subir ? Elle irait danser pour Mitchell. Ou Kerminov. Qui ne demanderaient pas mieux que de l'engager l'un et l'autre.

La pensée que Ruth pourrait disparaître à tout jamais,

non seulement de son lit mais également de sa vie, le mit en rage.

« Je la récupérerai de force », se promit-il dans un sursaut de désespoir. Il avait beau continuer à courir comme un fou, la douleur ne s'en immisçait pas moins en lui. Elle l'envahissait même. Le suffoquait jusqu'à l'asphyxie. Ruth était si jeune encore. De quel droit irait-il la chercher pour la ramener à lui ? Réussirait-il, d'ailleurs ? Se laisserait-elle convaincre ?

Et n'avait-il pas sa fierté à prendre en compte ? « Non, décida-t-il. Je ne lui demanderai rien. Pas un signe. Pas un geste. Pas un mot. »

Il serra les poings. « Oh et puis tant pis pour ma dignité. Elle va m'entendre ! » Il fit demi-tour et se mit à courir en direction de la maison, sans jamais ralentir le rythme.

Ruth gara sa voiture de location devant la maison dont son oncle avait lui-même tracé les plans, une quinzaine d'années plus tôt. Laissant tourner le moteur, elle demeura assise à la contempler. C'était une construction de deux étages, toute de bois de cèdre blanchi par le soleil et la mer et de verre étincelant. « Impressionnant, Seth. » Elle admira un instant la sobriété des lignes, la beauté épurée des surfaces.

Ses mains moites toujours posées sur le volant, Ruth finit par tourner la clé de contact et le moteur se tut. Dans le silence accablant, elle se demanda pour la millième fois comment aborder la situation. Tous les discours qu'elle avait préparés dans l'avion lui paraissaient soudain aussi ridicules qu'apprêtés.

— Nick, j'aimerais te parler, tenta-t-elle d'une voix faible.

Découragée, elle se prit la tête entre les mains. Nul, nul et archinul. « Fais-le, un point, c'est tout. Sors de cette voiture, frappe à sa porte et improvise ! »

Rassemblant son courage, elle descendit de voiture et grimpa les six marches du perron sur des jambes de plomb. « Et maintenant, frappe ! » Le premier coup, presque inaudible, ne suscita aucun écho dans la maison silencieuse. Ruth s'enhardit à faire une seconde tentative.

De nouveau, seul le silence lui répondit.

Incapable d'endurer cette attente une seconde de plus, elle posa la main sur la poignée. A sa profonde stupéfaction, la porte s'ouvrit docilement. Ruth réprima un léger cri. En bonne new-yorkaise qu'elle était devenue, elle ne concevait pas une existence sans judas, sans blindages et sans verrous de sécurité.

Une immense pièce de séjour occupait tout le rez-de-chaussée. Côté océan, la maison était presque entièrement de verre et offrait un extraordinaire panorama marin. Pendant une fraction de seconde, Ruth en oublia son anxiété. Elle avait déjà vu plusieurs réalisations de son oncle, mais celle-ci se rangeait parmi ses chefs-d'œuvre. Sur le sol de bois gris, Nick avait juste placé quelques délicats tapis anciens. Aucun tableau ne figurait au mur. L'océan se suffisait à lui-même. Ruth admira quelques objets d'art au passage. Sur des étagères s'alignait une collection de verres aux formes et aux couleurs contrastées.

Le canapé était profond, confortable d'aspect et pourvu de coussins en grand nombre. Placé face à l'océan, le piano à queue ouvert dominait très nettement la pièce. Ruth se dirigea vers l'instrument et trouva une feuille de papier à musique couverte d'annotations. Elle ne pouvait lire l'écriture russe, mais elle commença machinalement à déchiffrer la partition au piano.

Ruth sourit en découvrant une mélodie inconnue. Ainsi il avait déjà commencé à s'attaquer à son nouveau ballet ? Incroyable. Elle ne connaissait personne au monde avec une capacité de travail comparable à celle de Davidov.

Mais où était-il passé ?

Ruth se retourna pour contempler la pièce. Se pouvait-il qu'il soit déjà retourné à New York ? Non. Pas en laissant la porte ouverte et le début de son nouveau ballet sur le piano ouvert. Elle jeta un coup d'œil à sa montre et réalisa qu'elle avait gardé l'heure de la côte Est !

Quelle idiote, elle faisait ! A 8 heures du matin et en vacances, Nick devait encore être au fond de son lit. Les jambes coupées de nouveau, elle se dirigea lentement vers l'escalier de bois qui montait en spirale jusqu'à l'étage. « Oh, non, je ne peux pas. » Peut-être valait-il mieux l'appeler d'en bas ? Mais pour lui dire quoi ? « Coucou, Nick, c'est moi » ?

Etouffant un rire, Ruth posa la main sur la rampe et grimpa résolument jusque dans les hauteurs cachées de la maison.

Parvenu sur la terrasse de bois qui donnait sur l'océan, Nick fit glisser les portes de verre coulissantes et passa dans le séjour. Il était en nage et respirait bruyamment, le souffle coupé par sa course folle sur la plage. Mais l'effort physique avait accompli des miracles, par chance. Non seulement, il se sentait vidé et nettoyé, mais il avait la tête beaucoup plus claire. Le projet qu'il avait formé de retourner à New York pour récupérer Ruth de force n'était qu'une émanation maladive d'un cerveau torturé. Le temps était venu de se ressaisir. Il allait prendre une douche, se changer et consacrer la journée à son nouveau ballet.

Mais Nick n'avait pas fait deux pas dans le séjour lorsque l'odeur de son parfum lui envahit les narines. Stoppé net dans son élan, il jura intérieurement. Etait-il atteint au point de souffrir d'hallucinations olfactives ?

De quel droit le hantait-elle à ce point, bon sang ? Elle le poursuivait, le harcelait où qu'il aille ! Saisi par une nouvelle bouffée de rage, Nick se dirigea droit vers le téléphone et composa le numéro de son appartement à New York. Sans même réfléchir à ce qu'il voulait lui dire, il attendit, dans un état de fureur aveugle, qu'elle se décide à décrocher.

Lorsque le répondeur se déclencha au bout de huit sonneries, il jura en russe, en allemand et en italien, et jeta le combiné sur son socle. Où pouvait-elle bien être, bon sang ? Dans les locaux de la compagnie ? Non, sûrement pas. *Lindsay !* Naturellement. Où d'autre aurait-elle pu se réfugier ?

Il avait repris le téléphone et actionné une première touche lorsqu'un bruit à l'étage attira son attention. Sourcils froncés, il leva les yeux…

… et vit Ruth descendre l'escalier.

Pas une apparition, non. Une Ruth réelle, en robe claire, qui rivait sur lui un regard pas tout à fait rassuré.

— Ah te voilà, Nick, s'exclama-t-elle, comme si sa présence allait de soi. Je te cherchais.

D'un geste lent, précis, mesuré, il replaça le combiné.

— Oui ?

Même si sa réaction n'avait rien d'un cri de joie, Ruth descendit le reste des marches.

— Ta porte d'entrée n'était pas fermée à clé. Cela ne te dérange pas que je sois entrée chez toi sans y avoir été invitée ?

— Non.

Encourageant…

Ne sachant quoi faire d'elle-même, Ruth se réfugia derrière une attitude enjouée.

— J'ai vu que tu avais commencé à composer ton nouveau ballet ?

— Je m'y suis mis, oui.

Il avait répondu lentement, en détachant les syllabes, le regard arrimé au sien. Incapable de le soutenir, Ruth se détourna pour aller et venir dans la grande pièce.

— J'adore ta retraite secrète. Ce lieu est une merveille. Je comprends que tu passes tout ton temps libre ici. Le peu dont tu disposes, du moins… J'ai toujours adoré l'océan. Lorsque j'étais au Japon, avec mes parents, nous avons habité quelque temps dans une maison qui donnait sur le Pacifique.

Elle continua à bavarder ainsi, parlant de tout et de rien, terrifiée par les abîmes de silence qui s'étaient creusés entre eux.

Nick ne disait rien. Il la laissa dévider un flot continu de paroles. Sans cesser de monologuer, elle s'immobilisa enfin. Debout, très droite devant la vitre, elle lui tournait le dos. Il nota qu'il n'avait pas écouté un mot de ce qu'elle racontait.

— C'est pour regarder la vue que tu es venue ? demanda-t-il calmement.

Interrompue en pleine phrase, Ruth tressaillit. Elle pivota sur elle-même d'un mouvement brusque.

— C'est pour toi que je suis venue, Nick. J'ai des choses à te dire.

Il eut un de ses gestes impérieux de la main.

— Bon. Parfait. Si tu as des choses à dire, dis-les.

Ruth se raidit.

— C'est ce que j'ai l'intention de faire, oui. Assieds-toi.

Il haussa les sourcils d'un air sardonique et se dirigea vers le canapé.

— Voilà. Je suis assis.

— Tu t'entraînes à être insupportable, Davidov, ou c'est un talent naturel chez toi ?

Nick attendit un instant, puis se renversa contre le dossier.

— C'est pour me dire ce genre d'amabilités que tu as fait le déplacement jusqu'ici ?

— Pour te dire ça, oui. Plus d'autres choses encore, riposta Ruth avec virulence. Je n'ai pas l'intention de me laisser enterrer par toi, que ce soit sur le plan personnel ou professionnel ! Commençons par parler de la danse.

Nick leva les mains d'un geste fataliste.

— C'est charmant. Continue, je t'en prie.

— J'ai suffisamment de talent en tant que danseuse pour avoir la certitude de faire carrière — avec ou sans toi comme partenaire. Dans un studio de répétition, tu peux m'ordonner de danser jusqu'à ce que les pieds m'en tombent. Et je m'exécuterai car tu es le directeur artistique de la compagnie.

— J'étais déjà au courant, oui.

Ruth le foudroya du regard.

— Mais ton pouvoir s'arrête là. Tu peux me tyranniser

sur scène mais pas dans la vie. Ce que je fais ou ne fais pas ne regarde que moi. Si je choisis de prendre une douzaine d'amants ou de me retirer dans une grotte pour vivre en ermite, rien ne te permet d'intervenir dans mes choix.

— Ah tiens… C'est ton nouveau credo ?

La position de Nick était toujours aussi détendue, sa voix toujours aussi calme. Mais ses yeux étaient noirs de colère. Ruth n'en fit pas moins un pas en avant dans sa direction.

— Tant que je serai libre et que je ne me serai pas engagée *personnellement* envers toi, je ferai ce que je voudrais de mon existence. Toi, personne ne remet jamais tes actions en question, Davidov. Tu fais ce que bon te semble et on ne te demande pas de comptes car tu ne l'admettrais pas. Eh bien, il en ira désormais de même pour moi.

Elle porta les poings à ses hanches.

— Si tu crois que je vais retourner chez moi comme une bonne petite fille et faire mes valises pour m'installer chez toi parce que tu as daigné claquer des doigts, tu te fais de sacrées illusions, Davidov. Je ne suis plus une enfant et je n'ai d'ordres à recevoir de personne.

Frémissante d'indignation, elle se planta juste devant lui.

— Tu considères comme la chose la plus naturelle au monde que les autres n'en fassent jamais qu'à *ta* tête. Mais ça ne marchera pas comme ça entre nous, Nikolai. Dans l'intimité, je ne serai pas ton inférieure hiérarchique. Mais ton égale sinon rien. D'autre part, j'ai de plus hautes exigences. Si tu me veux dans ta vie, il faudra m'épouser. Voilà. La balle est dans ton camp.

Les bras croisés sur la poitrine, elle attendit, le regard étincelant de défi.

Nick se redressa lentement, marqua une pause, puis se mit debout.

— C'est un ultimatum ?

— Exactement.

— Je vois. Il n'y a pas d'alternative ?

— Aucune.

Il la dévisagea d'un air pensif.

— Bon, eh bien, puisque tu ne me laisses pas le choix… Tu souhaites te marier à New York, je suppose ?

Ruth s'était attendu à peu près à tout, sauf à cette réponse. Elle ouvrit la bouche. La referma.

— Euh… eh bien, oui. Pourquoi pas ?

— Et pour ce qui est de la cérémonie ? Tu aimerais que ce soit discret, en petit comité ? Ou tu veux un mariage en grande pompe avec tous les notables de la ville ?

Brisée net dans son élan revendicatif, Ruth ne ressentait plus qu'une immense confusion. Nick étant Nick, pourquoi ne se mettait-il pas en colère, comme il se devrait ?

— A vrai dire… Je n'avais pas vraiment réfléchi à tous les détails, balbutia-t-elle, déconcertée par ce Nikolai Davidov inconnu qui oubliait de rager et de hurler.

— Tu auras toujours le temps de te décider dans l'avion, lui assura-t-il le plus aimablement du monde. Tu veux que je réserve un vol tout de suite ?

— Oui… Ou plutôt non, se ravisa-t-elle lorsqu'il tendit la main vers le téléphone.

Nick se contenta d'incliner la tête sur le côté et d'attendre.

— Bon, O.K., appelle-les si tu veux, murmura-t-elle en se dirigeant vers la fenêtre.

Pourquoi ne parvenait-elle pas à se réjouir face à ce Nick exemplairement docile ?

— Ruth ?

Elle se retourna lentement.

— Oui ?

— Je t'ai dit que je t'aimais, c'est vrai. Mais j'ai parlé d'amour à des femmes dont je ne sais même plus à quoi elles ressemblent. Les mots ne signifient pas grand-chose.

Elle déglutit et sentit la douleur revenir.

— J'aurais voulu te montrer ce que je ressens pour toi. Mais tu me coupes un peu les jambes, Ruth. Ce qui est tout de même un comble pour un danseur. Si tu n'avais pas fait de moi un homme maladroit, j'aurais pu te dire que ma vie sans toi n'est plus ma vie. Te dire que de cette vie, tu es le cœur, l'ossature et les muscles. Que sans toi, je ne rencontre que la tristesse et le vide. J'aurais pu te dire qu'être ton partenaire, ton homme, ton époux est mon plus cher désir. Mais…

Il s'interrompit et secoua la tête.

— Mais tu m'impressionnes et je ne saurais te dire plus qu'un banal « je t'aime ». En espérant que cela suffira.

— Nick…

Elle s'élança vers lui et il l'arrêta à mi-chemin.

— Quand je t'ai vue descendre l'escalier, j'ai cru que j'avais sombré dans la folie, murmura-t-il, les lèvres enfouies dans ses cheveux. Je pensais que mon envie de toi devenait si forte que j'avais des hallucinations.

— Je suis montée car je pensais que tu serais encore en train de dormir, à cette heure.

— Dormir ? Je ne crois pas avoir dormi plus de quelques heures depuis que tu m'as quitté.

Il l'écarta de lui pour murmurer d'une voix étranglée.

— Ne me fais plus jamais cela, Ruth. Déteste-moi, s'il

le faut. Hurle ou fais la tête si tu veux. Mais je t'en supplie, ne me laisse plus seul.

Sa bouche prit la sienne, étouffant ses promesses chuchotées. Elle répondit à son baiser avec une passion exacerbée, s'accrochant à lui, se pressant contre lui de toutes ses forces, ne songeant qu'à se laisser sombrer dans le courant violent qui les emportait. Le désir faisait rage en elle, la submergeait sous la forme d'une avalanche de sensations mêlées : le goût de sa peau, son odeur, le son de sa voix.

— Je t'aime, Nick. Je te désire.

Ses lèvres formaient les syllabes mais aucun son ne sortait de sa bouche. Nick fit descendre la fermeture Eclair dans son dos et sa robe glissa sur le sol. Avec un léger murmure, il parcourut ses flancs de ses paumes.

— Tu es si mince, si délicate. J'ai toujours peur de te faire mal.

— Je suis une danseuse, lui rappela-t-elle en tremblant de plaisir sous ses caresses. Je plie mais ne romps pas.

Ils se laissèrent tomber sur le canapé et demeurèrent un instant étroitement enlacés à se regarder.

— J'avais peur, admit-elle. Peur de te faire confiance, peur de t'aimer. Peur de te perdre.

Il l'attira plus étroitement contre lui.

— Nous étions lâches, l'un et l'autre. Mais c'est fini, maintenant.

Ruth glissa une main sous le T-shirt de Nick et la laissa reposer sur son cœur. *Davidov*, songea-t-elle. Pendant combien d'années l'avait-elle adoré de loin ? A présent, le cœur de l'homme ne battait que pour elle.

Elle posa en souriant ses lèvres dans son cou.

— Davidov ?

— Mmm ?

— Tu as réellement l'intention d'accepter mon ultimatum ?

Il prit un de ses seins au creux de sa paume.

— La question mérite réflexion, bien sûr. Mais tu avais l'air particulièrement féroce lorsque tu as exigé le mariage. Et comme je ne suis que modérément courageux, je crois que je vais te céder sur ce point.

— Ah oui ? murmura-t-elle, tout sourires.

— En revanche, je mets mon veto sur la douzaine d'amants. Sauf, à la rigueur, si je les incarne tous.

Il laissa pleuvoir des baisers sur son visage.

— Comme j'ai quelques talents d'acteur, je devrais pouvoir jouer une douzaine de rôles.

— C'est une solution, en effet, concéda-t-elle.

Elle soupira lorsqu'il acheva de la déshabiller.

— Je serai un mari terriblement jaloux. Déraisonnable, et peut-être même violent — verbalement, du moins, annonça-t-il en lui embrassant le cou, les épaules, les seins.

Il s'interrompit un instant pour l'interroger du regard.

— Tu es certaine de vouloir que je réserve deux places dans l'avion pour New York ?

Ruth ouvrit des yeux embrumés par le désir et plongea son regard dans le sien.

— Je n'ai jamais été aussi sûre de ma vie, Nick, chuchota-t-elle contre ses lèvres. Mais occupe-toi d'abord de moi comme douze amants à la fois. On verra pour les réservations ensuite.

DÈS LE 2 MAI

***La révoltée du Bengal Queen* - Louise Allen**

Après le naufrage du navire qui la ramenait des Indes vers l'Angleterre, Averil reprend conscience à moitié nue sur une plage déserte. En quelques heures, elle a tout perdu... surtout sa sécurité : une bande de marins saouls et assoiffés de sexe l'a découverte. Mais dans l'adversité, elle refuse de se laisser abattre : plutôt mourir que d'être prise par ces démons ! Même par ce capitaine qui prétend la protéger mais qu'elle trouve trop beau pour être honnête... Obligée d'obéir mais insoumise dans l'âme, Averil décide d'user de ses atouts pour rester en vie : la beauté, l'innocence, l'intelligence... et l'insolence

Une nouvelle Angélique, Marquise des Anges...

***36 Voluptés* - Jo Leigh**

Mal aimée par son père qui lui en a toujours voulu de ne pas être un garçon, Julia Devon se venge en multipliant les coups d'éclat. Mais cette fois, elle va un vrai projet, digne de prouver qu'elle est bien plus qu'une starlette de tabloïd : ouvrir en plein Manhattan un somptueux palace dédié à l'audace et au plaisir. Scandalisé, le vieux Devon lui lance un ultimatum : si elle s'entête, il ne lui léguera pas un seul des millions de dollars auxquels elle peut prétendre. Julia prend le pari. Mais elle se sent beaucoup plus vulnérable quand arrive Mark Winslow. Irrésistible, implacable, l' avocat envoyé par son père pour la convaincre de renoncer est le genre d'homme dont elle ne demanderait qu'à faire les trente-six volontés...

***Coup de foudre en paréo* - Leslie Kelly et Alison Roberts**

Sea, sun... and sex sur la plage.

Barmaid à Sainte Lucie, au bord d'une époustouflante plage de sable blanc, Liz cultive l'art de repousser les avances des dragueurs en goguette. Si elle a tout plaqué après s'être fait larguer — Boston et son ex lamentable —, ce n'est pas pour embrasser un crapaud de plus mais dans le but de repartir du bon pied. Dans la sérénité. Aussi n'est-elle pas ravie, ravie, de voir débarquer Jack Beaumont sur sa plage des Caraïbes. Que vient faire ici son pire ennemi, celui qu'elle tient pour responsable de son fiasco à Boston ? D'autant qu'il est plus séduisant que jamais...

Une semaine au soleil peut changer toute une vie ?

Une semaine aux Fidji, face à l'étendue d'eau turquoise, à se prélasser au soleil en lisant des romans d'amour... Sarah n'aurait pas pu résister à cette proposition de folie. Mais jamais elle ne se serait attendue à faire une vraie rencontre... Pourtant, le jour même de son arrivée, elle craque littéralement pour Ben Dawson et sa fillette de quatre ans. Pour Sarah, qui n'est que de passage, tout devient soudain merveilleux... mais bouleversant...

***La force d'un rêve* - Nora Roberts**

A New York, où elle a intégré la troupe de Nikolaï Davidov, Ruth Bannion est en train de réaliser le rêve de sa vie : devenir une danseuse de renommée internationale. Et tandis qu'elle consacre tout son temps à la scène, elle ne songe guère à l'amour. Jusqu'au jour où, alors qu'elle danse avec Nikolaï un pas de deux d'une sensualité extrême, la vérité s'impose à elle : cet homme qu'elle côtoie chaque jour, qu'elle admire et déteste parfois, elle est tombée amoureuse de lui. Son cœur s'affole, le désir la fait chanceler... et un autre sentiment l'envahit : la peur que Nikolaï ne l'aime pas, qu'il la repousse et lui préfère l'une de ses nombreuses conquêtes.

Un roman signé par la référence incontournable de la littérature féminine.

GRAND FORMAT - 9,50€ LE ROMAN

Composé et édité par les

éditions HARLEQUIN

Achevé d'imprimer en Allemagne
par GGP Media GmbH, Pößneck
en avril 2014

Dépôt légal en mai 2014